NUNCA ESTIVE MELHOR

Nunca Estive Melhor

Leanne Toshiko Simpson

Tradução de Beatriz Guterman

ALTA BOOKS
GRUPO EDITORIAL
Rio de Janeiro, 2025

Nunca Estive Melhor

ALTA NOVEL é um selo da EDITORA ALTA BOOKS do Grupo Editorial Alta Books (Starlin Alta e Consultoria Ltda.)

ISBN: 978-85-508-2482-6

Translated from original Never Been Better. Copyright © 2024 by Leanne Simpson. ISBN 9780316422048. This edition is published and sold by arrangement with Westwood Creative Artists Ltd. All rights reserved. PORTUGUESE language edition published by Starlin Alta Editora e Consultoria Ltda., Copyright © 2025 by Starlin Alta Editora e Consultoria Ltda.

Impresso no Brasil — 1ª Edição, 2025 — Edição revisada conforme o Acordo Ortográfico da Língua Portuguesa de 2009.

Dados Internacionais de Catalogação na Publicação (CIP)
(Câmara Brasileira do Livro, SP, Brasil)

Simpson, Leanne Toshiko
Nunca estive melhor / Leanne Toshiko Simpson ; tradução Beatriz Guterman. -- Rio de Janeiro : Alta Books, 2025.

Título original: Never been better.
ISBN 978-85-508-2482-6

1. Romance canadense I. Título.

24-217608 CDD-C813

Índices para catálogo sistemático:

1. Romances : Literatura canadense C813

Aline Graziele Benitez - Bibliotecária - CRB-1/3129

Produção Editorial: Grupo Editorial Alta Books
Diretor Editorial: Anderson Vieira
Vendas Governamentais: Cristiane Mutüs
Gerência Comercial: Claudio Lima

Coordenadora Editorial: Illysabelle Trajano
Produtoras da Obra: Beatriz de Assis & Viviane Corrêa
Tradução: Beatriz Guterman
Copidesque: Mariana Naime
Revisão: Luíza Thomaz
Diagramação: Natalia Curupana

ALTA BOOKS
GRUPO EDITORIAL

Rua Viúva Cláudio, 291 — Bairro Industrial do Jacaré
CEP: 20.970-031 — Rio de Janeiro (RJ)
Tels.: (21) 3278-8069 / 3278-8419
www.altabooks.com.br — altabooks@altabooks.com.br
Ouvidoria: ouvidoria@altabooks.com.br

Editora **afiliada à:**

Para minha *obachan*, que ainda me visita
nos dias em que mais preciso.

Aviso de conteúdo:

Esta obra aborda temas sensíveis como bipolaridade, internação psiquiátrica, pensamentos e tentativas de suicídio, menção a automutilação.

NUNCA ESTIVE MELHOR

01

CRAZY IN LOVE

– BEYONCÉ E JAY-Z (3:56)

Quando o convite para o casamento na praia de Matt e Misa chegou pelo correio, Tilley o pregou no alvo de dardos que tínhamos em nossa cozinha.

— "Aceitar com prazer ou declinar com pesar". — Ela bufou enquanto lia. — Por que a alternativa "acabar com os *drinks* grátis com certa apatia" nunca está disponível? Ainda mais quando não se pode levar um acompanhante.

Ela tirou alguns dardos do alvo e recuou cinco passos, esbarrando na mesa. Semicerrando os olhos, lançou um único dardo na parede e virou-se para mim ao notar meus lábios franzidos.

— Você está bem?

Observei o estrago. Minha irmã havia perfurado o brasão de palmeira, mas a foto de Matt e Misa em poses perfeitas no convite seguia intacta. De corpo robusto e vestindo um terno azul-escuro, Matt abraçava Misa, que sorria radiante em seu vestido rosa pastel de cetim. Ela olhava para ele por cima do ombro com um carinho que me fazia pensar em café da manhã na cama, garrafas de vinho compartilhadas e contas bancárias conjuntas: todas as coisas que eu mal podia imaginar para mim mesma.

— Parece que ele vai absorvê-la — murmurou Tilley, que de repente apareceu ao meu lado. — Como se fosse uma esponja matrimonial.

— Está tudo bem — falei, um pouco alto demais. — Eu tô bem. Sabia que isso ia acontecer, passei meses me preparando para esse momento. Na verdade, com licença, tenho uma coisa para fazer no banheiro.

Eu sentia os pensamentos sombrios chegando, então entrei em pânico e curvei bem a cabeça antes de sair da cozinha em passos rápidos e prosseguir pelo corredor até o banheiro que compartilhávamos. *Fica calma. Fica calma.* Bati a porta no mesmo momento em que ouvi Tilley soltar o maior suspiro da história da humanidade. Enquanto ignorava seus passos pesados vindo em minha direção e a cachoeira que se formava em meus olhos, vasculhei o armarinho em busca de um frasco de Listerine muito antigo. Com as mãos tremendo, preenchi a tampa com o líquido e então fiz uma careta enquanto colocava o antisséptico na boca.

Tilley bateu à porta.

— Dee, posso entrar?

— Nrghh — falei, bochechando furiosamente. O enxaguante ardia e meus olhos se encheram de lágrimas, mas era bom poder controlar o desconforto. Cuspi na pia, coloquei a língua para fora e preenchi a tampa novamente.

— Certo, eu perguntei se podia entrar por educação, mas você sabe que tive que tirar a tranca da porta depois do último acidente — continuou Tilley. — Então eu vou entrar e quero que me prometa que não está fazendo nada… suicida?

Bochechei mais rápido como recusa.

— Nrghhh, nrghhh!

Tilley abriu a porta, me atingindo quando estendi o braço para mantê-la fechada. Não dava para aguentar a boca cheia de substâncias químicas e um cotovelo machucado, então me virei e cuspi na pia novamente. Tilley olhou para o frasco aberto de Listerine, depois para mim, e cruzou os braços.

— Que foi? — perguntei. — É proibido se importar com uma boa higiene bucal?

— Diga que o que está fazendo agora não é uma forma estranha de punição.

— Não sei — respondi, colocando a cabeça debaixo da torneira para tomar um pouco de água antes de continuar. — Tô tentando pensar nisso como uma forma de terapia de exposição. Talvez eu consiga lidar melhor com o casamento se aprender a dominar o desconforto.

— Dee, você conheceu essas pessoas em um hospital psiquiátrico — disse ela, olhando para o espelho e examinando os poros do nariz. — Acho que vocês três já aprenderam a lidar com o desconforto.

Abri a boca para retrucar, mas nenhuma palavra saiu. Eu havia recebido alta há meses e ainda não sabia como dizer a Tilley que nunca me senti tão em casa quanto no hospital com Matt e Misa.

Ela viu meus ombros encolherem pelo reflexo do espelho, então se virou e me abraçou.

— Olha, não estou dizendo que isso é ruim — murmurou ela no meu ombro. — Daria um ótimo assunto para o coquetel.

— E quem precisa disso? — respondi, me desvencilhando do abraço com gentileza. — Tenho certeza de que todos estarão ocupados comentando sobre o noivado repentino.

— Acho que não existe um cronograma padrão entre uma internação involuntária e um casamento, ainda mais no período de um ano.

— A maioria dos convidados só sabe parte da história — falei. — Misa não contou nem para a família como eles realmente se conheceram.

Tilley arqueou uma sobrancelha.

— Então você vai aparecer como uma manifestação física do maior segredo deles?

Gesticulei impotente para a garrafa de enxaguante bucal.

— Como se eu conseguisse ao menos pegar um avião sem surtar completamente. Quero estar lá por eles. E, sabe, ser um pouco normal. Mas não sei se consigo.

— Eles vão entender melhor do que ninguém se você não estiver bem o bastante.

— Não é isso — respondi, colocando Listerine na tampa uma última vez por garantia. — É que eu prefiro raspar as sobrancelhas do que ver Matt Costigan se casando com outra pessoa.

Quando a última dose do mentol pungente atingiu a parte inferior da minha língua, não pude deixar de perceber a expressão aflita de Tilley no espelho — como se ela também estivesse enfrentando gengivite e uma inevitável desilusão amorosa.

Cinco ótimos motivos pelos quais eu — e não Misa — deveria ter ficado com Matt:

1. Eu o vi primeiro.

Não que eu esteja me gabando nem nada, mas cheguei no hospital psiquiátrico primeiro. Na minha primeira noite, Matt chegou ao hospital com curativos no antebraço e um sorriso enviesado que iluminou a sala de emergência. Com uma beleza rústica e o físico de um ursinho de pelúcia, ele vestia duas camisolas hospitalares amarradas à cintura para se sentir mais confortável.

— É o meu estilo — disse Matt ao me ver encarando-o da cafeteria. Ele era a primeira coisa reluzente que eu via em muito tempo, e eu queria pegá-lo como se fosse um passarinho e levá-lo comigo para meu quarto hospitalar branco e depressivo.

2. Nós rimos de tudo...

— Por que te trancaram aqui? — perguntei, como se estivesse em um teste de elenco para a série *Prison Break*.

— Decidi que ontem seria meu último show — respondeu, debochado. — O problema é que minha banda entendeu "último" como "dar adeus à guitarra" e não "se cortar depois do bis". Acho que foi um problema de comunicação da minha parte.

Assenti com empatia.

— Um problema de semântica, né?

3. Mas ainda assim temos conversas profundas.

Contei ao Matt que havia me jogado — com casaco e tudo — na piscina em que eu ensinava criancinhas a soprar bolhas na água, só para ver se eu afundaria.

— Só fiz isso porque achei que era imortal — expliquei.

— Bem, se é imortal, não sei — disse ele, os olhos brilhantes. — Mas tem que ser muito durona para estar aqui pela primeira vez e conseguir lidar bem. É um tipo diferente de resistência, na minha opinião.

4. Sempre fomos uma ótima equipe.

— Lucie é a melhor em tirar sangue, mas Marc faz uma ótima imitação do Robert De Niro — explicou Matt enquanto nos esticávamos no sofá da sala de convivência. — Então, tudo depende do que quer receber em troca de seus impostos.

— Pelo jeito conhece bem isto aqui — respondi.

Ele sorriu ironicamente.

— Acho que pode me chamar de cliente recorrente. Os últimos anos não foram os mais fáceis. — Ele coçou um dos curativos. — Sabe, quando vim parar aqui pela primeira vez, achei que este lugar mudaria minha vida. Que seria uma virada de chave simbólica. Mas acho que depois de tantos fracassos, parece que tenho que mudar a rota de alguma forma.

— Talvez esta seja sua chance — sugeri, e seus olhos encontraram os meus.

— Por que não? — disse ele. — Não temos mais nada a perder.

5. *Ele faz com que eu me sinta em casa em qualquer lugar.*

Naquela primeira noite, ele me acompanhou até o quarto e se encostou na soleira da porta.

— Então, tem planos para o café da manhã? — perguntou.

Dei risada.

— Talvez eu tenha um tempinho para você antes da terapia em grupo.

Matt observou a decoração estéril do dormitório e assobiou baixo.

— Lugar bacana. As grades na cama dão um toque bem aconchegante.

— Faz tempo que não durmo em um lugar que não seja minha casa — admiti. — Estou um pouco nervosa.

— Não fique — disse ele. — Esta é a melhor parte do dia. Ninguém está te observando ou analisando cada passo seu. É um tempinho em que pode sentir o que quiser. — Ele deu duas batidinhas no batente e então abriu um sorriso incentivador antes de seguir para o próprio quarto. Observei Matt se afastar, relembrando cada segundo de nossa conversa. Mas o entusiasmo que senti naquela noite e em todas as semanas seguintes em que estivemos juntos nunca pareceu se esvanecer, mesmo quando foi necessário.

EU E TILLEY NOS REUNIMOS na sala de estar, afundando no conforto do sofá. A algumas ruas de distância, meus pais levavam um pote cheio de charutos de repolho para uma festa de colheita com alguns vizinhos. Eles não se reuniam por causa da comida, apesar de os Johnsons preparem o melhor pão doce do bairro e o *chow mein* da Sra. Sato ser divino. Simplesmente gostavam de reclamar sobre o quanto a vizinhança estava mudando — as casinhas de um andar sendo substituídas por minimansões cinza, famílias que moravam ali há muito tempo se mudando em velocidade recorde para distritos em que nem se podia chegar sem um carro. Eu também havia notado: na última vez em que Tilley e eu subimos no terraço do mercadinho local com um engradado de cerveja, descobrimos que alguém destruiu o sofá que havíamos colocado lá para assistir ao pôr do sol. Essa é uma história que eu teria contado para toda a congregação do bairro se tivesse sido convidada. Mas desde a vez em que fui me sentar no viaduto no meio da madrugada quando Matt e Misa ficaram noivos, meu pai passou a preferir que eu ficasse longe da vista dos vizinhos. Eu e minha irmã tínhamos sorte de ainda morarmos neste bairro — Tilley conseguiu sublocar uma casa pequena com o amigo de um amigo e me deixava morar ali por pura bondade (e graças à regularidade do seu salário de garçonete).

Com um equilíbrio impecável conquistado por seus anos servindo clientes no modesto bar de esportes favorito de Scarborough, Tilley levou garrafas de *prosecco* barato e de Fanta e dois copos até o rack da TV. Ela gesticulou para que eu desse espaço e nós nos aconchegamos em frente à tela, com um *reality show* sobre pessoas bêbadas em um iate servindo de barulho de fundo. Do lado de fora, podíamos ouvir as crianças da rua da frente jogando basquete, os murmúrios de seus xingamentos sendo interrompidos por eventuais gritos pedindo um passe.

— Fico feliz que esteja tentando — disse Tilley, completando meu copo de refrigerante de laranja com *prosecco.* Encarei-a e ela virou mais a garrafa, revirando os olhos. — Só não acho que possa resolver seus problemas fazendo bochecho. Mas a criatividade foi dez de dez.

Na tela, um iate buzinou quando passou por uma ilha luxuosa e deserta.

— O que mais posso fazer? — perguntei. — Meu médico acha que sou muito dramática. A mamãe e o papai sentem vergonha da minha existência. Estou falida demais para ir a um terapeuta de verdade…

— Ou para me pagar pela sua parte da manicure de aniversário da mãe…

— Exatamente — falei, esperando a efervescência baixar. — Estou dando o meu melhor, e a última coisa que preciso é de uma data no calendário marcando o pior dia da minha vida.

— Pelo menos foi convidada — disse Tilley. — É quase como se eles se importassem com você ou algo do gênero.

Eu sabia que tinha sorte de ter um porto seguro em Matt, e nos meus melhores momentos, era grata por ouvir as implicâncias protetoras de Misa. Mas esse não era o tipo de preocupação que eu queria atualmente. Claro, ter amigos que compreendem seus episódios de mania, os tremores causados por remédios e o mal-estar generalizado é ótimo. Mas isso não mudava o fato de que, no fim das contas, eles tinham uma vida inteira juntos e eu estava presa com Tilley, uma irmã com a atração gravitacional de Júpiter. Tudo o que eu queria era encontrar meu próprio cantinho no Universo.

— Só estou dizendo que, se fosse para imaginar que alguém teria um primeiro encontro digno de comédia romântica num hospital psiquiátrico, apostaria em Matt e eu — resmunguei. — Éramos ótimos do jeito que estávamos.

— Você quer dizer profundamente deprimidos?

— Quero dizer que éramos sinceros pra caralho um com o outro — falei. — Mas aí a Misa apareceu e tudo mudou.

Na primeira vez que vi Misa, ela estava no corredor do hospital, enrolada em um vestido transpassado que com certeza só podia ser lavado a seco. Gostei de ela ter usado maquiagem para vir a um hospital psiquiátrico. Apenas o melhor para o segredo mais bem guardado de Scarborough. Ao meu lado no sofá,

Harsha, minha vizinha de ala, sugou as bochechas como uma criança com um balão de gás hélio.

— Aquela garota é tão linda! Aposto que também é modelo. Às vezes simplesmente reconhecemos outras de nós pela cara, sabe? É como um sexto sentido.

Meu sexto sentido não era muito apurado, mas até eu pude perceber que a dinâmica estava prestes a mudar quando Matt se levantou para cumprimentar Misa. O sorriso gentil e a confiança discreta de repente fez parecer que ela estava nos recebendo em sua casa, apesar de termos chegado lá primeiro. Harsha e Matt logo ficaram hipnotizados, e eu me perguntei se algumas semanas sozinha com ele eram vantagem suficiente para causar um impacto duradouro. A questão é: eu acho que queria que Misa gostasse de mim quase tanto quanto não queria que Matt gostasse dela.

Tilley pigarreou alto, tentando impedir meu devaneio.

— Se quer ser "sincera pra caralho" por cinco segundos, podemos lembrar que esse é o "cara incrível" que fez você ser expulsa do hospital?

Tentei me concentrar nas bolhas que subiam para a superfície do meu copo, nos sons suaves de um comercial de perfume que passava na televisão, na curva angular da maçã do rosto de Tilley — algo que me prendesse ao presente. Mas, como sempre, nada podia evitar aquele sentimento corrosivo na boca do meu estômago que acompanhava a lembrança.

No dia em que fui expulsa do hospital, Matt sentou-se comigo na sala de convivência enquanto eu esperava Tilley me buscar. No fim do corredor, médicos entravam e saiam dos quartos dos pacientes com uma rapidez que combinava com a decoração fria. Esse era um assunto recorrente: ninguém aqui queria nos tocar, mas alguns de nós ansiavam pelo toque uns dos outros. Ouvimos a janela da cafeteria fechar, anunciando a calmaria pós-café da manhã. A televisão exibia um documentário sobre pinguins no volume máximo, mas Jeremy, o paciente mais antigo da ala, dormia profundamente em sua poltrona favorita. Fazia anos que ele saía e voltava ao hospital. Eu queria acordá-lo para me despedir, mas ele não precisava ser lembrado de que não iria embora tão cedo.

Conferi minha bolsa de ginástica arrumada às pressas para ver se não faltava nenhum item de higiene pessoal, sentindo o couro desgastado do sofá grudar na parte traseira da minha coxa. Em um ato final de rebeldia, decidi usar meus shorts de pijama para minha grande despedida, apesar de poder ver a neve lamacenta espalhada no estacionamento abaixo através das persianas. As enfermeiras trocaram olhares arrogantes atrás do vidro blindado da estação de vigilância, mas eu continuei concentrada no que estava fora da janela, uma franquia Tim Hortons-Wendy's do outro lado da rua. Separada de nós por fechaduras de cartão magnético e o trânsito dos subúrbios, sua placa neon brilhava como um farol de esperança para nós, turistas da psiquiatria. Desde nossa chegada, eu e Matt havíamos conversado sobre o restaurante todos os dias, uma obsessão agravada pela comida horrível do hospital.

— Quando você sair daqui — disse a ele, ignorando o fato de que minha partida, assim como minha chegada, era involuntária —, vamos tomar um belo de um sorvete.

Eu não queria pensar em Misa, Jermaine, Liz ou Harsha, meus amigos que ainda estavam presos no purgatório do hospital. Não queria pensar na ala psiquiátrica como uma pousada nos subúrbios da cidade, na qual alguém se deitaria miserável nos meus lençóis recém-lavados, contando as placas de gesso do teto até chegar a hora da terapia em grupo. Queria que fosse como o final de Duro de Matar, *em que o lugar todo se transforma em uma enorme fogueira e é o melhor Natal de todos. Então eu me lembrei que* Duro de Matar *tem umas sete sequências, então até que não é uma analogia ruim para a recuperação psiquiátrica como um todo.*

— *Claro, Srta.* Um Sonho de Liberdade — *disse Matt, seu ânimo de sempre traído pelas olheiras sob os olhos cor de avelã. — Só não vai se esquecer de mim agora que é tão importante que pode vestir as próprias roupas.*

— Nunquinha — respondi e ele abriu o seu sorriso enviesado. Meu coração acelerou e tentei registrar tudo mais uma vez: o cheiro antisséptico do hospital, a vista do centro comercial do outro lado da rua, o queixo de Matt com a barba por fazer, parecendo ruiva e selvagem sob a luz fluorescente.

Ele coçou a barba e me perguntei se ele estava pensando sobre a noite anterior.

— Se tudo der certo, saio daqui em cerca de uma semana — adicionou ele, e eu queria acreditar. Mas o que ele não citou é que, de alguma forma, uma semana na internação podia conter uma eternidade. Aqui as relações progrediam na velocidade da luz, formadas na consciência mútua de que estamos aprendendo a sobreviver em um mundo que não foi feito nos levando em consideração. Encarei o Wendy's com vontade, desejando que meu corpo estivesse lá. Matt notou meu raro silêncio e me abraçou de lado. Inspirei com certa rapidez e então relaxei contra o calor de seu ombro forte.

— Qual é, Dee, você consegue — disse ele. — Tem que enfrentar aqueles médicos e sair daqui com um sorrisão. É assim que você vence.

Pisquei para afastar as lágrimas.

— Não parece que estou vencendo. Parece que estou tão doente quanto no dia em que cheguei aqui e agora vou estar sozinha.

— Não vai ficar sozinha — prometeu ele, a voz baixa e apressada quando um médico passou por nós. — Me liga no orelhão todos os dias. Para a Misa também. Vamos estar ocupados com o quê? Fazendo macramê?

Eu havia contado para Misa que ia embora no banheiro apertado que compartilhávamos. Em certo momento durante nossa internação, havíamos trocado os produtos de higiene para tentar recriar aquela sensação estranha de usar produtos de hotel, rindo ao ver que os sabonetes da L'Occitane e da Dove eram iguaizinhos quando se está deprimido. Ela tentou manter a compostura enquanto guardava meu sabonete líquido e meu shampoo dois em um com cuidado, mas consegui perceber que estava mais abalada do que o normal.

— Vou sentir sua falta — falou, tão rápido que quase não ouvi. Nós nos encaramos e eu pensei em como ela e Matt ficariam sem mim aqui. Não tínhamos permissão de fazer visitas depois de receber alta, mas isso geralmente não era um problema para a maioria das pessoas. Eu não sentiria falta da burocracia, da vigilância, do sentimento de que havíamos sido presos para que as outras pessoas ficassem protegidas. Mas, talvez, a coisa mais maluca em relação a mim é que eu não queria ir embora.

— Não precisam se preocupar comigo — disse ao Matt, sufocando uma pontada de ansiedade em meu peito.

Ele me puxou para mais perto. Eu podia sentir o aroma do sabonete de cedro que Tilley havia comprado para ele na farmácia no andar de baixo. Jermaine roncou e se remexeu na cadeira, e eu desejei que pudéssemos nos despedir em outro lugar, um lugar em que talvez eu fosse mais corajosa.

— Dee, eu sempre vou me preocupar com você — disse ele. — É bom já ir se acostumando.

Meu coração estremeceu, mas eu não conseguia achar as palavras para levar o papo adiante. Em vez disso, meus instintos de jardim de infância vieram à tona e eu dei um soquinho em seu ombro.

— Matt, se eu consigo me acostumar com antipsicóticos, consigo me acostumar com qualquer coisa.

Ele deu uma risadinha.

— Deviam ter citado você em vez de Wayne Gretsky na lousa do corredor.

— Ah, sim, claro. Quando isso acontecer, vou saber que finalmente venci na vida.

Matt se levantou tão repentinamente que caí no braço do sofá.

— Espere aqui — disse ele, e então saiu pela porta da sala de convivência.

Nunca fui boa em seguir instruções, então joguei a bolsa ao lado da cadeira de cochilo de Jermaine e segui Matt até o corredor. Quando passei pela estação de enfermagem, vi que ele estava ocupado apagando o quadro branco do corredor.

— Sai daqui, madame! — disse com a voz arrastada, como se estivesse em um filme de Velho Oeste dos anos 1930. — Salve-se! Não volte para me ajudar!

Arquejei.

— Isso é uma caneta permanente? Eles vão te matar!

Ele tirou a tampa da caneta preta e escreveu: "Se eu posso me acostumar com antipsicóticos, posso me acostumar com qualquer coisa" enquanto eu assistia com pavor e admiração. Assinou a frase com um único D e então se afastou para admirar seu trabalho, sorrindo para mim.

— Pronto — disse ele. — Deixou sua marca. Agora está na hora de dar o fora daqui.

— Não sei se estou pronta — respondi, encarando o chão.

Matt pegou minha mão e a apertou.

— Confia em mim?

— Sempre.

— Então acredite quando eu digo que você sempre esteve pronta para encarar o que está adiante — disse ele bruscamente, e meu coração ficou mais leve. — Você é uma sobrevivente, Dee. Nunca se esqueça disso.

COMO EU PODERIA não amar alguém que acreditava tanto em mim?

— Foi culpa minha também — falei para Tilley, virando metade do meu drinque para diminuir o impacto. — E, é claro, também podemos dar os devidos créditos ao sistema psiquiátrico extremamente falho pela sua contribuição em meu trauma...

— Amém.

— Mas tem razão, tudo deu errado quando eu saí do hospital — falei. — Foi assim que eles acabaram juntos.

— Hmm — disse Tilley. — Não vamos comentar sobre a noite em que você quebrou tanto as regras que seu médico decidiu que nem o hospital-dia seria suficiente e sua vida praticamente deslizou ladeira a baixo com decisões ruins?

Eu não diria que foi ladeira a baixo — foi mais um sobe e desce. Quando Matt e Misa noivaram há alguns meses e tudo saiu de controle, eu decidi parar de tomar meus antipsicóticos de uma vez, as palavras que Matt escreveu no quadro há muito esquecidas. Naquela noite, acabei contemplando a vida e a morte em um viaduto, o que causou visitas indesejadas de policiais, como se eles fossem pretendentes cortejando uma debutante do século XVIII. Ao fim daquele mês, eu estava recebendo mensagens através do despertador, cozinhando doze ovos de uma vez e arrancando as pétalas das flores que Tilley trazia para casa e colocando-as entre as páginas de dicionários para ter sorte. Mas mesmo depois de Tilley me convencer a tomar meus remédios com uma banana todas as noites e me ajudar a conseguir um trabalho de meio período que impediu minha mente de entrar em uma espiral negativa, uma coisa nunca mudou: desde que conheci Matt, senti que qualquer caminho no mundo me levaria de volta a ele.

— Havia algo entre nós — disse. — É impossível que ele também não tenha sentido. Mas depois de todo aquele tempo que passaram no hospital-dia, ele concluiu o tratamento com um certificado plastificado e um plano para os próximos cinco anos que de repente não me incluía. Foi o crime perfeito!

Tilley colocou os pés no sofá enquanto assistia dois tripulantes darem uns amassos em um bote salva-vidas.

— Para alguém que já fez um bando de coisas suspeitas enquanto estava em estado de mania, você não parece compreender bem o que é um crime.

Ela parou para tirar um batom vermelho do meio das almofadas, abrindo a tampa para contornar os lábios com um tom carmim.

— Além disso, é difícil torcer por um relacionamento que nunca viu a luz do dia porque você tem medo demais de confessar seus sentimentos para um crianção.

— Não é tão fácil — argumentei, pegando o batom de sua mão e passando-o nos meus lábios ressecados. Tive um vislumbre do meu rosto cansado no reflexo da janela. Como esperado, a cor ficava melhor na Tilley. Mais nova, mais loira e com 50% menos consideração pela humanidade, ela era uma versão melhorada de mim, Tilley faria sucesso tanto no *The Bachelor* quanto no *À Prova de Tudo.* — No hospital, tudo que existia entre nós ficava naquele espaço seguro e hermético. É difícil deixar esse tipo de coisa invadir o resto de sua vida.

Tilley apoiou o copo, inclinou-se e limpou uma mancha abaixo do meu lábio.

— E é por isso que a Misa quer manter a internação em segredo, suponho.

— Não é a mesma coisa — retruquei. — Não tenho vergonha de como nos conhecemos. Acho que o que nós três temos é realmente incrível e especial, e se Misa não consegue ver isso, não acho que ela deveria ficar com ele. É só isso.

— E o que você vai fazer a respeito?

— Nada. — Suspirei. — Matt vai se casar com Misa, que é um ser humano funcional e, como sempre, vou ficar para trás. Não preciso esfregar sal na ferida, vendo os dois no altar.

Tilley abriu um sorriso.

— Para alguém que pede o McLanche Feliz regularmente, essa é uma decisão bem madura. Não deixe isso inflar seu ego nem nada, mas estou orgulhosa. Pela primeira vez está fazendo a coisa certa.

Pensei no vinco que se formaria entre as sobrancelhas grossas de Matt quando eu recusasse o convite, o pequeno suspiro que ele solta quando tenta esconder a decepção. O buraco no meu estômago se abriu novamente, engolindo todas as possibilidades que eu finalmente estava abandonando.

— Acho que estou me tornando adulta ou algo do tipo — disse, levantando minha Fanta para um brinde.

Tilley sorriu e bateu seu copo vazio contra o meu.

— Vou acreditar nisso quando você começar a pagar aluguel.

02

WATERFALLS

– TLC (4:40)

NO DIA SEGUINTE ao qual abri meu coração a Tilley, o convite de casamento caiu deliberadamente em um triturador de papel que comprei em um bazar, mas eu não conseguia encontrar coragem para dar as más notícias a Matt e Misa. Em vez disso, decidi deixar todas as ligações preocupadas deles caírem na caixa postal, convencendo a mim mesma de que, quando eu contasse que não compareceria, eles estariam ocupados demais com os arranjos de flores e a degustação de bolo para se importar. Engoli a culpa e tentei seguir a vida que Tilley havia me ajudado a organizar: um bico como passeadora de cães no qual podia decidir meus horários de trabalho e não era necessário interagir com humanos, as consultas mensais em que meu psiquiatra fingia me escutar e as raras, mas perfeitas, noites em que minha irmã não precisava trabalhar e podíamos passar horas assistindo comédias românticas dos anos 1990. Em algumas manhãs de domingo, ela tentava me convencer a ir visitar nossos pais, mas mesmo já fazendo meses desde que saí de casa, nunca parecíamos saber o que dizer uns aos outros. Especificamente nesses dias, era como se eu não estivesse saindo do lugar. Claro, Tilley estava feliz por eu não estar piorando sob seus cuidados, mas de que isso importava se eu também não estava melhorando?

Dois meses depois, me vi no banheiro ajudando Tilley a experimentar um corselete preto *vintage* para um encontro. Ela apertou as laterais da barriga com os dedões e a forçou para dentro enquanto eu puxava os laços logo abaixo de seu quadril.

— Puxa mais forte! Estou tentando conquistar um futuro advogado.

Dei um último puxão com toda a minha força, que não era muita, já que 30% da minha dieta consiste em macarrão instantâneo. Mas eu sabia que, na escala de martírio fraternal, amarrar a *lingerie* estranha da minha irmã estava muito abaixo de visitar um hospital psiquiátrico todos os dias.

— Vai estar aqui quando eu voltar? — perguntou ela, observando-se jogar o cabelo pelo espelho.

— Não sei, não, Til — falei, tentando manter a firmeza da fita enquanto amarrava um laço desajeitadamente. — Tenho tido tantas obrigações sociais nos últimos tempos.

— Ser funcionária da coitadolândia deve ser tão exaustivo pra você — disse Tilley.

Puxei a parte de baixo de seu corselete e sorri para o reflexo dela.

— É o primeiro emprego de período integral que consegui manter.

Como uma deixa, o Samsung velho de Tilley começou a tocar uma versão de "Call Me Maybe". Resmunguei, pronta para testemunhar mais uma conversa telefônica entre Tilley e algum membro de seu fã-clube, homens que ela conhecia no bar, na fila do caixa do mercado e no cemitério decadente no fim da rua. Falando sério, a essa altura ela conseguiria conquistar um homem até na Lua.

— Oiiiiii — cantarolou Tilley. Ela olhou para mim, escutou por um tempo estranhamente longo e franziu o cenho. — Aham, só um segundo.

Ela enfiou o aparelho todo rachado na minha cara.

— É pra você — disse ela. — A Misa.

— Fala que ela ligou pro número errado — sussurrei, cobrindo o telefone com uma toalha. Achei que eu tinha tomado todas as precauções para evitar contato, mas esqueci que Tilley é o tipo de pessoa cujas atividades diárias dependem de ligações de estranhos.

— Ah, querida — disse Tilley. — Acha que ela não reconheceria essa voz sexy?

Encontrei meu próprio olhar no espelho, esperando conseguir juntar forças para sobreviver a uma conversa que confirmaria que eu realmente sou uma pessoa má. Em vez disso, notei que meu pijama da tarde estava abotoado errado, então desisti e peguei o telefone.

— Oi, Misa.

— Oi, Dee — respondeu ela, animada. Eu podia imaginá-la sentada na cozinha de sua *obachan*, uma caneta reluzente em sua mão caso precisasse fazer anotações ou começar a desenhar para aliviar a pressão em seu cérebro. Meus ouvidos ansiavam por ouvir o barulho do chinelo de sua avó, um som aconchegante ao qual eu havia me acostumado. — Estava querendo falar com você.

— Que bom que estamos ao celular, então. — Quis me jogar de um penhasco imediatamente.

— Sentimos sua falta no evento beneficente do hospital — disse ela gentilmente. — Achei que poderíamos celebrar o aniversário de seis meses do nosso grupinho de apoio, mas tenho certeza de que teremos outra chance em breve.

Meu estômago se retorceu de culpa.

— Não sabia que você queria se lembrar disso — retruquei. Quando saímos do hospital, eu deixei várias avaliações negativas no Google, enquanto Misa se juntou ao conselho juvenil para arrecadação de fundos, certificando-se de não mencionar o fato de que havia sido uma paciente. Eu sabia que ela estava tentando fazer a diferença, mas, de certa forma, pareceu uma traição ao que passamos a entender sobre o sistema.

— É claro que quero — disse ela e logo voltou ao elefante na sala. — Então, sei que você tem estado extremamente ocupada...

Eu me encolhi. A maior parte do meu tempo livre era consumida pela volta do *Neopets*.

— Mas espero que possa ir ao casamento. Sei que se sente um pouco sobrecarregada com viagens, então se precisar de ajuda para comprar a passagem, ficarei muito feliz em ajudar. — Misa abaixou o tom de voz, como se estivéssemos planejando um assalto. — Prefiro muito mais usar minhas milhas com você do que no desconto de um purificador de ar.

— Deixa comigo — falei, mais alto do que pretendia. Lancei um olhar de culpa na direção da minha irmã e murmurei ao telefone. — Quer dizer, isso se eu conseguir ir. Ainda não sei.

— *Como é?* — Do canto do banheiro, Tilley jogou uma esponja de maquiagem na minha cabeça. Desviei e voltei a colocar o celular contra a orelha.

— Eu entendo — respondeu Misa, e então parou de falar. Pude ouvir o barulho de uma embalagem de salgadinhos, um sinal claro de que o planejamento do casamento a estava afetando. Quando estressada, Misa conseguia engolir Doritos como se não houvesse amanhã. Torcia para que ela não estivesse deixando digitais cor de laranja no caderno, pois isso a faria surtar mais uma vez. — Sei que é mais difícil, especialmente considerando o que eu contei, ou deixei de contar, à minha família. É só que... não sei se isso muda alguma coisa, mas o casamento realmente não seria a mesma coisa sem você.

Eu não estava acostumada a ver Misa sendo direta quanto ao que desejava. Geralmente, o pedido vinha disfarçado, como tofu empanado. Mas esse era um pedido importante. Nós duas sabíamos que minha presença ameaçaria o casamento de conto de fadas que Misa havia planejado sob os olhos atentos da mãe.

Eu era uma lembrança viva daquilo que ela gostaria de esconder sob o tapete. Ela não pedia apenas minha presença, mas também meu silêncio discreto. Mas, naquele momento, percebi que, se a situação fosse invertida, eu também gostaria que ela estivesse presente.

— Me deixa pensar. — Suspirei. — As coisas têm sido… — Escolhi minhas palavras com cuidado, para não parecer que passei meses numa pior. — … animadoras. Sabe, o trabalho está melhor, me inscrevi em um novo aplicativo de astrologia, talvez eu volte para a faculdade alguma hora…

— Seria ótimo pra você — disse Misa, animada, e meu cérebro rancoroso focou aquele pequeno *pra você*, como se ela soubesse que nós nunca estaríamos no mesmo patamar. — Precisa atualizar seu currículo? Posso te ajudar com o design, se precisar. Podemos tirar uma tarde pra isso.

De repente, pareceu que o futuro que estive prometendo para mim era realmente bom. Misa amava solucionar problemas, e lá estava eu, mais um problema a ser resolvido. A única complicação, como sempre, era minha autoconfiança.

— Não posso — falei, minha voz se tornando mais monótona a cada segundo. — Preciso desligar.

— Dee — implorou ela. — Eu não quis te pressionar. Pode esperar só um segundo, prometo que…

— Preciso ir — disse antes de desligar, meu peito apertando.

Tilley soltou o lápis de sobrancelha que segurava para me abraçar.

— Bem, você não chorou — cantarolou ela no topo da minha cabeça. — É praticamente um avanço.

— Não seja legal comigo por dó — choraminguei.

— Não estou sendo legal com você. Essa parte vem depois, quando eu dispensar meu paquera e te levar pra tomar sorvete.

Meu celular vibrou e eu me desvencilhei da Tilley para ver a mensagem de texto que recebi.

— Ah, ótimo — falei. — Desligo na cara da Misa e, de repente, o Matt decide que quer vir aqui. Dá pra acreditar que se juntaram pra me atacar?

Tilley franziu o cenho.

— Não acredito que Matt ousaria dar as caras por aqui. Acha que é tarde demais para colocar um ninho de cobras no jardim?

Acabamos não tendo tempo para soltar répteis porque, segundos depois, o beagle do nosso vizinho latiu ao ouvir a batida firme em nossa porta. Passando uma escova rápida no cabelo e abotoando direito meus pijamas, andei até a entrada como se estivesse a caminho do Met Gala.

— Não vai nem vestir uma roupa sexy pra recebê-lo? — resmungou Tilley, que espiava através das cortinas da sala.

— Não somos assim — retruquei e abri a porta para Matt, que estava bonito e um tanto quanto suado em sua camisa de flanela e colete *puffer*.

—- Eu já estava a caminho — admitiu, acanhado. — Achei que fosse precisar de uma ajuda. — Ele abriu os braços e eu hesitei, lembrando de todas as mensagens não respondidas que se acumulavam na minha caixa de entrada.

Matt sentiu as presas da minha insegurança começarem a me atacar e seguiu falando, tentando acalmar meu cérebro superaquecido.

— Sabe do que gosto em você? — perguntou, mal parando para retomar o fôlego. — Fica ótima vestindo pijamas, não importa a hora do dia.

Tilley fingiu vomitar na sala de estar, então saí para a varanda da frente e fechei a porta atrás de mim, tremendo no ar frio.

— Algumas pessoas ficam presas ao tique-taque do relógio, e essa é uma maneira horrível de se viver — continuou Matt, fingindo que minha irmã não estava com o rosto colado no vidro para nos ver. — Eu sempre sinto vontade de estar de pijamas. Por que acha que uso tanta estampa xadrez?

Eu me joguei contra ele, que me segurou em um abraço de urso, me apertando tanto que quase perdi o fôlego pela segunda vez.

— Eu estava com saudades — gritei em seu ombro esquerdo. O vizinho da casa ao lado parou de varrer os degraus para nos encarar e eu o dispensei com minha mão livre.

Matt me colocou no chão.

— Eu também estava. Sabe como é difícil encontrar alguém que me deixe brincar de *Qual É A Música* em seu braço todos os dias? Criei todo um repertório enquanto você estava longe.

— Quero ver — falei, me preparando para um dos nossos jogos favoritos da internação. Nós o inventamos depois de as enfermeiras não deixarem Matt pegar o violão surrado do hospital, dizendo que "não havia supervisão disponível". Acho que perceberam um risco grande de ele encerrar a apresentação quebrando o violão na janela da farmácia do hospital.

Eu e Matt mergulhamos em um silêncio profundo enquanto ele batucava um ritmo cuidadoso no meu braço. Não sei dizer quantas manhãs havíamos passado curvados sobre a mesa do refeitório, trocando refrãos. Para um músico em recuperação e uma maluca que só queria ser tocada, não era um jeito ruim de passar o tempo. Senti as batidas pulsarem pelo meu corpo, sintonizadas com o impecável metrônomo interno de Matt.

Franzi o cenho.

— Pode dar pelo menos uma dica?

— Desenho animado que passava nas manhãs de sábado. Da era de ouro.

— Você é mais velho que eu, então sua era de ouro é tipo, ancestral — reclamei. Matt tocou uma última vez para mim e meus olhos brilharam. — Ah, você quase me pegou. É a música de abertura dos *Flintstones*!

Matt sorriu.

— Sabia que ia acertar. Sempre que tento fazer isso com a Misa, ela morre de cócegas. É a mulher mais durona que conheço, mas não consegue suportar as batidinhas.

Sentei-me nos degraus, gesticulando para o espaço ao meu lado. Tilley havia finalmente cansado de bisbilhotar, então considerei que era um bom momento para testar as águas. Matt se enfiou entre mim e o corrimão, nossas coxas se encostando.

— Amo o fato de você ser um músico profissional e escolher usar seus talentos assim — comentei, deitando minha cabeça em seu ombro.

— Eu *era* um músico profissional — murmurou Matt, e eu ajeitei a postura.

— Eita! Finalmente aceitou aquele trabalho com o pai de Misa?

— É temporário — respondeu ele, um pouco rápido demais. Era exatamente a mesma coisa que eu havia falado sobre o meu bico atual para acalmar meus pais. — Só enquanto resolvo as coisas.

Eu sabia que ele não queria que eu fizesse perguntas, então não fiz. Simplesmente afundei na lacuna anormal entre o que ele me dizia e o que sentia. Podia fazer um tempo que não nos falávamos, mas eu não gostava desse espaço extra.

— Falando em resolver as coisas — disse ele, mudando de assunto. — Quis vir perguntar sobre a viagem para as Ilhas Turcas e Caicos pessoalmente, já que não tivemos sucesso ao usar os modos de comunicação convencionais, como cartas, celular e pombos-correios…

— Tá bom, tá bom, já entendi… sou uma babaca.

— Não é — respondeu ele, com um sorriso acanhado. — Nós dois não somos o tipo de pessoa que pode simplesmente pegar um avião para uma ilha de repente. Sei que é um pedido grande e assustador. Mas quero que você esteja lá porque é uma das pessoas mais importantes da minha vida. — Ele parou. — Da vida de nós dois. Sabe disso, não sabe?

— É claro.

Matt ofereceu o cotovelo e eu usei o meu para bater no dele, sorrindo feito uma otária. Misa achava bobo ter um cumprimento secreto para celebrar o fato de todos termos ficado internados juntos. "*O que mais temos para fazer enquanto estamos trancados?*", perguntei para ela um dia. "*Eu leio ficção histórica*", ela respondeu.

Abaixei meu cotovelo e apoiei o queixo na palma da mão, tentando imaginar um cenário em que eu, Dee Foster, uma pessoa que em sete anos não saiu do mesmo bairro para nada exceto ir a um outlet em Buffalo uma vez, acabaria em um resort no Caribe com tudo incluso, tendo apenas o salário de passeadora de cachorro.

Matt me viu lutando para juntar as peças e logo intercedeu.

— Sei que parece demais, mas deixe eu te apresentar as vantagens. — Ele entrelaçou o braço com o meu e se aproximou. — Sabe que a família da Misa adora o mercado imobiliário, né? Então, na verdade, eles são proprietários de uma parte do resort, então não estamos pagando os preços normais. E eu já pedi para conseguirem um quarto pra você, então seu único gasto seria o voo.

— Eu não poderia... — comecei a protestar, mas Matt me interrompeu antes que eu fizesse drama.

— Você sempre cuidou de mim no hospital — disse ele, seu tom de voz de repente mais sério do que eu estava acostumada. — É o mínimo que posso fazer.

Foi uma pequena frase que significava muito para mim, mas não conseguia deixar de sentir que essa seria só mais uma chance que eu perderia.

— Obrigada — falei, com a voz suave, soltando meu braço do dele. — Prometo que vou pensar a respeito... mas, de qualquer forma, fiquei muito feliz por você ter aparecido.

— Eu também — respondeu Matt, mantendo contato visual por um segundo a mais do que deveria. Um momento de silêncio pairou entre nós. Mordi o lábio, me perguntando se esta era chance de que eu precisava para desabafar, cercada pelo meu vizinho fuxiqueiro e a fumaça suave de um ônibus parado ali perto. Sempre achava que nós precisávamos de um momento mais adequado do que o que estávamos tendo, mas talvez, se eu continuasse esperando pela oportunidade perfeita, perderia completamente a chance.

Antes que eu pudesse abrir a boca, Tilley saiu pela porta da frente, um casaco pesado jogado por cima de seu corselete preto.

— Desmarquei meu encontro. De nada. Vamos indo.

— Oi, Til — disse Matt, virando-se para cumprimentá-la. — Eu estava só…

— Indo embora? — Ela cruzou os braços em frente aos seios proeminentes.

Matt e Tilley não se davam bem desde que ela havia me buscado no hospital, culpando-o pela minha alta não programada. Matt ter escolhido Misa também não ajudou a melhorar sua opinião, apesar de uma vez ela ter dito que se ele se barbeasse, até pareceria um pouco com uma versão genérica de Archie Andrews.

— Não quero que as coisas fiquem assim — disse ele, erguendo as mãos em rendição. — Nós éramos amigos! Você me humilhava no tabuleiro de Palavras Cruzadas com frequência, lembra?

— Olha, cara — falou Tilley, dando de ombros. — Não é nada pessoal. Mas saiba que se quiser a Dee no seu dia especial, vai ter que me convencer.

— Eu sei… vocês são um combo — respondeu Matt. O celular dele tocou e ele me lançou um último olhar pidão antes de descer as escadas da varanda. — Se isso significa ter você no meu casamento, minha oferta vale para você *e* um acompanhante, se quiser.

— Ah, Matthew — disse Tilley, enquanto eu assentia roboticamente —, se eu tivesse um dólar para cada vez que você precisou da ajuda da Dee, eu poderia bancar uma viagem sem sua ladainha.

Matt já parecia querer retirar o convite.

— Tenho que voltar ao trabalho agora, mas espero te ver em breve, Dee. Estou contando com você.

Enquanto eu e Tilley observávamos o sedã enferrujado acelerar por nossa rua, ela me lançou um olhar e suspirou.

— Agora precisamos *mesmo* de sorvete.

ALGUNS FATOS interessantes sobre o Fiat vermelho surrado da Tilley são: (a) ele é minúsculo, então é muito econômico; (b) uma vez um cara a chupou enquanto ela dirigia, o que, ergonomicamente, é quase impossível; e (c) como só tem um CD player, Tilley gravou uma coleção de CDs caseiros invejável. A *playlist* do dia se chamava *Artistas com apenas um hit*, e a melodia doce de Sugar Ray preencheu cada canto do veículo apertado.

Seguimos um caminho sinuoso pela Kingston Road, virando a esquina no bar decadente onde qualquer garota menor de idade em Scarborough conseguia beber sem problemas. Passamos em frente ao clube de golfe onde meus amigos do ensino médio costumavam trabalhar no verão, tomando o cuidado de desacelerar ao passar pelo canto de mata onde a polícia gostava de se esconder. Quando nos aproximamos do hospital onde eu havia passado o último inverno cheio de emoções, Tilley deu uma virada brusca para a esquerda na esquina do centro comercial, saltando sobre lombadas na rua do mercado de preços populares e da última locadora da cidade. Ela parou em frente ao Wendy's e meu coração começou a acelerar.

Durante meses depois de recebermos alta, eu vinha a esse local uma vez por semana com Matt e Misa para nos reunirmos em nosso grupo de apoio não oficial, já que eu havia sido excluída da agenda regular do hospital. Depois de nosso horário programado no Wendy's, Kei — prime de Misa que estava de férias de sua faculdade na Costa Oeste — nos encontrava no boliche, onde a avó de Kei e Misa costumava tocar nas noites de terça-feira. Kei descia do banco do motorista usando coturnos que iam até os joelhos, correndo para me abraçar com uma ferocidade que eu não esperava, enquanto Matt e Misa se encaravam com timidez por cima do teto do carro. Nossa vida era pistas de boliche infláveis, compartilhar nachos com molho de queijo e uma amizade que parecia infinita. Penso nesse lindo intervalo de tempo com frequência, os dias bons antes de tudo piorar e eu acabar em cima daquele viaduto. O restaurante passou a ter uma importância quase bíblica para mim, de um jeito bom e ruim. Parecia ser o lugar ideal para tomar uma decisão importante.

Eu e Tilley levamos nossos sorvetes de chocolate para uma mesa de quatro lugares ao lado da janela, olhando para a rua sem saída que dava no hospital. Contei dez andares e me perguntei quem estaria olhando para nós lá de cima, desejando a liberdade de poder comer *fast-food*. Fiquei sentada encarando a bandeja como se tivesse esquecido como comer sem alguém me observar.

Tilley enfiou uma colherada cheia de sorvete na boca e engoliu com dificuldade.

— Então, o que quer fazer?

— Ele foi ver como eu estava, Til — falei, olhando para o sorvete. — Ninguém nunca faz isso.

— Parabéns — retrucou ela. — O cara atingiu um nível básico de gentileza ao dirigir dez minutos para ver por que você não respondia. Também quer que eu envie um agradecimento para cada semáforo que previne que você seja atropelada?

Não respondi, simplesmente continuei curvada sobre minha sobremesa. Sentia falta dos sorvetes do hospital, que vinham em potinhos bem lacrados, com colheres de madeira e nenhuma promessa de repeteco. Pelo menos a gente sempre sabia quando estava acabando. Os sons do restaurante começaram a aumentar de volume ao meu redor, minha respiração ficando quente e irregular. Tentei me concentrar na minha mão fria que envolvia o sorvete, mas me senti nua sob as luzes florescentes e virei a cabeça de um lado para o outro, buscando uma saída. Eu podia sentir o olhar de todos sobre mim. Eles deviam saber que eu era doente, tão doente que este *fast-food* havia sido um pilar da minha existência por semanas. Era um erro ter vindo aqui sem Matt e Misa. Ninguém mais entenderia.

— Ei — disse Tilley, amassando um guardanapo e jogando-o em mim. Ele me atingiu no rosto, e eu pisquei duas vezes, retomando o foco. — Não quis ser babaca. Aqui uma Kim K para animar a sua noite. — Ela deslizou o celular pela mesa, e eu encarei a tela, sem expressão.

Querendo me animar, Tilley havia começado a tirar fotos das pessoas comendo no restaurante em que trabalhava e usar frases da Kim Kardashian como legenda. Essa continha um cara dando uma mordida em um sanduíche de frango frito com molho vermelho caindo em seu queixo: *Se não gosto de algum fato da minha vida, eu o transformo. Não fico sentada reclamando durante um ano.*

— Valeu, Til — resmunguei sem emoção, devolvendo o celular. A expressão dela ficou séria e meu sorvete começou a escorrer pelas bordas. — É que... quando eu estava no hospital, pensava que, quando conseguisse vir a este Wendy's, já estaria melhor. Continuo vindo aqui, mas parece que ainda estou presa lá em cima, sabe. — Gesticulei para a sombra ameaçadora do hospital.

Tilley franziu o cenho.

— E do que precisa para ficar livre?

— Talvez deste casamento? Qualquer coisa tem que ser melhor do que como estou agora. Cansei de ser deixada pra trás.

Tilley assobiou.

— Tá, então se for, terá que assistir o cara que ama se casando com outra pessoa — contemplou ela, desabotoando o casaco para coçar a barra do corselete. — Mas se não for, perco a única desculpa plausível que tenho para tirar uns dias de folga para uma viagem com desconto para uma ilha.

— Quem disse que vou te levar?

— Conta outra — disse ela —, até o Matt sabe que agora eu sou a única que sabe como questionar as bobagens que você faz. O resto das pessoas tem medo demais de te fazer voltar para o hospital. — Ela colocou o sorvete de lado e tomou um grande gole da Fanta gigante. — Estou sendo dura porque te amo. É disso que precisa pra encarar esse casamento sem destruir sua vida inteira.

— Não vou destruir minha vida.

— Ah, é? Porque eu não sei o que você acha que vai conseguir com isso.

Franzi a testa e pensei por um momento.

— Parte de estar internada significa que toda sua vida é narrada por outra pessoa. Primeiro, é um médico, mas então passa a ser todo amigo e parente que acha que é muito arriscado você guardar as facas depois do jantar. — Tilley pareceu um pouco ofendida, então recuei um pouco. — É gentil da parte deles e tal, mas depois de um tempo, é preciso aprender a reestabelecer o controle. E eu acho que este é o momento.

— Bem, não vou ser eu a te desencorajar a tirar a mesa pela primeira vez na vida — respondeu ela. — Mas acha mesmo que essa é a situação ideal para recomeçar?

Refleti sobre todos os segredos que eu teria que guardar, as barreiras financeiras de chegar à ilha, a pressão esmagadora de ter que estar "alerta" na presença de estranhos. Porém, o mais importante, pensei na amizade profunda que me ligava ao Matt — e no sentimento incessante de que se eu não dissesse algo sobre o que sempre senti, acabaríamos cometendo um grande erro.

— Acho que, como amiga, tenho uma certa obrigação moral de ir. — Uma expressão exasperada passou pelo rosto de Tilley e eu soltei uma risadinha desesperada. — Além disso, o que tenho a perder?

Tilley bateu o refrigerante na mesa laminada e gotinhas laranjas e efervescentes se espalharam ao seu redor. — Não consegue sentir nem um pouco de orgulho do quanto progrediu nos últimos meses? Está a quilômetros de onde começou, mesmo que não consiga enxergar. E, sendo totalmente honesta, não acho que vale a pena você ir a esse casamento e se colocar em risco. Mas eu te conheço e sei que vai mesmo assim, já que eles são seus amigos ou sei lá.

— Você tem razão — falei, lentamente. — É que esta é minha última chance de...

— Confessar seus sentimentos ao Matt? Bem Julia Roberts da sua parte — zombou Tilley.

— Não — respondi. — Contar a ele o que realmente acho da Misa.

03

LOVE DON'T COST A THING

– JENNIFER LOPEZ (3:42)

UM MÊS DEPOIS, quando pousamos em Providenciales — o coração das Ilhas Turcas e Caicos —, Tilley me contou que um político do Canadá estava tentando transformá-la na nossa décima primeira província.

— Até as pessoas obcecadas pelo Canadá querem dar o fora de lá no inverno — disse ela, encostando o rosto na janela do avião. Abaixo de nós, as águas azul-turquesa ondulavam feito mármore, estendendo-se infinitamente. — Estou tão feliz por termos acabado com minha lata de gorjetas para isso.

Descemos do avião direto para a luz do sol, cordas finas nos guiando para longe da aeronave e em direção a portas automáticas que abriam e fechavam como a boca de um tubarão. O calor nos atingiu com tudo — tirei meu moletom azul e o amarrei na cintura. Tilley já estava usando shorts quando saímos de casa, o que os passageiros no ônibus abarrotado da companhia aérea pareceram achar peculiar. Com uma bolsa grande decorada com cristais na mão direita, ela usou a esquerda para abrir os óculos de sol e os equilibrou na ponta do nariz.

— Então quer dizer que a família da Misa vem pra cá o tempo todo?

Assenti, observando as palmeiras que circundavam o hangar do aeroporto. Só estava há algumas horas de distância de casa e já sentia que metade de mim não estava presente. Tentei desacelerar a respiração, dominar meu estresse.

— Menina — disse Tilley —, você está indo atrás da parte errada desse casal.

No aeroporto, um trio tocava um ritmo caribenho vibrante e praiano que parecia esmorecer sempre que havia uma pausa no fluxo de turistas. Na parede, havia um único quadro grande da Rainha Elizabeth II em frente a retratos oficiais do governo federal da ilha e um brasão protegido por um par de flamingos. Entramos na fila de turistas, em sua maioria famílias brancas bem de vida carregando malas imensas, cercadas por propagandas de bancos canadenses. O que mais vi foram passaportes canadenses, estadunidenses e britânicos, além de vários anéis de noivado do tamanho de botões de fliperama. Todas as bolsas eram de marca, e não do tipo que é possível comprar numa liquidação de loja de departamento. Segurei a alça gasta da mala de mão da minha mãe e cutuquei Tilley.

— Tá vendo aquela garota de 14 anos com uma mochila Yves Saint Laurent?

— Não — disse ela, virando a cabeça de um lado para o outro. — Se tivesse visto, já teria roubado.

Eu não podia acreditar que esta era a segunda casa de Misa. Aquilo nem parecia um lugar real. O aeroporto em si era simples, mas cada pessoa ao nosso redor exalava extravagância. Ao lado da multidão que aumentava, havia uma fila rotulada RESIDENTES E DOMICILIADOS. Uma única família negra entrou na fila, o pai saudando o funcionário do aeroporto com um "toca aqui" e as crianças acenando para os agentes da imigração que carimbavam os passaportes. Atrás deles, uma família britânica grande e sardenta parecia entediada aguardando sua vez. Quando cheguei na alfândega tive orgulho de entregar meu questionário: o propósito da minha viagem marcado com um desonesto e claro *lazer*.

Do lado de fora do aeroporto, um cara musculoso e careca vestindo um uniforme engomado segurava um cartaz com nossos nomes, sua pele preta brilhando em contraste com o linho branco de sua camisa. Ele nos recebeu com um sorriso largo e jogou nossa bagagem no porta-malas do Land Rover como se dentro tivesse marshmallows.

— Me chamo Washington — disse ele, enquanto prendíamos o cinto de segurança e murmurávamos nossos nomes. — Estão aqui para o casamento?

— Sim — falei, tentando colocar entusiasmo nas cordas vocais. — Estamos muito felizes por Matt e Misa.

— Vamos fazer um grande evento pra vocês esta semana — disse ele no mesmo tom de voz que eu, provavelmente sem a falsidade. — Eu amo casamentos. Meus amigos me zoam por ser tão romântico. Mal posso esperar pra me casar. Tenho que economizar para o anel, sabe?

— Há quanto tempo namora? — perguntou Tilley.

Ele abriu um sorriso.

— Ainda não tenho namorada. Mas acha que isso vai me impedir? Não. Vou estar preparado.

Enquanto Washington circulava por um aglomerado de palmeiras ornamentais e nossa bagagem revirava no porta-malas, Tilley se aproximou de mim e segurou minha mão com suas garras de grifo. Ela perguntou se ele podia colocar o novo CD que gravou, chamado *Playlist do Desastre 3.000* em homenagem a nossa viagem. Quando perguntei o motivo de ela ter adicionado 3.000 no final, ela disse que, arredondando, esse era o número de vezes que havia desejado uma morte rápida enquanto eu sofria por Matt. A frente do estojo de acrílico estava coberta por um desenho malfeito de uma concha de caracol, esboçado com uma canetinha grossa e traços desajeitados.

— Representa seu cérebro quando entra numa espiral negativa — explicou ela, traçando as linhas com uma unha postiça. Para a sorte de Washington, seu carro era muito moderno para ter um leitor de CDs.

Quando ficou sabendo que vínhamos de Toronto, ele colocou a música "Nice for What" no volume máximo. Passamos por lojinhas com vestidos pendurados nas grades, barracas de frango frito e uma única loja de chá gelado com uma fila que dobrava a esquina. Washington explicou que não havia muitos residentes na ilha porque ali não havia água potável, o que tornava aquele um lugar difícil de se viver se você não estivesse preparado para pagar por um resort ou uma mansão (ele disse isso com ânimo, mas, mesmo assim, congelei). Ele nos viu observando os centros comerciais e as casas de madeira afetadas pelo ciclone de alguns meses atrás e contou que sua família e muitas outras haviam se protegido dentro da Igreja Santa Mônica, que ficava no fim da rodovia Leeward. Ele a indicou quando passamos, mas mal conseguimos ver o edifício por trás de tantos andaimes.

— A igreja nos protegeu durante a pior tempestade — disse ele. — Mas cedeu na seguinte, quando não precisávamos mais dela. As coisas às vezes são perfeitas, sabe?

— É uma forma positiva de ver a situação — disse Tilley, mas meu estômago se revirou com o comentário simplista.

Ele deu uma olhada na minha expressão e logo mudou de assunto. Fiquei pensando em quantas partes da vida ele tinha que suprimir nessas pequenas viagens.

— Pode ser que até vejam alguma celebridade na ilha — disse ele, sem perder o ritmo. — O Drake vem jogar golfe aqui o tempo todo, e algumas das Kardashians estavam no nosso festival há algumas semanas.

— Que incrível! — arquejou Tilley, a atração por *reality shows* superando qualquer escrúpulo moral. — Quem mais?

— Bem, a maioria fica em Parrot Cay, então não dá pra ver muitos deles. — Washington refletiu por um momento. —

Mas tem a casa do Prince, cuja entrada é roxa. Justin Bieber. Bruce Willis, se gostar dele.

— Ah, *isso* explica por que Matt concordou em se casar aqui — comentei, pensando nas infinitas vezes em que ele havia pedido por *Duro de Matar* nas noites de cinema do hospital.

— Ele também acha carecas extremamente atraentes? — perguntou Tilley. Washington sorriu, sua careca brilhando ao sol.

A entrada do hotel era uma enorme rotatória cercada por palmeiras e lotada de carros. Washington parou em frente à porta de entrada e um atendente animado, usando uma gravata azul-turquesa, abriu a porta do Land Rover.

— Sejam bem-vindas ao Breeze Bay — falou ele, nos ajudando a descer do carro e nos entregando dois copos longos de ponche vermelho. Enquanto ele retirava nossa bagagem pesada do porta-malas, eu e Tilley encaramos boquiabertas os apartamentos brancos com varanda de vidro, o enorme lustre pendurado em um arco grandioso e o pedaço de uma longa e cristalina piscina com borda infinita que dava para a praia. As espreguiçadeiras, intercaladas por grandes guarda-sóis, exibiam corpos bronzeando sob o sol. Ao fundo, um liquidificador zunia com a promessa de *piñas coladas* geladas.

— Jesus amado! — exclamou Tilley, tomando um gole do ponche de rum. — Alguém vai acabar sendo assassinado aqui, bem ao estilo de Agatha Christie.

Depois que conseguimos fechar a boca por tempo suficiente para terminar nossos *drinks*, arrastei Tilley para longe do Washington para que pudéssemos descansar no quarto do hotel antes da festa de boas-vindas. Grace, a *concierge* rápida e eficiente, fez o *check-in* e nos deu o itinerário da semana, impresso em um luxuoso papel azul-turquesa. Levando em conta a festa de boas-vindas dos Nagasaka, a despedida de solteiro (uma adição bem canadense), o *brunch* da noiva organizado pela mãe do Matt e o próprio casamento, parecia que eu havia calculado mal a proporção de vestidos em relação às festas. Também me surpreendi ao ver a quantidade de locais diferentes que visitaríamos na ilha, cortesia de Washington e da frota de Land Rovers do hotel. Eu havia ouvido falar que resorts com tudo incluso geralmente pareciam estranhas prisões de luxo, mas depois de dar uma olhada na lista de bares e restaurantes locais, percebi que essa ilha tinha uma cena social para a qual eu não estava preparada. Seria sorte se eu conseguisse me bronzear entre as atividades (tirando os passeios opcionais de Jet Ski, que sem dúvidas estavam fora do nosso orçamento). Tilley imediatamente dobrou seu itinerário ao meio e o enfiou na bolsa.

— Não acha que pode precisar disso? — perguntei.

Um garçom uniformizado curvou a cabeça quando Tilley passou apressada por ele, ansiosa para chegar em nosso quarto. Eu o vi descarregar os coquetéis do almoço em uma mesinha próxima, seus gestos animados transformando-se em cansaço assim que se virou.

— Programações são apenas sugestões — disse ela, passeando pela área com seus shorts da Old Navy como se sempre tivesse feito parte daquele mundo.

COM UM EMPURRÃOZINHO de Matt e Misa, os Nagasaka tiveram a gentiliza de reservar para nós um *studio* fofo no bloco deles, que fez a casa em que cresci parecer fim de feira. O quarto era bem iluminado e arejado, com almofadas de estampa náutica ajeitadas em uma cama estofada e luminárias de vime apoiadas em mesinhas de cabeceira de madeira. Tirei meu Converse preto e me joguei no edredom branco da nossa cama *queen size*. Depois de dar uma olhada na vista para a piscina pela janela lateral, Tilley correu para o banheiro e, como de costume, não fechou a porta para fazer xixi.

Quando voltou, ela abriu a mala e jogou uma *necessaire* lotada de maquiagem em mim. Suspirei e a levei até a bancada do banheiro, inspecionando minhas marcas de espinha no grande espelho redondo. Eu tinha olheiras profundas e minha pele estava avermelhada.

Tilley apareceu atrás de mim, já seminua.

— O que foi?

— Nada.

— Quer dizer, nada que um pouco de hidratante com cor e uma boa dose de sol não possam resolver. — Ela colocou a mão na *necessaire*, pegou uma embalagem quase vazia e de alguma forma conseguiu espremer umas gotas no meu dedo esticado. — Qual é, praticamente posso ouvir seu cérebro maquinando. Você vai ficar bem quando chegar à festa de boas-vindas. É só a ansiedade batendo.

Como resposta, espalhei o hidratante no rosto. Tilley me olhou com desaprovação enquanto me entregava uma esponja e então voltou a dar atenção para um pelo perdido no arco de sua sobrancelha direita. Ficamos disfarçando nossas várias imperfeições por alguns minutos. Eu sabia que não importava o quanto espalhasse o hidratante, não conseguiria cobrir o constrangimento que seria ver Misa pela primeira vez em meses. De várias formas, sentia falta dela — não só desde que o casamento foi anunciado, mas antes disso também, quando ela começou a namorar Matt e eu esqueci como agir perto dela. Pensei nela todas as vezes em que conheci um cachorro com nome relacionado a comida (seu tipo favorito) ou peguei um ônibus que passava na rua da avó dela, perto da Kennedy Road. Às vezes, em meio às provocações bem-intencionadas de Tilley, eu sentia falta dos conselhos de Misa, mas sabia que nunca conseguiria pedi-los.

— Nem ouse me abandonar nessa festa — alertei, batendo um pincel de *blush* nas bochechas. — Preciso que você seja uma proteção entre mim e basicamente todo o resto.

— Eles não falaram que era *open bar*? — perguntou ela. Pegou um pincel de pó da bancada do banheiro e começou a deslizá-lo em minhas bochechas com habilidade. — Não se preocupe... não vou a lugar nenhum.

— Til — falei depois de um segundo —, e se eles não me quiserem aqui?

— Ah, é — retrucou ela —, tenho certeza de que eles apareceram na casa de todo mundo confirmando a presença.

— Talvez tenha sido apenas por educação. — Era assim que meu cérebro funcionava: primeiro, impedia que procurasse as pessoas quando precisava delas. Depois, quando tempo suficiente havia passado, me convencia de que essas pessoas me odiavam, e esse era o motivo de haver tanta distância entre nós. Finalmente, se elas falavam comigo, eu me sentia culpada por ser um fardo e não respondia. Era um ciclo que havia me deixado com poucos amigos e muitas mensagens de texto não visualizadas. Eu conseguia sentir meu corpo começando a acelerar, então peguei a caneta delineadora. Na minha opinião, o melhor momento para aplicar delineador era durante um pico de adrenalina, assim eu não me importava se o traço ficasse torto.

— Nem a pau — grunhiu Tilley, tirando a caneta da minha mão e aplicando para mim.

Senti minha pele esquentar conforme pensava na maneira com que Misa sempre parecia conseguir desvendar meu nível de conforto em um instante, a forma como ela ajustava sua frequência à minha para que eu me sentisse tranquila. Mas por baixo daquele conforto havia um ressentimento incessante em relação à sua proteção — um sentimento de que eu estava sendo controlada, principalmente quando havia mais pessoas ao redor.

Quando Misa começou o voluntariado no conselho juvenil do hospital, minha esperança era de que finalmente teríamos algo em comum: queríamos derrubar o sistema, mesmo que fosse de dentro. Mas essa ilusão acabou assim que ela me encontrou na porta de seu primeiro evento de arrecadação de fundos usando um vestido preto curto e elegante. O evento aconteceria em um hotel que a maioria dos nossos colegas de internação nunca conseguiria bancar, bem longe da realidade do hospital. Percebi que Misa não queria que seus novos colegas soubessem que ela era uma de nós.

Cumprimentei vários membros do conselho que levariam um milésimo de segundo para se teletransportar até uma instituição privada se ficassem doentes. Sendo sincera, eu sabia que esse também era o caso de Misa, se isso não significasse ter que contar aos pais que estava com problemas. Perguntei qual era a porcentagem de membros do conselho que tinha experiência com doenças mentais e fiz careta quando os figurões pareceram surpresos, como se ninguém tivesse pensado em perguntar isso antes. Eles amaram o fato de eu ser uma paciente. Perguntaram como era a comida, se eu havia notado o bebedouro, que havia sido comprado pelo conselho, na sala de espera da ala ambulatorial. Eu não sabia como dizer a eles que havia muito mais com que se preocupar, coisas que nem podiam imaginar. De alguma forma, eram predominantemente brancos, representando um bairro conhecido por sua diversidade (e, consequentemente, pela melhor culinária da cidade). Matt chegou atrasado, trazendo lírios-tigre para Misa e um orgulho que fazia seus olhos brilharem como faróis na rodovia, e eu abandonei o leilão só um pouco mais rápido do que venderam uma viagem de pesca por 50 mil dólares canadenses.

Misa então organizou um torneio de golfe todo dedicado ao transtorno bipolar sem citar o fato de que tinha o transtorno, o que me deixou (metaforicamente) maluca.

— A Misa nunca quer que a atenção recaia sobre ela, sabe? — disse Matt quando tentei apontar a hipocrisia dela durante o discurso.

— Ela tem um bom coração — respondi com sinceridade. Mas o meu verdadeiro desejo era que ela abrisse aquele lindo coração no palco, que fosse escandalosa sobre sua doença, como eu era sobre a minha. No mundo real, parecia que Misa estava sempre tentando aparar suas arestas para caber no ambiente ao redor. Mas era de

suas partes irregulares e desordenadas que eu mais gostava. Elas faziam eu me sentir melhor sobre o fato de nunca ter conseguido me polir da mesma forma — o cansaço que vinha com a tentativa de ser normal sempre me atingia no fim.

PISQUEI COM FORÇA.

— Acho que preciso de um cochilo.

Tilley me passou um tubo de máscara para cílios.

— O cochilo depressivo não vai rolar. Você tá quase lá, Dee. Vai conseguir.

Paralisada de ansiedade, encarei a máscara em minha mão e apertei com tanta força que meus dedos doeram. Pensamentos sombrios rodopiaram em minha mente. Fechei os olhos para tentar afastá-los, mas tudo que eu conseguia ver era o rosto de Matt, desapontado com minha incapacidade de funcionar no mundo real. Misa ao lado dele, como merecia estar. Eu ao mesmo tempo lá e a milhões de quilômetros.

Tilley me abraçou e deu um beijo desajeitado no topo da minha cabeça. Seus peitos foram amassados pelo meu ombro.

— Ei, sei que isso é difícil pra você.

— Eu não devia ter vindo aqui. — Largando a máscara em derrota, peguei a toalha de rosto próxima para limpar meu rosto e arquejei ao ver a marca alaranjada que meus dedos deixaram no tecido branco imaculado.

Tilley arrancou a toalha da minha mão e a jogou para trás da porta do banheiro, fora de vista.

— É como uma reunião de ex-alunos, mas de um hospital. Eu entendo. Só precisa fazer eles acreditarem que sua vida está em ordem. Todos estão fingindo isso, de qualquer forma.

Talvez Misa quisesse isso, mas não costumávamos ser assim. Considerei minhas opções: não aparecer, o que faria com que Misa soubesse que havia algo errado, ou aparecer e tentar fingir até tudo acabar. Então, peguei o frasco de máscara mecanicamente e comecei a usá-lo para pentear meus cílios.

Tilley observou meu rosto fixamente pelo espelho.

— Já te falei que você é uma velha durona?

— Só sou três anos mais velha que você!

— E, de alguma forma, acabei ficando com toda a sabedoria — refletiu ela, segurando um vestido preto justo com uma fenda longa. — Quer trocar de guarda-roupa esta noite? Você arrasaria com isso.

Voltei para a cama, onde meu confiável vestido verde longo me esperava, só um pouco amassado da viagem.

— Valeu — respondi —, mas quero estar confortável.

— Confortável, mas nunca entediante — cantarolou ela, conforme eu colocava o vestido pela cabeça e o ajeitava no lugar. Ela pegou um grampo cintilante da bancada e prendeu meu cabelo para o lado, assentindo em aprovação. — Você está deslumbrante. Vamos fazer nossa entrada triunfal?

Pronta ou não, era hora de encarar Misa Nagasaka.

04

TIME TO PRETEND

– MGMT (4:19)

A FESTA DE boas-vindas foi realizada debaixo do maior gazebo que eu já vira. Sua extensão ia de um bar de coquetel ornamentado até a borda da piscina, protegendo do sol escaldante os convidados do casamento vestidos com roupas de marca. Não parecia haver muitas pessoas da nossa idade presentes, o que não era muito surpreendente. De acordo com o que Matt me falou quando estávamos organizando as acomodações, o objetivo do casamento era mais impressionar os parceiros de negócios dos pais de Misa do que qualquer outra coisa — o que explicava a quantidade de ternos naquele calor. Além disso, a maioria dos nossos amigos de longa data havia sumido do mapa depois da internação. Tirando a presença dos integrantes da banda de Matt, que sempre mudava sua formação, e de alguns colegas da faculdade de design da Misa, a festa era voltada para um público mais velho, que exigia que nos comportássemos melhor que nunca, seja lá o que isso significava atualmente.

Sob o gazebo, garçons com uniformes brancos entravam e saíam dos pequenos grupos com a destreza de pilotos de caça. Bandejas com canapés complexos vinham da cozinha, erguidas bem acima da matilha de convidados famintos que havia descoberto a rota dos garçons. Tilley conseguiu pegar uma peça de *nigiri* de atum de um prato próximo e colocá-lo na boca sem borrar o batom.

— Acho que isso aqui está no nível máximo de wasabi — disse ela, expirando com força, sua longa perna saindo da fenda do vestido. — Preciso achar um drinque sabor combustível pra tirar este gosto.

Estávamos indo até o bar quando vi Misa apoiada no balcão, tomando um *smoothie* de melancia e vestindo um macacão florido estiloso de frente única. Puxei o tecido úmido do meu vestido verde, desejando que ele não grudasse tanto. Seu cabelo espesso estava preso em um coque baixo frouxo, com mexas onduladas caindo em suas maçãs do rosto, que tinham um brilho dourado. Ela estava usando seus brincos favoritos da Mikimoto — um presente do avô — e um toque de coral nos lábios. Seus olhos brilhavam enquanto ela falava alto com a *obachan*, que vestia um conjunto esportivo rosa-pastel sem nem suar. Vi as duas trocando sorrisos, a Obachan rindo tanto que segurou o braço de Misa para se apoiar, até que me viu e acenou.

— Foco na missão — sibilou Tilley, tentando chamar um garçom. — Finge que não viu ela.

— Não posso… é a Obachan — expliquei. Respirei fundo e caminhei até Misa, as palmas da mão suando. Tilley foi direto para o bar, mais por causa de uma leve dependência de álcool do que por respeito à minha privacidade.

Na última vez em que vi Misa, há quase seis meses, ela estava no palco, como de costume. O hospital a estava premiando pelo serviço comunitário que a consolidava como membro contribuinte da sociedade, enquanto eu havia me tornado um desastre natural desde que o relacionamento dela começara. Aplaudi até minhas mãos doerem e imaginei como seria estar lá em cima, sob os holofotes, com todos os olhares em mim. Misa sempre foi uma boa navegante — conseguia seguir o fluxo do ambiente —, mas quando eu e Matt a levamos para comer *tonkatsu* depois do evento, pude ver que as responsabilidades a estavam afetando. Ela amassou os gergelins até virarem pó enquanto explicava o motivo de ainda estar morando na casa da avó.

— Eu falei para os meus pais que estou ajudando a Obachan — disse ela. — Mas é o contrário. Quando estou com ela, volto a me sentir eu mesma.

Não vou fingir que o fato de eu ser um tanto obcecada pela avó japonesa de 85 anos de outra pessoa não é estranho. Talvez seja porque nenhum dos meus avôs está vivo, ou porque meus pais preferem falar sobre o *piercing* no mamilo da Tilley do que sobre o meu transtorno mental. Eu me lembro do quanto a Misa teve medo de contar a Obachan sobre seu diagnóstico de bipolaridade no começo.

— Ela dormia em estábulos durante a guerra e nunca reclamou — disse Misa quando descobriu que sua avó a visitaria no hospital. — Como vou falar pra ela que não consigo levantar da cama?

Eu não sabia o que dizer. Mas, no fim, a ansiedade de Misa não parecia importar. Todos os dias, Obachan pegava o ônibus que levava ao hospital, armada com *senbei* e barrinhas de KitKat sabor chá verde. Perdi a conta de quantas tardes passamos no refeitório, a Obachan compartilhando lembranças de quando a família dela foi transferida para Toronto depois da Segunda Guerra, a Misa fazendo mais perguntas do que nunca. Essa era a Misa que eu conhecia bem: a que não tinha todas as respostas.

— Oi, Dee — disse Misa, aproximando-se com cautela, como se eu fosse um filhote de cervo na floresta. Pelo jeito ainda estava brava pela demora da minha confirmação de presença. — Fico feliz que tenha conseguido vir.

— Eu não perderia por nada. — Abracei-a, alarmada, inspirando o cheiro familiar de protetor solar em sua pele, depois me virei para a Obachan. — É bom te rever.

— Ah, Dee — disse ela em voz baixa. Eu senti falta de sua figura baixinha, das pausas adoráveis antes de falar, do lápis forte que usava nas sobrancelhas. — Não te vejo há tanto tempo. — Eu me curvei e a abracei, me deleitando no zumbido de seus aparelhos auditivos.

Quando me soltou, Obachan apontou para Misa e franziu o cenho.

— Não acha que ela precisa cortar o cabelo?

— Você acha que todo mundo precisa cortar o cabelo — disse Misa. — Preciso de um certo comprimento pra tirar o volume do cabelo neste calor!

Ela gesticulou para os cachinhos ao redor de seu rosto enquanto a Obachan tentava tirar uma folha que caíra em seu cabelo. Tentei me impedir de ser arrastada de volta para a harmonia simples delas. As coisas eram diferentes agora. Não era mais nós contra o mundo — era só eu tentando me defender em mais um lugar onde nunca pertenceria.

Um garçom parou para nos oferecer uma pilha imensa de rolinhos primavera. Obachan virou os hashis para pegar um do topo, enquanto Misa analisava o prato com cuidado. Sabia que cada alimento que ela escolhia precisava "parecer certo", o que não combinava com a forma com a qual o serviço de alimentação funcionava. Uma vez, eu a vi levar vinte minutos para decidir entre a sobremesa de chocolate e a de baunilha no refeitório.

Tentando dar mais tempo a Misa, peguei um rolinho e abri um sorriso para o garçom. Pequena e impaciente, Obachan colocou seu rolinho primavera em cima de um guardanapo e foi pegar mais, balançando o tira-gosto no ar com os hashis.

— Aqui — disse Obachan, empurrando-o para Misa —, é pra você.

Misa aceitou o rolinho primavera levemente amassado com relutância, enrolando-o em um guardanapo oferecido pelo garçom. Quando ele foi embora e a Obachan deu uma mordida generosa no rolinho dela, me aproximei de Misa e falei em voz baixa:

— Se quiser que eu me livre disso, é só falar.

— Obrigada — sussurrou ela, me dando o guardanapo cheio em segredo. Eu conhecia a culpa de destruir as evidências de sua própria esquisitice. Misa olhou por cima da cabeça da Obachan para sorrir para mim e, de repente, era como se estivéssemos em pé de igualdade.

Em momentos como aquele, éramos uma equipe imbatível — reconhecíamos a verdadeira forma uma da outra e não queríamos nada além disso. Mas esses momentos haviam se tornado cada vez mais raros conforme Misa se adaptava ao mundo exterior, o que, no caso dela, significava pertencer a um grupo de pessoas que definitivamente não incluía eu e todos os meus problemas.

Comecei a sentir as coisas mudando assim que contei a Misa que tinha recebido alta. Depois de nos despedirmos, ela me perseguiu pelo corredor, seus passos impacientes ecoando pelo espaço vazio.

— Deixa eu te ajudar — falou ela, ofegante, finalmente me alcançando ao lado da farmácia.

— Não se preocupa — respondi. — Minhas malas não pesam quase nada.

— Não, quero dizer... com o hospital — disse ela, a voz ficando um pouco aguda. — Posso pedir pro meu tio falar com alguém. Talvez possa fazer eles mudarem de ideia.

O tio de Misa era um médico importante e agia quase como uma fada madrinha, usando o endereço de Scarborough da Obachan para colocar a Misa em uma área de atendimento hospitalar longe de seu bairro privilegiado. O Dr. Koyanagi já havia trabalhado em nosso hospital, atendendo principalmente as famílias de recém-chegados. Apesar de os pais de Misa certamente poderem pagar por uma instituição privada, sua necessidade de sigilo superava qualquer coisa. Ela havia escolhido nosso sistema de saúde defasado porque sabia que não encontraria ninguém do próprio mundo. E com o Dr. Koyanagi e a Obachan dando cobertura a ela, Misa conseguiu esconder totalmente de seus pais a internação. Agora parecia que ela estava tentando controlar a minha.

— Acho que vou ficar bem — falei, me desvencilhando. Parecia que de repente todo o ar havia desaparecido do corredor.

— Você não está bem — disse Misa. — Quero que você tenha o tempo que precisa. É importante.

O que ela dizia fazia sentido, mas, de alguma forma, suas palavras me atingiram como um soco no estômago. Eu soltei o ar com tudo, mal percebendo que estivera prendendo a respiração. Talvez ela soubesse de algo que eu não sabia, algo que todos na minha vida tiveram medo demais de me falar: que este hospital era minha última chance. E como todas as outras coisas na minha vida, eu tinha estragado tudo.

Meus dedos apertaram a alça da bolsa de ginástica.

— Eu estou bem, Misa — falei, em tom neutro. — Nem todo mundo precisa de tratamento especial.

Vi a mágoa surgir em seu rosto, mas ela se recompôs tão rápido que não tive tempo de retirar o que disse, me desculpar e agradecê-la por se importar. Como sempre, não havia espaço para erros com ela, e se tinha uma coisa na qual eu era boa, era em cometer erros.

O VIOLONISTA COMEÇOU a tocar uma versão animada de "Red Red Wine" que me trouxe de volta ao presente. Ouvi a voz de Matt prevalecer sobre a conversa fiada que acontecia atrás de mim, o que significava que o rumo havia ido da rivalidade futebolística entre o Rangers e o Celtic para picles caseiros e então para como as descargas funcionavam na Austrália em questão de minutos. O último debate acabou com Matt dando tapinhas nas costas de um cara confuso e gritando:

— Me encontra mais tarde, te pago uma cerveja! — Ele avistou Misa, Obachan e eu e, abrindo caminho entre grupos de convidados, veio até nós.

Conforme ele se aproximava, balançando a cabeça no ritmo do reggae, procurei freneticamente por Tilley. Encontrei-a do outro lado do pátio, virando uma taça de vinho como se estivesse tentando vencer uma competição em um bar esportivo. Eu estava sozinha nessa.

— Minhas três garotas favoritas! — exclamou Matt, entrando no nosso círculo e dando um beijinho na cabeça de Misa. Ele parecia bonitão e familiar vestindo uma camiseta da banda The Tragically Hip e sapatos tipo *dockside* surrados, destacando-se entre o mar de camisas sociais que nos cercava.

— Dee, você está linda — disse ele, apesar de eu não estar.

— Você está como sempre — falei, e com isso eu queria dizer *bonito*, mas saiu do jeito errado.

Matt colocou o braço ao meu redor, e eu tentei não aproveitar demais ou inspirar com muita força. Uma vez fui a um encontro com um cara que me acusou de cheirá-lo quando nos abraçávamos, então agora tenho muito cuidado com as atividades extracurriculares do meu nariz, especialmente com homens que estão prestes a se casar. Contei os segundos na minha mente, antecipando e receando o momento em que teria que o soltar.

— O que aconteceu com a camisa que estava usando? — perguntou Misa, puxando a manga esquerda dele.

— Tenho uma boa explicação para isso — respondeu Matt, me soltando do abraço. — Ela tinha mangas compridas e o clima é tropical, querida. Não fazia sentido.

Ela cutucou o peito dele de brincadeira.

— Só lembre que ficaremos aqui por uma semana e você não pode usar essa desculpa para sempre.

— Eu me casaria com você usando a camisola do hospital em que nos conhecemos — disse ele suavemente. Misa riu baixinho e eu dei o meu máximo para não vomitar. — Mas ela não combinaria com minha gravata borboleta, é claro.

— E sua mãe passou semanas procurando uma camisa com o xadrez tartan da sua família — respondeu ela. — Ela nunca te perdoaria.

— Não responsabilize ela por isso — retrucou ele. — É você que tem padrões altos. Sabe-se lá como acabou ficando comigo.

Se me perguntassem, eu poderia explicar a eles, com diagramas e tudo o mais:

1º Fato Incontestável: Matt Costigan sempre fazia as pessoas se sentirem seguras. Isso era especialmente atraente para pessoas como eu e Misa, cuja vida familiar era tão estável quanto a Falha de San Andreas.

2º Fato Incontestável: Misa Nagasaka ama um projeto. Exemplo 1? Eu, é claro. Exemplo 2? Sua estranha fase de produção de sabonete. Exemplo 3? O relacionamento inteiro de Matt e Misa. Ela estava sempre pressionando Matt a se vestir melhor, trabalhar sério (eca) e ter a ambição de ser mais do que o esquisitão apaixonado por música que ele realmente era. É possível gentrificar uma pessoa? Não sei, mas ela parece estar quase lá.

O que nos leva ao 3º Fato Incontestável: Matt Costigan nasceu para atuar, e foi assim que conseguiu o papel atual, interpretando o noivo perfeito de Misa para uma família que nunca aceitaria o jeito que a história deles começou. Mas eu sabia que ele não conseguiria fingir *para sempre,* e isso aparentemente é uma parte importante dos votos de casamento.

Misa sorriu e encostou um pouco nele.

— Acho que você ficaria ótimo de qualquer jeito, mas estou tentando reservar minhas colheres para as coisas importantes. Pode tentar me apoiar nessa?

Quando a Misa citava as colheres, sabíamos que a coisa era séria. Ouvimos falar sobre a Teoria das Colheres pela primeira vez pela Harsha em uma tarde cinzenta, na terapia em grupo. Ela encostou na cadeira de plástico e explicou que pessoas saudáveis esperam que você tenha um certo estoque de energia para fazer as coisas — foi isso que ela chamou de "colheres".

Mas quando você lida com dores crônicas, transtornos mentais ou outras deficiências, não consegue prever quantas colheres tem disponíveis, e quase sempre o número é menor do que o necessário. Tarefas simples, que talvez exijam uma única colher para a maioria, podem esgotá-lo. E como uma pessoa que sempre teve orgulho de resolver as coisas, Misa usava a Teoria das Colheres como forma de traçar seus limites.

Matt abriu um sorriso.

— Eu amo você e sua gaveta gigante de talheres — disse ele. — Pode deixar que vou me trocar antes do jantar. Mas enquanto isso... Obachan, gostou da minha camiseta?

Obachan franziu os lábios e circulou Matt, puxando a barra de sua camiseta conforme passava. Quando voltou ao lugar, ela deu tapinhas tão entusiasmados no braço de Matt que ele provavelmente ficou roxo.

— É uma camisa boa, viu? — anunciou ela. — Material de qualidade.

Misa revirou os olhos.

— Só pode estar brincando.

— Viu? Tem o selo Obachan de aprovação.

— Eu sei — disse ela, o vestígio de um sorriso surgindo em seu rosto. — E ela é costureira. Não é fácil de agradar.

Quando um garçom passou, Misa trocou seu copo vazio de *smoothie* por um copo cheio de água com limão e nós jogamos conversa fora como se coreografados. Menos a Obachan, que estava mais interessada nos aperitivos que passavam, mas era baixa demais para conseguir ver todo o conteúdo. Ela se afastou no meio da conversa, os tênis brancos brilhando contra o cimento. Enquanto isso, tentei evitar ver a mão de Misa encontrando a de Matt.

— Parece que não te vejo há séculos — disse Misa casualmente. — O que tem feito ultimamente? — Nós duas sabíamos que ela tinha agendas da Moleskine com suas iniciais para cada ano, e por isso saberia dizer exatamente quantos dias eu passei desaparecida da vida deles. Para minha sorte, ela também era extremamente educada.

Tentei pensar na última coisa relevante que eu havia feito. Era um empate entre descobrir que podia usar a máquina de *waffle* como sanduicheira e conseguir pegar o ônibus em Scarborough sem ter um ataque de pânico. Então contei a eles sobre meu trabalho.

— Tenho levado cachorros para passear.

Depois do desastre na piscina, meu antigo trabalho não mostrou muito entusiasmo em me contratar de volta.

— Temos que pensar nas crianças — falaram quando eu liguei do orelhão do hospital para saber se ainda estava empregada. Para ser sincera, eu não os culpava. Mas também sentia que as crianças entenderiam que, algumas vezes, tudo o que você pode fazer é afundar.

Em vez disso, Tilley me apresentou para uma senhora rica que bebia em seu bar e tinha um mini goldendoodle chamado Jack Sparrow. Um dia, voltei à casa dela com Jack durante seu clube do livro, me deparei com uma sala cheia de mulheres brancas ricas lendo livros escritos por outras mulheres brancas ricas e de repente minha agenda estava lotada — considerando que a capacidade máxima era um cachorro por dia, o que, àquela altura da minha recuperação, eu certamente considerava.

Todas elas moravam no extremo leste do lago Ontario em Scarborough, depois dos Bluffs, depois de Galloway, separadas das notícias do meu bairro por duas grossas pontes de concreto. Chamávamos o lugar de Ilha e já sonhávamos em morar lá antes mesmo de os bangalôs passarem a custar 500 mil dólares. Eu andava pela orla do lago trocando olhares com os passeadores rivais, que levavam shih tzus, golden retrievers e às vezes um setter irlandês, sabendo bem que o verdadeiro inimigo era a lacuna óbvia entre os vinte dólares por passeio que recebíamos e as casas onde os cachorros moravam, de frente para o lago.

Não me surpreendeu nem um pouco saber que Matt e Misa planejavam se mudar para lá quando oficializassem as coisas.

— É uma área bem legal — falou Matt sinceramente, como se comprar imóveis em Toronto fosse algo que pessoas normais pudessem fazer. — Tem um barzinho que serve um ótimo *brunch* e café da manhã escocês nos fins de semana. Com chouriço e tudo. Você devia ir com a gente um dia.

Contraí o rosto.

— Por que eu sairia da cama e ficaria na fila para fazer uma refeição em vez de duas? Ainda mais quando a refeição vai ser praticamente 90% linguiça.

Misa soltou uma risada melódica e milhares de fadas nasceram na Islândia.

— Ai, Dee — disse ela. — Mal posso esperar para você ver o *brunch* que a mãe do Matt preparou para a manhã de quinta.

Eu sabia que este era o momento em que eu deveria rir e perguntar sobre a vida dela, mas eu não sabia se minha recuperação desordenada aguentaria outra rodada de comparações. Apesar de eu ter todas essas opiniões sobre o sistema psiquiátrico, não é como se eu estivesse movendo montanhas em prol da saúde mental. E depois de stalkear as redes sociais de Misa antes do voo, fiquei sabendo que ela se mantinha ocupada com angariações, bicos de designer e a porcaria da *hot yoga*. Na verdade, tão ocupada que às vezes eu me perguntava como ela estava lidando com tanto peso nas costas.

Em vez disso, foquei no que tínhamos em comum, perguntando se colocaram a empada tradicional do hospital no cardápio do casamento e se teríamos que usar talhares de plástico, até que começamos a rir do local improvável do qual viemos enquanto tirávamos areia da sola dos sapatos sociais.

— É engraçado ver que tudo e nada mudou ao mesmo tempo — disse Misa, largando a fatia de limão no fundo do copo vazio e analisando a área em busca de fuxiqueiros em potencial.

— Esta manhã, Matt teve que ir me buscar porque minha perna tremia e eu estava dando voltas ao redor da piscina.

Matt levantou o braço dela, como se estivesse declarando um nocaute.

— Minha atleta olímpica. Vai marchar até o pódio.

Resmunguei, tanto por causa da demonstração de afeto quanto pela lembrança traumática.

— Eles nunca deixavam a gente usar aquela pista. Onde achavam que iríamos? Era um circuito fechado!

— Se formos começar a listar todas as coisas que não faziam sentido no hospital, vou precisar de mais uma bebida — disse Misa ardilosamente.

— Você está tomando água! — disse Matt.

— Exatamente — respondeu Misa. — Vou ficar com a garganta seca!

Ele riu e tirou o copo das mãos dela.

— Entendi o recado. Volto em um segundo.

Ele olhou meu copo pela metade e foi em direção ao bar, tentando evitar ser chamado por outros convidados no caminho.

De repente, percebi que estava completamente sozinha com Misa pela primeira vez em séculos. O gatinho fino de seu delineado desapareceu nas dobras de seu olho quando ela sorriu para mim com expectativa. Eu não sabia o que dizer. Sentindo a pressão, finquei o salto do meu sapato *espadrille* no piso do pátio.

— Então — disse ela —, é tão ruim quanto você imaginava?

— É pior — respondi. — Tem um cara usando uma camisa havaiana não ironicamente ali.

Misa deu uma risadinha, mas não perdeu a meada de seu interrogatório.

— É sério, Dee — disse ela. — Se eu puder fazer qualquer coisa para tornar isso mais fácil, me avisa. Fico feliz por você estar aqui por nós.

Por um momento, pensei se havia uma maneira apropriada de perguntar se ela cancelaria o próprio casamento, mas decidi que não era boa ideia. Em vez disso, indiquei com a cabeça as bandejas elaboradas de champanhe e canapés que circulavam.

— Você consegue se acostumar com isso?

Misa inclinou levemente a cabeça.

— Essa é uma parte da minha vida que esperam de mim. Meu trabalho beneficente é outra. Nem sempre é fácil, mas desde que eu tenha meu próprio espaço, dá pra aguentar.

Senti uma pontada de inveja ao pensar em aguentar, bem, qualquer coisa além de passear com cachorros.

— Você tem sorte.

Misa olhou na direção do bar, onde Matt esperava na fila e fazia amizade rápida com uma mulher mais velha com um chapéu de praia cheio de detalhes.

— Tenho mesmo — respondeu ela. — Durante muito tempo, minha vida era mais tolerável quando eu separava as coisas. Com Matt, sinto que posso ser todas essas coisas, ou nenhuma, e é o bastante.

— Isso é ótimo — murmurei, cobrindo os olhos sob o sol. Eu conhecia bem o sentimento que ela havia descrito e queria ficar feliz por ela... queria mesmo. Mas uma parte deturpada do meu cérebro sentia que Misa havia roubado algo que devia ser meu. Meu estômago nervoso roncou e peguei um *inarizushi* de uma bandeja que passava.

Enquanto eu dava uma mordida generosa no sushi, um homem de terno, barba perfeita e um leve brilho alaranjado se materializou entre nós duas. Seus dentes pontudos brilhavam ao sol e ele não olhou para mim nenhuma vez. Vi a postura de Misa ficar ereta, como se ela estivesse amarrada ao teto por cordas invisíveis. Seus movimentos se tornaram calculados e coreografados conforme ele elogiava os pais dela por organizar um evento tão bonito. Dei meu melhor para não cuspir o arroz na minha boca.

— Me desculpe — disse ele, só lembrando que eu estava viva quando seu estoque de elogios acabou. — Não ouvi seu nome.

Misa entrou em ação antes mesmo de eu conseguir terminar de mastigar.

— Essa é a Dee Foster — disse ela, a voz de repente tensa. — Fazemos voluntariado juntas no hospital.

Engasguei com o último pedaço de *inarizushi* enquanto o homem parecia ficar feliz como uma criança no Natal.

— Isso é incrível! — exclamou ele. — Um jeito tão valioso de usar seu tempo! — Eu tinha certeza de que ele só colocava um punhado de notas na arrecadação do Exército da Salvação todos os anos e achava que estava ótimo.

Encarei Misa diretamente e abri um sorriso largo que rasgou minhas entranhas. Não sei por que eu esperava que as coisas fossem diferentes. Pensei em como ela havia subsidiado minha viagem até lá, sem contar na nossa amizade como um todo. Pensei sobre o casamento e tive esperanças de que ela finalmente começaria a prezar por tudo o que havíamos ganhado no hospital. Era isso que eu precisava explicar ao Matt: que Misa nunca estaria realmente do nosso lado por causa das lembranças constantes de que era melhor do que nós. Havia uma parte dela que sempre *queria* ser melhor do que nós. E na minha opinião, o azar era o dela.

Engoli a raiva e escolhi as palavras com cuidado.

— Nada melhor que caridade, né?

Naquele momento, algo se perdeu entre nós, mas algo familiar também se cristalizou no fundo do meu estômago, irregular, perfurante e afiado com orgulho.

O homem pareceu desconfortável e deu um passo para trás.

— Bem, acho que eu devia...

— Preciso de mais uma bebida — falei mecanicamente, sem o deixar terminar. — Foi um prazer te conhecer. — E acho que, de certa forma, eu poderia dizer o mesmo para Misa.

05

TRY AGAIN

— AALIYAH E TIMBALAND (4:49)

Eu só consegui ficar sozinha com Matt depois do brinde de boas-vindas, enquanto Misa estava ocupada sendo uma pessoa inatingível em frente a amigos da família e empresários. Engolindo meu orgulho ferido, virei uma taça inteira de champanhe e peguei outra antes de abrir caminho na multidão para ir até ele. O número de convidados do Matt era bem menor, e seu padrinho, Vik, ainda nem havia chegado por causa de compromissos de trabalho. Pelo que eu percebia, Matt havia passado a maior parte do tempo tentando causar uma boa impressão depois do noivado inesperado, o que não era uma tarefa fácil, mesmo para um antigo barman que sabia puxar conversa até com os torcedores sempre desapontados do Leaf. Dava para ver por seu sorriso forçado que ele estava começando a ficar esgotado com todo aquele teatro.

Quando finalmente cheguei perto dele, a tia-avó de Misa estava lhe mostrando como dançar swing, o que seria ótimo se ela não fosse uma senhora de quase 90 anos que tinha largado a bengala para criar um efeito dramático. Eu a peguei pelo braço e ajudei Matt a guiá-la de volta para a área da família, onde ela imediatamente se jogou em uma das cadeiras do pátio para se recuperar.

— Quando minha música começar, vem aqui me encontrar, hein? — disse ela para Matt.

Dei uma olhada no rosto dele e vi que estava quase sem energia.

— Quer dar o fora daqui? — perguntei.

Ele assentiu e eu o puxei para a sombra, já que sua pele estava começando a ficar avermelhada. Encontramos um sofá de vime e nos jogamos nele como se tivéssemos passado meses em alto-mar. Levei os joelhos ao peito e ofereci minha taça nova de espumante.

— É todo seu — falei, mas ele já tinha tomado metade. — Você está se saindo muito bem. Não sei como consegue.

— Eu gosto de falar com as pessoas — disse Matt. — Só não gosto de falar com as pessoas quando parece ser uma avaliação, sabe? Faz com que eu me sinta estranho e suado.

Dei risada e ele gesticulou pomposo para a camiseta.

— Eis a prova.

— De que serve uma camiseta de banda se não for pra ficar em seu ambiente natural? — respondi.

— Vou ser sincero, Dee — falou, inclinando a cabeça no encosto do sofá. — Parece que eu já estou precisando tirar férias das férias.

Eu me sentia exatamente assim e só havia passado uma tarde lá. Não conseguia conceber olhar para o abismo da riqueza e tentar me imaginar sendo uma parte permanente daquilo. Olhei para Matt em sua camiseta amarrotada e desejei me aconchegar junto a ele, falar que ele era mais do que bom o suficiente. Mas eu sabia que não conseguiria impedir o anseio na minha voz — por ele, é claro, mas também por ouvir as palavras serem repetidas para mim. Senti uma pontada de culpa ao pensar em Misa, que provavelmente era a pessoa mais indicada para dar esse tipo de apoio.

— Você falou sobre isso com a Misa? — perguntei com cautela. — Talvez ela possa dar uma moderada nas coisas? Quem sabe desistir do ganso de gelo ou algo assim?

Matt deu uma risadinha.

— Não sei... a escultura parece ser bem fundamental.

— De que outro jeito manteriam a vodca gelada? Com cubos de gelo igual aos plebeus?

— Não é? Às vezes pode ser bem estranho estar perto de, você sabe, tudo isso. — Ele apontou na direção geral das toalhas de mesa de seda branca, dos três tipos de águas aromatizadas, da porcentagem extremamente alta de pessoas que navegavam por lazer. — Não quero que a Misa se sinta mal com isso, mas com certeza eu não esperava acabar aqui.

Nem eu. Imaginei o Matt de antes do hospital, fazendo shows por toda a cidade durante a semana, pegando turnos da madrugada no bar, se colocando cada vez mais perto de um episódio de mania só para manter o apartamento subterrâneo ao lado do shopping. Pensei no Matt na sala de convivência da ala psiquiátrica, distraído batucando minha música favorita enquanto esperávamos o terapeuta ocupacional chegar. Tentei imaginar o Matt de agora, em um emprego de tempo integral na imobiliária do pai de Misa, vestindo uma camisa social engomada justa nos ombros e com os olhos brilhantes depois de uma boa noite de sono. Apesar de as versões anteriores virem com uma bagagem, eu sentia falta da autenticidade.

— Não quero parecer ingrato — falou ele rapidamente. — O lado bom é que muitas das minhas preocupações desapareceram. Tenho horários fixos e plano de saúde... faz diferença, sabe?

— Isso é ótimo — falei, de repente mais calada.

— Desculpa, não é o que estou querendo dizer — respondeu ele, balançando a cabeça. — Eu tô feliz pra caralho em te ver, Dee. Você não faz ideia do quanto senti sua falta.

— Eu também — respondi, sem soar como se estivesse rancorosa, triste ou perdidamente apaixonada por ele, mesmo que sentisse tudo isso. Eu simplesmente gostava do fato de ele me manter em sua vida.

Uma vez Tilley me disse que se eu tivesse conhecido o Matt em literalmente qualquer outro lugar no planeta — no mercado, no ônibus, no topo da Torre Eiffel —, ele não teria esse poder ridículo sobre mim. Mas acho que ela está errada. Acho que mesmo assim eu desejaria seus abraços de urso e aquele sarcasmo inteligente. Suas histórias diárias que levam o dobro do tempo necessário para serem contadas, mas que sempre parecem perfeitamente completas. A forma com que ele fala com as pessoas, a voz superando qualquer barulho e fazendo você se sentir o único ser humano no planeta.

Uma coisa gelada surgiu na minha nuca, rompendo o alvoroço da festa de boas-vindas.

— O bartender riu quando eu pedi que colocasse um pouco de Sprite no seu rosé. — Tilley fez um biquinho, me entregando uma taça cheia de vinho. — Acho que chegou a hora de você escolher uma bebida favorita que não faça parecer que estou aliciando uma menor de idade. — Ela olhou para Matt. — Desculpa, já nos conhecemos antes? Talvez atrás do lixo do Olive Garden ou no inferno?

Dei uma cutucada nela.

— Você pode ser racional por, tipo, cinco segundos?

— Fico feliz que tenha escolhido sua acompanhante tão bem — disse Matt, forçado.

Tilley revirou os olhos.

— Relaxa, Cinderela da psiquiatria — falou ela, sentando-se entre nós no sofá com sua bunda generosa. — Só estou aqui pra aproveitar seu baile.

Matt encarou Tilley desconfiado, então suspirou e se virou para mim.

— Dee, minha mãe está louca pra te conhecer. Você tem colheres o suficiente para aguentar ser apresentada à minha família?

— Por você? Quando quiser.

— Ótimo — falou. — Fique aí… volto já.

Observei ele se afastar e Tilley abriu um sorrisinho malicioso.

— Quer tal um jogo de bebida?

— Não.

— Ele se chama "Vai ter que engolir" — disse ela, segurando a taça de vinho em frente à boca como se fosse um microfone. — A cada vez que você encarar os olhos grandes e castanhos do Matt com desejo ou der uma olhadinha em sua bunda redonda quando ele sair para falar com — isso mesmo — *a noiva dele*, eu bebo todo o meu copo.

Dei uma espiada e vi que era verdade, Matt estava conversando com Misa. Vi ele a puxar para um beijo enquanto uma câmera próxima disparava.

— Pra falar a verdade — falei, fingindo não estar me revirando de ciúmes —, você estava sendo um pouco escrota.

— Pra falar a verdade — rebateu Tilley —, não consigo pensar em absolutamente ninguém que tenha atrapalhado mais sua recuperação do que aquele inútil.

— Hã, meu psiquiatra?

Tilley bateu sua taça contra a minha.

— Um brinde a isso.

Quando Matt voltou, Tilley já havia visto alguém beber diretamente de um abacaxi e fugido para o bar em busca de uma fruta alcoólica para si mesma. Eu me encostei no sofá e segurei meu *spritzer*, tentando parecer elegante enquanto Matt trazia sua mãe a mim.

— Mãe, essa é a Dee — disse ele enquanto eu me levantava, indicando uma mulher de ombros largos usando um vestido reto azul-marinho. Seu rosto quase não podia ser visto em meio ao mar de cachos tingidos de loiro, mas quando sorriu, suas gengivas apareceram um pouco mais no lado direito do que no esquerdo, igualzinho a Matt. Adorei ela instantaneamente.

— A famosa Dee — disse ela, com um leve sotaque escocês, e me abraçou. Eu estiquei o pescoço, tentando não manchar a roupa dela com o iluminador da Tilley.

— A primeira e única — disse Matt, e quando ele olhou para mim, senti algo se mover no pé do meu estômago, não o suficiente para pontuar na escala Ritcher, mas o bastante para me lembrar que a situação não era estável. Do outro lado do pátio, Tilley cruzou o olhar com o meu. Eu tinha que me esforçar mais.

— Sei que não nos conhecemos, mas preciso dizer o quanto sou grata pelo que fez no hospital — continuou ela. — Eu fiquei destruída quando ele desapareceu. Não fazia ideia de onde estava, por quanto tempo ficaria longe ou até mesmo se estava vivo.

— Para com isso, mãe — suspirou Matt. — Só levou umas duas semanas pra Dee me convencer a te ligar.

— Ah, foi horrível — disse ela, estendendo o adjetivo como um tapete empoeirado. — Morri de preocupação. — Ela tirou um pelinho da camiseta de Matt. — Ele sempre foi um pouco difícil, mas eu poderia ter matado ele naquela época. De verdade.

Matt abriu um sorriso.

— Bem, eu também poderia ter me matado, mas acho que foi assim que acabei parando no hospital pra começo de conversa, né?

Ela ficou tão boquiaberta que seria possível enfiar um bolo de chocolate de sete camadas ali.

— Meu deus, que coisa horrível de se dizer — falou ela. — Você não pode simplesmente fazer *piada* desse tipo de coisa. Não é engraçado, Matt. Não mesmo.

Eu não queria desagradar alguém que parecia ter gostado de mim de cara, mas, secretamente, sabia que se eu e Matt não colocássemos nossas tentativas de suicídio em forma de piadinhas, elas se expandiriam cada vez mais no fundo dos nossos cérebros até só conseguirmos ver nossa própria escuridão. Então, em vez disso, tentei ser honesta.

— Vou falar a verdade pra você, Sra. Costigan, acho que as piadas ruins do Matt foram o que me fez aguentar o hospital. Poder rir das coisas pesadas me ajudava.

— Pode me chamar de Elinor, querida — respondeu ela com carinho. — Olha, sua geração é muito diferente da minha, e fico feliz por isso. Na minha época, era mais fácil cair num poço do que deixar alguém saber que algo de incomum estava acontecendo.

— Meus pais também cresceram assim — contei. — Então não ficaram muito felizes com meu histórico recente.

— Bem, eles que estão perdendo, não é? Vão ficar sem tudo o que você tem a oferecer. — Elinor me deu um segundo abraço, e fiquei chocada com a gentileza do gesto, algo que há muito eu não tinha na minha própria casa. Matt nos observou com um sorriso largo enquanto ela sussurrava: — Você é uma ótima amiga e é muito corajosa.

Esmagada nos braços de Elinor, desejei que existissem outras palavras além de *corajosa* para me descrever. Um dia, gostaria de ser chamada de *bem-sucedida*. Talvez até *responsável*. Alguma coisa entediante que não levasse em conta todos os buracos em que me meti. Mas, por enquanto, eu vestia a palavra *coragem* como Misa usava *resiliente* (com um grande revirar dos olhos) e Matt carregava *otimista* (como se sua vida dependesse disso). De qualquer forma, era bom ser vista como algo além de um fardo.

Um garçom se aproximou e Elinor recusou uma taça de champanhe com um sorriso tranquilo. Eu sabia que parte da razão de Matt não ter ligado para a mãe quando foi internado era o histórico complicado dela com álcool. Ele se preocupava que sua doença pudesse atrapalhar a recuperação dela. A última recaída que ela teve foi porque o pai ausente dele havia reaparecido importunamente, o que fez com que Matt e Elinor passassem a maior parte do ensino médio dele colocando as coisas de volta no lugar. Matt nunca falava como se isso fosse um fardo ou algo assim — sempre dizia que teve sorte de passar tanto tempo com a mãe quando ela precisou. Eu me perguntei se talvez Elinor entenderia — de uma forma que meus pais nunca conseguiam — como era carregar o potencial de machucar alguém que você ama apenas por sua natureza. A cada ano em que eu me aproximava mais da estabilidade fictícia da vida adulta, reaprendia que crescer nem sempre significava superar suas piores tendências. Ainda assim, aqui estava alguém que havia passado por tudo isso, alguém que não fugia de nossa história no hospital ou de seus próprios demônios. Talvez ainda houvesse esperança para mim, afinal.

Em vez de abarrotá-la com minhas questões existenciais mais profundas, contei a Elinor sobre as raças de cachorro com que passeava e ela me contou sobre a vez em que Matt e Vik fizeram o gato do vizinho de refém, usando recortes de jornais para pedir o resgate e uma mochila escolar vazia para receber o dinheiro. Os olhos de Elinor brilharam enquanto ela contava a história, parando às vezes para beliscar o braço de Matt ou negar as contribuições dele para a narrativa. Observei a forma como ela o olhava — como se ele fosse a Nova York dos Estados Unidos dela — e refleti que se eu recebesse todo esse amor e não conseguisse absorvê-lo, também me sentiria ingrata. Eu me sinto muito mais confortável sendo a cidade Omaha em Nebrasca do mundo das pessoas.

Depois de um tempo, Misa se aproximou de nós e ficou ao lado do cotovelo de Matt com metade de uma guioza na mão. O esforço social que a festa exigia claramente estava começando a afetá-la. Seu sorriso vacilava entre as expressões e o olhar estava severo. Eu ainda estava com uma quantidade considerável de raiva pelo incidente com "voluntariado", mas me compadecia dela. Era uma noite em que se esperava que tomasse conta de todos, e eu não sabia se alguém estava fazendo o mesmo por ela.

— Passei por umas dez pessoas que disseram que você ofereceu pagar uma bebida para elas — disse Misa. — Num *open bar*.

— Costume de bartender — respondeu ele penosamente.

— Todo mundo te amou — falou Misa, com gentileza. — Pode relaxar um pouco.

Matt a abraçou de lado e ela se aconchegou em seu ombro.

— Esta aqui está sempre cuidando de mim — disse ele para Elinor, que abriu um sorriso radiante.

— Se eu estivesse na minha melhor forma, já teria falado pra você reaplicar o protetor solar — disse Misa. Com Matt ao seu lado, parecia que estava recuperando a energia. Ela pressionou um dedo na bochecha dele e viu a pele ficar branca e depois voltar a ruborizar.

— Não se preocupe — falei para o Matt. — Fiquei sabendo que as lagostas só têm uma parceira na vida.

Elinor suspirou.

— Todos aqueles anos de Sundown desperdiçados.

— Por isso vou me casar com a Misa — brincou Matt. — Ela vai eliminar o gene ruivo das próximas gerações de Costigans.

O sorriso de Misa esmaeceu um pouco.

— Mal posso esperar — exclamou Elinor. — Logo vocês vão estar estabelecidos na casa nova e prontos para começar uma família. E quando eu finalmente conseguir me livrar do proprietário da minha casa, também estarei bem na esquina!

Eu podia até ter uma relação complexa com a Misa, mas reconhecia seu desconforto como a palma da minha mão. Elinor se aproximou para segurar a mão dela, oferecendo o mesmo calor ao qual eu tinha me apegado antes, mas parecia ter causado o efeito contrário. O corpo todo de Misa ficou tenso — como se seu cérebro tivesse titubeado, deixando-a presa nas palavras de Elinor. Era uma reação tão estranha para um comentário aleatório, especialmente para alguém tão habilidosa em amenizar percalços durante a conversa. Minhas veias zuniram com um tipo de otimismo que eu não sentia desde que havíamos comprado as passagens para lá. Havia problemas no paraíso, e nesse caso, talvez minha interferência no casamento não fosse indesejada no fim das contas. Talvez — e eu me agarrei com firmeza nesse talvez — eu estaria fazendo um favor para todos os envolvidos.

Elinor percebeu a tensão e recuou rapidamente, tentando tirar a pressão dos ombros de Misa.

— Com certeza vão estar ocupados com seus compromissos, é claro. Não quis que parecesse que vou estar por perto o tempo todo...

— Não, tá tudo bem — disse Misa, de repente recuperando a fala. — Acho que o calor me atingiu com tudo. Estou com um pouco de dor de cabeça. — Ela olhou na direção de Matt, que assistia consternado ao rosto da mãe se contorcer.

— Vai ser ótimo passarmos um tempo juntos em um clima normal — adicionou ele, colocando uma mão consoladora nas costas de Elinor. — Ei, mãe... você acha que poderia dar uma passada no seu quarto e pegar um Advil para a Misa? Seria de grande ajuda.

Elinor entrou em ação.

— Qualquer coisa para a noivinha. — Ela andou até os elevadores como se estivesse em uma missão ultrassecreta da Nasa. Ao meu lado, Misa sussurrou no ouvido de Matt e ele assentiu, a tensão marcada em sua testa.

— Bem, isso não é divertido? — berrou Tilley quando invadiu nosso grupinho de segredos, derramando bebida da borda de seu abacaxi oco. — A turma do Scooby-Doo da ala psiquiátrica se reencontrou!

Era quase possível ver a mensagem de erro atrás dos olhos de Misa com a interrupção indesejada. Matt pegou a mão dela.

— Ei, Misa — disse ele gentilmente —, quer dar uma volta? Tem um cantinho silencioso ali só esperando você.

Ela assentiu e eles se afastaram da festa de mãos dadas, os ombros de Misa sacudindo às vezes. Desvencilhando-se de convidados simpáticos e funcionários do hotel no caminho, Matt a levou até uma escadaria de concreto nos fundos do resort.

Tilley enfiou seu coquetel nas minhas mãos.

— Segura esse abacaxi — resmungou e seguiu depressa o mesmo caminho para oferecer uma desculpa rara, bufando como um touro lutador.

Eu não queria ser deixada sozinha, então segui minha irmã. Eu a vi pouco antes da escadaria, colocando a cabeça na entrada. Então virou-se para mim e pôs um dedo em frente aos lábios.

Matt e Misa estavam dançando lento na escada silenciosa. Com uma mão segurando a dela e a outra na cintura, Matt os balançava de um lado para o outro em um ritmo que não podíamos ouvir. O rosto de Misa estava pressionado em seu ombro, e sua respiração fluía estável em seus braços. Apesar de doer, eu não conseguia parar de olhar para eles, então Tilley pegou minha mão e tentou me puxar para longe. Mas foi Misa quem deu fim a cena: ela colocou uma mão no peito de Matt e balançou a cabeça lentamente antes de sair pelas portas dos fundos. Matt continuou parado depois de ela ir embora, encarando o teto como se ali estivessem as respostas que ele buscava.

Tilley me puxou para fora e tirou o coquetel das minhas mãos, tomando um gole generoso.

— Você tem amigos estranhos, Dee.

— Matt aprendeu aquele truque com a mãe — falei lentamente. — Ela acha que é impossível ficar brava com alguém quando está dançando com essa pessoa. Mas, pelo jeito, Misa encontrou uma forma. — Minha mente reproduziu a transição da festa para a escada, procurando pistas. — Tem alguma coisa errada com eles, algo que ela está tentando esconder.

Tentei dar uma olhadinha na escada e Tilley deu um tabefe na minha cabeça.

— Dee. Dee! Você tá mesmo tentando dar uma espiada na bunda de bolinho de chuva dele? — Ela virou o resto da bebida e suspirou, dramática. — Espero que se lembre deste momento quando eu vomitar na banheira mais tarde.

E, só para deixar claro, eu me lembrei.

06

DON'T SPEAK

— NO DOUBT (4:23)

PERDEMOS O CAFÉ da manhã de hotel porque Tilley ficou reproduzindo uma obra de Jackson Pollock em nosso banheiro até as 4h da manhã, mas conseguimos sair do quarto bem a tempo do almoço. Vi equipes de garçons retirando os restos do bufê da manhã, admirada com o excesso e preocupada com o desperdício. O próprio conceito de resorts com tudo incluso era inacreditável para mim, mesmo estando no meio de um.

Tilley não parecia se importar. Havia se recuperado depois de alguns comprimidos de Tylenol e um pouco mais de álcool para se livrar da ressaca. Agora estava feliz descansando em frente à piscina de borda infinita, com um maiô azul vivo que tinha uma proporção de tecido para buracos bem questionável.

— Você parece uma sereia que se deixou ser pega por uma rede — falei, olhando para meu maiô preto simples.

— Falei para o professor de golfe me encontrar na piscina às 15h para que eu possa surgir da água como uma *Bond girl* — respondeu Tilley. — É um dos meus sonhos recorrentes. Esse e atropelar assediadores com meu Fiat vermelho customizado.

— Você tem um Fiat vermelho até nos seus sonhos?

— Sim, mas o dos sonhos vem com ar-condicionado — disse ela, dando um longo gole de algo que parecia ser suco de laranja, mas provavelmente não era, e cobriu o rosto com a toalha de praia.

— O que você está…

— Agora não — sussurrou enquanto um homem de cabelo descolorido e sem expressão facial passava atrás da parte em que estávamos no deque da piscina e desaparecia subindo uma escada de concreto.

— Quem diabos é aquele?

— Não quero falar que ele é o aperitivo da semana porque esta viagem só vai durar uma semana — disse ela, saindo de baixo do tecido colorido. — Mas ele com certeza estava no menu de ontem.

— Não faço ideia de quando você conseguiu ter tempo pra isso — falei, mas então me lembrei do tempo que passei enrolada no edredom do hotel, atingida pela culpa de que, de certa forma, eu sempre estive torcendo para que o relacionamento dos meus amigos desse errado. Tentei apaziguar meu cérebro repetindo um trecho da minha música favorita do No Doubt, mas não funcionou. Ele se tensionou mesmo assim e se recusou a relaxar até que Tilley apareceu com uma tigela de sorvete que pegou da cozinha e uma marca suspeita no pescoço.

Enquanto nos sentávamos em frente à piscina, Tilley olhou no fundo dos meus olhos.

— É incrível o quanto você consegue fazer quando não está presa a algo que nunca vai acontecer — falou e fez uma pausa. — Essa é uma ótima frase. Talvez eu deva dizer ela para aquele cara.

— Não quer ficar com ele de novo?

Ela revirou os olhos.

— Ele me lembrou muito aquele cara do meu curso de primeiros socorros em saúde mental com quem saí. Tipo, tá bom, ficamos quatro vezes — disse ela. — Não quer dizer que precisamos nos casar.

Depois de um tempo, nos sentamos em uma mesa na sombra com mimosas, salada de melancia e queijo de cabra. Ataquei a minha, me deliciando com o sabor complexo e me perguntando quanto eu conseguiria estender minha restituição de imposto este ano. Ser passeadora de cães não era o trabalho mais lucrativo do planeta e com certeza não vinha com plano de saúde, mas o fato de Tilley bancar nosso aluguel havia me permitido juntar dinheiro para um grande gasto — que acabou sendo esta viagem.

O plano inicial era economizar para a próxima vez em que eu ficasse doente, um tipo de recurso para o último recurso: uma instituição psiquiátrica privada, do tipo que eu pesquisava nas noites em que me sentia sem esperanças e vivendo no automático. Comecei a planejar minhas crises hipotéticas como se fossem viagens: eu relaxaria meu cérebro esgotado em uma mansão pitoresca no interior que oferecia oficinas culinárias com um chefe da Red Seal ou encontraria a tão desejada recuperação em um resort para saúde mental de dois hectares localizado nas profundezas de uma floresta tropical? Será que eu teria tempo para terapia em meio às aulas de tênis e jogos de boliche? Tentava não focar no fato de que um mês de tratamento custaria mais de 20 mil dólares, mas eu sabia que dessa vez eu não seria uma mera turista psiquiátrica. Queria ficar por tempo o suficiente para aprender as complexidades do idioma local, me tornar uma cliente regular do café, começar um clube do livro com meus novos amigos, vencer de um terapeuta ocupacional nas palavras-cruzadas. Meu médico me olhou com muita estranheza quando citei essas alternativas como se fosse uma lista de compras, mas acredite, existem coisas piores do que ter uma lista de desejos para uma internação. Por exemplo, não ter nenhuma lista de desejos.

— Então, decidiu o que vai falar pro Matt? — perguntou Tilley.

— Não — falei, em meio a garfadas.

— Legal — disse ela, animada —, porque ele está vindo pra cá e está mais desgrenhado do que o normal. Sei o quanto gosta disso.

Ela tinha razão. Além do cabelo bagunçado, dava para perceber que Matt estava estressado porque vestia sua camiseta verde com estampa da Triforce de *Zelda*, o algodão macio abraçando sua barriga gentilmente. Era a camiseta favorita de Misa, então às vezes ele a usava quando ela estava doente. Eu não torci para que ela estivesse doente nem nada, mas parte de mim torceu para que, se estivesse, fosse de um jeito bem pouco atraente. E não só porque eu não queria que ela fosse atraente, mas porque geralmente acho que cara de doente é a minha representação mais genuína. Às vezes fico deprimida de modo delicado, como uma flor de papel molhada, mas outras vezes estou em meu roupão felpudo gritando com meus pais por dizerem que não estou bem o suficiente para dirigir, e parece que troquei de pele feito uma cobra e estou queimando sob o sol, pensando em meio a picos cardíacos agudos: *É assim que sou de verdade, é por isso que não mereço ter nada, é por isso que vocês deveriam me abandonar.* Eu quase nunca via a Misa assim, mas gosto de pensar que há um lado dela que só o Matt conhece… e que ama mesmo assim. Acho que talvez também seja por isso que sou tão obcecada por ele.

— Oi — falei para Matt (de um jeito completamente não obcecado).

— Oi — respondeu ele, mas seus olhos estavam vasculhando o pátio como se estivesse fugindo de um segurança de shopping. Afundou-se em uma cadeira vazia à nossa mesa e deu uma olhada na Tilley. — Podemos conversar? Talvez em outro lugar?

— Oi, Matthew — disse Tilley, atacando um pedaço de melancia com raiva. — Você sabia que eu e a Dee éramos gêmeas na vida passada? É muita grosseria da sua parte tentar fazer com que guardemos segredos uma da outra. Eu não aceitava papo-furado na minha vida passada e não vou começar a aceitar agora.

Matt a encarou.

— Você sabe ter uma conversa normal?

— Isso se chama ter personalidade, Matt — respondeu ela suavemente. — Sinto muito que não tenha tido a chance de desenvolver uma ainda.

— Eu só... queria que a Dee me ajudasse com os votos — gaguejou. — Não estou conseguindo achar as palavras certas para o início, sabe?

Eu me engasguei com a mimosa e Tilley se inclinou para bater nas minhas costas. Quando recuperei a habilidade de respirar, Tilley parou para me analisar e logo viu o anseio em meus olhos.

— Ela adoraria — falou, animada. Ela estava querendo um tempo para seduzir o professor de golfe, de qualquer forma.

Engoli os últimos vestígios da minha salada e eu e Matt fomos até a praia. Havia espreguiçadeiras em todo canto, mas eu me sentei na areia para não ter que fazer um dos funcionários do hotel carregar uma delas para nós. Eu não havia percebido quando entrei no avião, mas vir a esta ilha significava uma série de consequências para outras pessoas que me deixava desconfortável, tudo em prol de "me afastar de tudo". Havia perguntado ao Matt se ele se sentia tão estranho quanto eu em relação a isso, já que nós dois ganhávamos (costumava ganhar, no caso dele) a vida no setor hoteleiro, mas ele simplesmente disse que nossa presença contribuía para a economia da ilha e deixou por isso mesmo. Eu torcia para que ele não se transformasse no tipo de cara que não faz contato visual com garçons.

— Toda boa história de amor tem um começo incrível, certo? — disse Matt tirando os chinelos. — Mas com a Misa se negando a falar sobre o hospital e com todas as mudanças do último ano, é difícil levar a mente de volta àquela atmosfera e lembrar como tudo começou.

— Bem, não é isso que todo mundo diz? — falei, tentando manter o rancor fora do meu tom de voz. — Que se deve olhar para frente e não para trás?

Eles falavam que todos devíamos cortar o contato depois da alta, que afundaríamos uns aos outros. Eu me perguntei se Matt teria dado ouvidos se eu não tivesse pressionado, se não tivesse dito que precisava dele mais do que nunca. No dia em que saí do hospital, liguei da pequena casa dos meus pais para a ala chorando. Jermaine atendeu, já que tinha assumido o papel de secretário do telefone do corredor.

— Quem é? — Eu podia imaginá-lo rosnando no telefone de plástico sujo.

— Jermaine, aqui é a Dee. Eu morava três quartos depois do seu até, tipo, quatro horas atrás. Pode chamar o Matt?

— Qual é a senha?

— O quê?

— A senha — repetiu ele, com a respiração pesada.

— Do que você está falando? Não tem senha.

— Tem razão — disse lentamente. — Só um de nós saberia disso.

Ouvi um barulho alto quando Jermaine largou o telefone e então as batidas suaves de seus sapatos do hospital contra o piso de cerâmica enquanto ele buscava Matt. Harsha, minha antiga vizinha de quarto, devia estar no orelhão ao lado de Jermaine, porque dava para ouvir trechos de seu discurso sobre as cutículas e como ela não sabia se conseguiria ser modelo com as unhas tão curtas. Quando Matt finalmente chegou ao telefone, soou afobado e sem fôlego. Corredores de hospital são maiores do que se imagina.

— Dee, você está bem? — ofegou ele no aparelho.

— Você tem que prometer que não vai rir de mim, ok? Tem que prometer — falei numa respiração só. — Você ainda não sabe como é porque continua na bolha e sair parece ser um sonho, mas não é um sonho, Matt, não é mesmo.

— Eu prometo, Dee. Eu prometo.

— Certo — falei e respirei fundo. — Eu preciso tomar um banho porque estou com cheiro de hospital, mas a Tilley precisa ir trabalhar

e faz semanas que eu não tomo banho sem alguém me cronometrando e eu me sinto, não sei, perdida? Eu não tenho mais uma rotina. Não sei por quanto tempo devo ficar lá ou quando devo comer, simplesmente existe esse espaço de tempo enorme na minha frente e só o que eu faço é assistir a ele passar, e isso é exaustivo para caralho e eu me sinto um fracasso porque quando eu estava aí tudo que eu queria era sair e agora quero voltar, Matt. Eu quero voltar.

Houve um silêncio do outro lado da linha. Então:

— Coloca o telefone no chão.

— O quê?

— Coloca o telefone no chão — repetiu ele —, mas deixa no viva-voz. Vou te cronometrar daqui, ok? Eu aviso quando o tempo acabar. Estarei com você o tempo todo.

— Ok.

Eu coloquei o celular perto o suficiente do chuveiro para que pudesse sair debaixo da água e ouvi-lo, mas longe o suficiente para evitar qualquer dano. Entrando na banheira, deixei a cascata quente do chuveiro cair nos meus ombros e costas, correndo pelas partes do meu corpo que pareciam funcionais e avulsas. Fechei os olhos e pensei nos sachês de geleia de maçã que eu não teria que comer, o barulho metálico da janela do almoço abrindo e fechando, os eletrodos adesivos grudentos do ECG. Tentei substituir isso por sentimentos novos e familiares — o aroma persistente da vela de maçã com canela favorita de Tilley, as pontas desgastadas da cortina xadrez azul do nosso box, uma Gillette perdida na borda da banheira. Peguei a lâmina de barbear e a coloquei de volta no lugar, decidindo que seria uma adição muito precipitada à minha nova rotina e, além disso, eu estava começando a gostar das marcas escuras no meu braço.

— Como você está? — A voz baixa de Matt ecoou do chão do banheiro.

— É estranho, mas estou bem — gritei de volta, sem saber como era a acústica do banheiro. — Agora só vou lavar o cabelo.

Fiz o resto da minha rotina de banho rápido, me enrolei em uma toalha surrada e tirei Matt do piso frio e branco.

— Consegui — falei, tremendo na brisa que vinha da janela aberta.

— Estou orgulhoso — disse ele e esperou um momento. — Quer conversar um pouco?

Eu me aconcheguei no tapetinho de banheiro e Matt contou que Jermaine havia confiscado o segundo copo de suco da Liz durante o almoço, o que causou uma certa gritaria por cima da mesa do refeitório. Tentei pensar em algo igualmente engraçado sobre minha volta para a casa, mas acabei contando que meu pai se recusou a tirar o dia de folga para se certificar de que eu estava bem, apesar de Tilley já ter esgotado a bondade do seu chefe para me visitar no hospital. Conversamos até meu traseiro ficar dormente no tapetinho, meu cabelo secar com as brisas da janela e Jermaine aparecer para informar Matt que ele estava monopolizando o telefone e que, apesar de ter tentado abrir uma pequena exceção para uma antiga paciente, estávamos realmente tirando vantagem de sua boa vontade. Eu desliguei com um sorriso maior do que chiclete de metro e decidi que me agarraria a esse sentimento do jeito que pudesse.

— ACHO QUE NÃO faz muito sentido olhar tão para trás — disse Matt. — Já temos muito na cabeça só para chegar até amanhã.

De certa forma, eu invejava sua habilidade de dispensar a lembrança, mas, bem no fundo, sentia falta do conforto que aquela volta mental ao hospital trazia. Passei a gostar do quanto atingir o fundo do poço havia me deixado corajosa, enquanto Matt e Misa haviam passado a temer isso agora que tinham algo a perder. Eu me perguntei se isso era parte do motivo de ele não conseguir achar as palavras que capturavam o começo dos dois — porque aquilo havia se tornado quase inimaginável. Eu não aguentava ficar assistindo a esse casamento apagar tudo que o tornava a pessoa que eu tinha sorte de amar.

— Mas se quer voltar ao estado de espírito de quando você e Misa se conheceram, precisa pensar sobre a lacuna — falei cuidadosamente.

A testa de Matt enrugou-se.

— Como assim?

— Pensa bem: no hospital, ninguém nos escutava — falei, desejando poder ficar em algum tipo de palanque à beira-mar. — Os cuidados que conhecíamos eram portas trancadas e itens em uma lista. Não era exatamente um lugar promissor.

Ele assentiu, interessado, e eu continuei, envolvida na história.

— E, apesar disso, olha o que encontramos juntos. Amizade. Uma comunidade. A força de vontade de fazer artesanato com macarrão quando mal conseguíamos encontrar um motivo para continuarmos neste mundo.

Matt jogou a cabeça para trás e riu com um som grave.

— É disso que precisa se lembrar — falei olhando diretamente em seus olhos. — Que encontrar o amor onde encontrou não era só improvável... era praticamente impossível. Isso é algo digno de um discurso.

O sorriso dele cedeu.

— Eu queria poder, Dee, de verdade. Mas a Misa nunca aceitaria. — Um ganido conciso escapou do fundo de sua garganta. — Não sei por que pensei que as coisas mudariam quando ela começasse a fazer voluntariado no hospital. É como se eu estivesse vivendo minha vida em uma agência de relações públicas... sabe, não posso deixar o conselho descobrir por que ela é voluntária, não posso pedir ajuda ao tio dela quando as coisas ficam complicadas, não posso contar aos amigos como realmente nos conhecemos.

— Ela querer que você minta te incomoda? — questionei, me perguntando se esse fato também estava por trás da dança da noite passada.

Matt parou para pensar.

— Na verdade, não é mentira. Eu só tenho que me certificar de que ela está confortável com o que compartilhamos com os outros. Nem todo mundo precisa tratar o diagnóstico como um manifesto.

— O que quer dizer com isso? — Pensei nos rabiscos irregulares no CD que Tilley gravou e comecei a usar a parte de trás da caneta de Matt para esculpir um caracol gigante na areia. Eu não diria que é meu animal favorito, mas ele leva o tempo que precisa para chegar aos lugares, e eu respeito isso. Da mesma forma que respeito Snoop Dogg.

— Significa que a gente está aqui fazendo piadas sobre a depressão — disse ele. — E a Misa está lidando da maneira dela. Na verdade, essa é uma das coisas que eu mais gosto na nossa relação... existe um equilíbrio, sabe?

— Sei — respondi, ainda esculpindo a superfície da praia. Eu queria forçá-lo a confessar que achava ela linda, mas hipócrita, e assim abriria uma brecha onde eu poderia enfiar meu coração e depois expandi-lo. — Entendo por que você vê as coisas assim.

— Eu simplesmente a enxergo — disse ele, e eu não deixei meu sorriso fraquejar, nem por um segundo. — Às vezes ela tem razão. É preciso seguir em frente.

Usei os calcanhares para cavar um fosso na areia e tentei enterrar a pontada de culpa no estômago.

— Mas será que é mesmo seguir em frente — falei com teimosia — ou é fingir que nunca aconteceu?

— Acho que se a Misa quisesse mesmo fingir que nunca aconteceu — falou Matt suavemente —, não estaria se casando comigo.

Ficamos sentados em silêncio, observando um catamarã azul partir da costa. Lembrei da maneira como Matt pediu Misa em casamento: com o anel da mãe em um dia bom e com um Ring Pop em um dia ruim, só para lembrá-la de que ele estaria lá, não importava como ela se sentisse. Eu queria que ele pudesse contar com aquele mesmo apoio inabalável, mas tinha medo de que Misa vacilasse na frente de outras pessoas. Porque, na maioria das vezes, eram nossos dias ruins que chamavam atenção.

— Às vezes parece que ela está quilômetros à minha frente na recuperação — disse ele depois de um tempo. — É como ter Donovan Bailey como parceiro de corrida.

Dava para ver que ele estava buscando a próxima piada, algo que preenchesse o vazio.

— Já pensou em voltar para a terapia? — perguntei.

— Não preciso de terapia — respondeu ele bruscamente. — Eu só preciso voltar a compor. Não consegui concluir nada desde que entrei para a empresa do pai dela. Sei que isso vai facilitar as coisas pra gente a longo prazo, mas às vezes parece que estou abdicando de uma parte minha.

Foi o pai do Matt quem o ensinou a tocar violão, quando reapareceu por um breve período na adolescência do filho, mas foi Elinor quem o impediu de desistir quando o pai foi embora. Ela furou a parede da sala para que pudessem pendurar os instrumentos, assistia a ele tocar sempre que podia e até aguentou o ano que Matt passou aprendendo a tocar banjo. "O que está predestinado não vai te abandonar", dizia ela com firmeza sempre que ele pensava em desistir. "É só questão de tempo". Eu imaginava o que ela achava da mudança de direção que ele estava tomando, se também tinha medo de Matt não conseguir manter os pés no chão sem aquela frase familiar. Ela sabia mais do que ninguém que quando as palavras o deixavam, havia uma chance maior de ele ir embora também.

— Você não tem que desistir de tudo, sabe? — falei. — Fazer parte da família da Misa não significa que precisa ser exatamente igual a eles.

Ele negou com a cabeça.

— Você não entende, Dee. Quando se tem alguém, é preciso fazer o necessário para garantir o melhor futuro possível para essa pessoa.

As palavras dele doeram mais do que eu esperava. Talvez tivesse razão, eu não entendia. Afinal, eu estive sozinha — com exceção da Tilley — desde que me entendia por gente. Também sabia que, depois de crescer com um pai que só aparecia quando precisava de alguma coisa, para o Matt, amor era constância — a única coisa que todos nós tínhamos dificuldade para alcançar. Ainda assim, não achava que se apaixonar deveria significar sacrificar quem você realmente é.

Fechei as mãos em punhos.

— Está tudo diferente agora e eu odeio isso.

Matt aguardou um momento.

— Você quer dizer que eu estou diferente, não é?

Eu não sabia o que responder, então me afastei e continuei desenhando espirais na areia para formar a maior concha que eu podia imaginar.

Ele soltou um suspiro que mal dava para ouvir em meio às ondas.

— Às vezes também me sinto assim. Mas sabe o que me ajuda?

Fiz contato visual, mas não conseguia me agarrar ao rancor quando ele me olhava como se eu fosse a única pessoa naquela ilha inteira.

— Nós — disse ele, simplesmente, não esperando nem um segundo para que eu respondesse. — A única coisa que importa é que não desistimos um do outro. — Ele começou a dizer outra coisa, mas então viu a família de Misa caminhando em nossa direção.

— Espera só... um segundo — murmurou. — Não quero deixar as coisas assim.

Mordi a língua e enfiei a caneta dele no centro do meu caracol em crescimento, me perguntando por que sempre parecia que acabávamos deixando algo por dizer. Em casa, no paraíso, ou em qualquer outro lugar, eu sempre conseguia achar as palavras certas para me criticar. Mas para onde diabos elas iam quando eu queria ser corajosa?

07

MAPS

– YEAH YEAH YEAHS (3:40)

Ken e Julie Nagasaka vieram até nós em passos de tartaruga, com Obachan no meio dos dois, usando um chapéu de praia de abas largas. Continuava com o tênis branco até mesmo na praia, dando passos cuidadosos ao redor de castelos de areia e toalhas abandonadas. Ela largou o braço de Ken para me dar um aceno breve e eu acenei de volta, por um momento esquecendo meu desejo de me enterrar na areia.

Com o sol atingindo nossas costas, Matt me apresentou a Ken e Julie sem mencionar onde havíamos nos conhecido. Sempre que esse tópico surgia, parecia que estávamos vivendo em algum universo alternativo onde não podíamos ter orgulho da forma como nos unimos. Era estranho conhecer Misa tão bem e ainda assim ter de mantê-la à distância. Não tinha certeza do que ela tinha medo, mas queria descobrir.

Eu me levantei com pressa, limpei a areia da minha bunda e disse "olá", estendendo uma mão relutante para Ken. Seu aperto de mão animado quase me derrubou na areia, um grande sorriso dividindo seu rosto em dois. Ele era fortinho e tinha cabelos espessos e ondulados que emolduravam seu rosto quadrado — definitivamente uma combinação que Misa havia herdado. Estava vestido dos pés à cabeça em roupas de tênis, o que resultava em um contraste curioso com a esposa, que parecia ter mais anéis do que dedos. Julie era baixa, tinha olhos brilhantes e usava uma franjinha. Apesar do vento, seu vestido azul-claro de linho continuava perfeitamente engomado enquanto abraçava Matt. Ela deu uma olhada no meu maiô preto desgrenhado e comentou com cuidado:

— Desculpem a intromissão.

Quando recebemos os convites do casamento, Tilley ficou surpresa com os nomes de Ken e Julie, que estavam escritos em uma fonte cursiva no topo do papel.

— Como alguém que tem pais chamados Ken e Julie acaba com o nome Misa?

Eu já havia perguntado isso a Misa quando descobri que a Obachan tinha um nome japonês que nunca usava. *Mitsu.* Eu a conhecia apenas como Obachan, mas seus amigos a chamavam de Martha. Misa me contou que os avós pararam de dar nomes japoneses às crianças depois do campo de concentração, para evitar chamar atenção demais à etnia deles. Queriam que Julie e o irmão se enquadrassem ao bairro branco onde se estabeleceram após a guerra, então as visitas ao centro cultural ou ao curso de japonês eram raras. De qualquer forma, depois que a mãe de Mitsu faleceu, não havia mais com quem falar em japonês. Mas quando Misa nasceu, Julie viu nela uma chance de se reconectar com sua ancestralidade, criando a filha enquanto dirigia festivais e angariações nipo-canadenses. Todos na comunidade conheciam as famílias Koyanagi e Nagasaka e todos viviam para agradar a Julie.

Assim que nos cumprimentamos devidamente, Ken tirou um par de binóculos de uma bolsa laranja para observar uma revoada de pássaros no céu. Uma vez, Misa me disse que laranja era a cor favorita dele, mas sua mãe achava que era muito espalhafatosa para a decoração da casa, então todos os equipamentos de jardinagem — pás, regadores, carrinhos de mão — eram laranja em protesto.

Julie lançou um olhar pesaroso para o marido.

— Ken — chamou ela suavemente enquanto Obachan se apoiava em seu braço. Ele nem se mexeu. Ela suspirou e assentiu para mim em cumplicidade. Eu abri um sorriso incerto, torcendo para que ela não pensasse que eu estava aqui para causar problemas, mesmo que eu estivesse.

— Ele gosta mais de animais do que de gente — falou. — Ano passado, fomos ao Havaí e você deve imaginar que escalamos vulcões, mas tudo que ele quis fazer foi assistir às tartarugas marinhas nadarem em círculos. Eu queria ver coisas explodindo.

Obachan riu com vontade e Matt sorriu.

— Então, algum conselho enquanto eu termino de escrever os votos do casamento?

Sendo bem sincera, eu havia esquecido completamente que era isso que deveríamos estar fazendo. *Egoísta*, gritou meu cérebro. Engoli em seco e tentei prestar atenção nas palavras que saiam dos lábios finos de Julie.

— A Misa já te contou da vez em que eu joguei meu anel de noivado na grama?

Matt ficou animado.

— Como isso ficou escondido no cofre da família Nagasaka por tanto tempo? Ken, você está escondendo as coisas interessantes de mim. — Ken assentiu, alegre, e apontou uma câmera para acima da cabeça de Matt, na direção de uma tarambola que circulava. Quando ela desceu pela costa e passou por um iate ancorado, ele pediu licença murmurando e caminhou atrás dela.

— Ele chegou muito atrasado para nossa festa de noivado — disse Julie, implacável. — Fiquei tão brava que tirei o anel e joguei na grama. Então, Ken passou o resto da noite de joelhos procurando por ele. Mas sabia que eu tinha razão e não desistiu, e continuamos juntos até hoje... já faz 30 anos.

— Então está me dizendo para chegar no casamento na hora certa? — Matt abriu um sorriso.

— O que estou dizendo é que quando a Misa for teimosa, é porque provavelmente está certa. — Julie deu tapinhas bruscos no ombro de Matt. — Agora vamos atrás de mais pássaros. Mas espero que encontre as palavras que procura.

Julie puxou o braço da Obachan, mas ela não se moveu. Um observador comum poderia pensar que ela não havia escutado a maior parte da conversa, concentrada no barulho das ondas, mas eu sabia que sua audição seletiva na maioria das vezes era estratégica.

— Dee — falou Obachan. Ela levantou a aba do chapéu de praia e me chamou para mais perto, dobrando os dedos com artrite. — Sabe onde a Misa está?

— Não sei, Obachan — respondi, deixando de fora o fato de que eu estava ignorando-a de propósito porque me sentia culpada. — Quer que eu vá procurar ela para você?

Julie olhou para mim com lábios contraídos.

— Quero dar minhas pérolas a ela — disse Obachan, apontando para o pescoço.

— Mãe, a senhora pode entregar isso no dia do casamento — falou Julie com firmeza. Dava para ver que já tinham tido essa conversa antes e Julie não estava a fim de repeti-la, especialmente na frente de alguém que não era da família.

— Quero dar o colar a ela — repetiu Obachan, segurando minha mão. — Dee, peça para a Misa me encontrar depois do almoço.

— Pode deixar — falei, mesmo que aquela fosse a penúltima coisa que eu queria fazer no mundo. A situação de escrever votos vencia por pouco.

— Não sabia que você era tão próxima da minha mãe — disse Julie, casualmente. — Como você e a Misa se conheceram mesmo?

Dava para sentir o Matt começando a suar ao meu lado.

— Eu... há... sou voluntária com ela no hospital — respondi, odiando passar a fazer parte dessa rede estranha de mentiras. Olhei para a Obachan, mas ela estava ocupada assistindo às crianças do hotel vizinho fazerem um caos no trampolim aquático. — Em Scarborough. Você também cresceu lá, não foi?

Tentei imaginar Julie — jovem, relaxada e um pouco imponente — andando de bicicleta, passando por casinhas de tijolos vermelhos com toldos de metal e portas de tela que rangem, espremendo-se para entrar na minúscula sorveteria do bairro, que ficava entre dois centros comerciais. Mas ela parecia querer se distanciar da expansão de Scarborough. Julie então me examinou com cuidado, como se pudesse achar um motivo pelo qual eu me sentiria tão confortável em um hospital negligenciado na área suburbana.

— Por que você passa seu tempo lá? Não me parece ser um lugar onde alguém gostaria de ficar por muito tempo — falou.

Eu não sabia se ela estava falando do hospital ou do próprio bairro de Scarborough, mas de qualquer forma, não era um sentimento que eu desconhecia. Fazia tempo que meu bairro era um lugar cheio de pessoas que sonhavam em sair dali, e o hospital era como uma porta giratória de gente que não havia conseguido se firmar. As pessoas com quem cresci, os amigos com quem convivi no hospital... éramos sempre atingidos pelas mudanças. Mas acho que foi o movimento natural dessas comunidades que me permitiu criar as raízes de que precisava para ficar firme no resto do mundo, onde as pessoas temiam os lugares de onde eu tinha orgulho de ter vindo. Em Scarborough e no hospital, nossas comunidades prosperavam com uma pessoa cuidando da outra em um ciclo infinito, enquanto ninguém mais olhava por nós. O fato de Julie não conseguir enxergar o valor disso ajudava a explicar o motivo de Misa também não ter contado sobre nós.

— A Misa e a Dee fazem um trabalho ótimo — interveio Matt, percebendo minha expressão congelada. — Acho que ficaria surpresa com o que acontece lá. — Ele deu uma piscadinha para mim e senti que eu estava voltando ao presente lentamente.

Julia assentiu rapidamente.

— É claro — disse ela. — Eu só queria que a Misa passasse mais tempo me ajudando no centro cultural. Mas tenho certeza de que as pobres almas que acabam no hospital precisam mais dela do que eu.

Cerrei os dentes. A paciência desta pobre alma com esta conversa estava esgotando.

— Eu nunca vou ao centro cultural — disse Obachan, balançando um dedo severo na cara da Julie — As pessoas lá gostam de falar demais. Apesar de a comida ser boa, eu não vou.

Julie pareceu tão desapontada que eu quase a perdoei pelo comentário de antes.

— Mãe, estamos tentando nos certificar de que ninguém esqueça do que aconteceu com a senhora na guerra. — retrucou ela. — Para nós, é importante lembrar.

— A guerra? Isso foi há muito tempo, antes de você nascer! Foi naquela época que eu aprendi a costurar, sabia?

— Eu sei, mãe — respondeu Julie, desistindo. Ela olhou para a praia, na direção de um ponto laranja distante. — É melhor irmos achar o Ken.

Obachan deu alguns passos adiante, sem firmeza na areia. Ela virou para mim e apontou de novo.

— Falo com você mais tarde, Dee. Não se esqueça do que pedi.

Quando estavam fora do alcance dos ouvidos, Matt virou para mim e fez uma careta.

— Desculpa por isso — disse ele. — A Julie é especialista na história de campos de concentração, mas ainda não descobriu como falar de hospitais psiquiátricos sem parecer que chupou um limão.

— É — respondi —, percebi.

Ele abriu um sorriso de lado e estendeu o braço para nosso cumprimento secreto. Eu bati meu cotovelo no dele sem muita vontade.

— Isso quase faz com que você se sinta grata por ter a Tilley, não faz? — falou. — Quase, não totalmente.

Dei risada, tentando esquecer o assunto. Mas não importava quantas vezes eu era atingida por palavras de pena como as da Julie, sempre doía igual. Coloquei os dedos dos pés na areia e soltei o ar. — Acho que devemos fazer um *brainstorm*.

Encontramos nossas marcas na areia, nos sentamos nos vãos confortáveis e começamos de novo.

— Então, no que pensou na primeira vez em que a viu? — perguntei, colocando uma mecha de cabelo rebelde atrás da orelha.

— No que eu pensei? — repetiu Matt lentamente. — Bem, sendo sincero, não foi amor à primeira vista. Quer dizer, eu tinha acabado de tentar me matar, então eu não estava procurando... Espera, eu sequer posso dizer isso?

Sim, gritou meu cérebro.

— Não — falei em voz alta. — Não vamos começar com a tentativa de suicídio. Mas o que você *deveria* dizer sobre como se conheceram?

— Sei lá. A Misa só disse pra não citar o hospital.

— Fala que vocês se conheceram na internet — falei. — Isso é tão comum hoje em dia que ninguém vai questionar.

— Isso não vai dar certo com a Julie, tenho certeza. Ela já tem dificuldade de engolir a história de termos noivado depois de seis meses.

— Então tenta ser sincero — falei, determinada a fazer isso funcionar. Parte de mim tinha convicção de que eu amava Matt o suficiente para ajudá-lo nisso, que se ele encontrasse uma resposta que provasse que seria feliz com Misa, eu poderia desistir com meu coração intacto. Mas a outra parte de mim estava ocupada admirando seus ombros largos e arredondados, me perguntando como eu poderia me aproximar dele. — Você se lembra do momento em que realmente se apaixonou por ela?

Matt balançou a cabeça.

— Eu não acho realista existir um momento em que tudo mudou.

Pelo amor de Deus, eu estava apaixonada pela pessoa menos romântica do mundo.

Matt percebeu minha expressão de julgamento e tentou remediar.

— Quero dizer, a Misa é meu patamar. Não importa o quanto eu me afaste de onde quero estar, sempre consigo achar o caminho de volta. Por causa dela. Ou isso seria uma bússola? Acho que misturei as metáforas.

— Só um pouquinho — falei, respirando fundo. — Certo, ela é sua melhor amiga?

Silêncio.

— Matt?

— Acho que isso seria você ou o Vik — cedeu ele, e meu coração deu um mortal triplo de costas. Se eu tivesse que competir com um britânico sarado com ascendência indiana pelo primeiro lugar, ainda entraria no ringue. — Não sei quem criou a regra de melhores amigos, mas não acho que se deve depender de uma única pessoa para tudo. É uma cilada, Dee.

Eu me lembro do exato momento em que me apaixonei por Matt, mesmo que ele não acredite nesse tipo de coisa. Eu não consegui manter no estômago a nova dosagem do meu remédio na noite anterior, e estava passando mal com a ressaca, encolhida em um canto do sofá da sala de recreação. Matt sentou-se ao meu lado, sua camisola hospitalar enganchando ligeiramente em um pedaço rasgado do couro. Tentei limpar minhas lágrimas dramáticas antes que ele pudesse olhar direito para mim.

— Como você está? — perguntou ele, me oferecendo uma banana contrabandeada do café da manhã que perdi.

Ajeitei a postura, constrangida por ter sido vista na minha forma natural de poça.

— Eu tô bem. É só que... às vezes, quando os remédios acabam comigo, acordo sabendo que vou ter um dia horrível e não há nada que eu possa fazer para mudar isso. — Minha voz falhou e eu enfiei a cabeça nas mãos. — Só quero pular o dia e tentar de novo amanhã.

— Sei como é — falou ele. Ficamos sentados em silêncio por um momento, ouvindo a chuva primaveril bater na janela.

— Desculpa por não estar nas melhores condições hoje — murmurei contra as palmas da mão, desejando poder ser tão bonita e triste quanto uma música da Lana Del Rey.

Matt levantou uma sobrancelha.

— Dee, você está no seu melhor todos os dias em que levanta e se esforça. Nunca precisa se desculpar por alguns dias serem mais difíceis do que os outros.

Ele falou isso com tanta facilidade, como se estivesse lendo o rótulo de uma caixa de cereal, mas suas palavras me atingiram profundamente. Pelo que aprendi com as relações que eu havia arruinado, pensava que, para que se importassem comigo, eu precisaria esconder todas as partes tristes, voláteis e vergonhosas de mim mesma. Meu pretendente mais antigo havia me dado uma facada final por cima do ombro enquanto arrumava suas coisas: Acha mesmo que qualquer outra pessoa conseguiria tolerar isso? *Enrolada no meu cobertor de sempre, não me dei ao trabalho de responder porque sabia muito bem qual era a resposta. Mas agora, anos depois, havia um cara que estava feliz só por se sentar ao meu lado, mesmo nos meus piores dias.*

— Sabe que minha família é originalmente da Escócia, né? — falou Matt. Assenti. — Bem, não sei se você já esteve lá, mas é cheio de morros, fica nublado nos dias bons, e quase sempre chove pra caramba. Mas pode apostar que é um lugar lindo de se estar.

— Ele colocou a mão em cima da minha, que ainda segurava a banana roubada, e levantou uma sobrancelha. — E seu cérebro também é, mesmo que às vezes não pareça. Ok?

— Ok — sussurrei e esperei um momento. — A Escócia é tão legal assim?

Matt abriu um sorriso.

— Talvez um dia eu te mostre.

SENTADA AO LADO de Matt, pensei no que eu diria se um dia tivesse a coragem de colocar nossos mundos de cabeça para baixo.

— E se tentar algo assim — falei. — E se falar que se apaixonou por ela na doença e que esse amor te trouxe de volta à saúde. E se disser que vai amá-la nos dias bons e ruins sem exceções, porque cada dia que tem com ela vale a pena, e esse é um sentimento que você achou que nunca teria novamente.

— Isso é lindo, Dee — disse ele, me encarando como se só tivesse percebido agora que tenho um rosto. Minhas bochechas ficaram vermelhas. — Mas não acha que é um pouco perigoso? Não dá para igualar estar apaixonado com estar saudável. Não é assim que funciona.

Era fácil para ele dizer isso porque tinha tanto amor quanto saúde, enquanto eu não tinha nada a que me agarrar à noite além da náusea causada pelos antipsicóticos que tomava e as bananas maduras que comia para mantê-los no estômago. Não era justo. Eu sabia que se tivesse a chance de ser feliz com Matt, nunca voltaria para o poço de desespero que passei a chamar de lar. Quando trocávamos risadas, roçávamos as mãos, sonhávamos com um mundo fora dos limites do normal — eu nunca me senti melhor do que nesses momentos. E aqui estava ele, desvalorizando tudo isso. O ressentimento subiu pela minha garganta. Eu perdi o controle, e perdi o controle rápido.

— Não lembro de te pedir por uma sessão de terapia, Matt — esbravejei. — Mas, pensando bem, eu teria conseguido participar de algumas no hospital-dia se não fosse por você.

Ele franziu as sobrancelhas no mesmo instante.

— Desculpa, Dee. Não quis ser condescendente.

— Mas foi — falei, arranhando meu caracol de areia furiosamente. — Você e a Misa sempre agem como se eu precisasse de caridade e eu estou cansada pra caralho disso.

Matt colocou as mãos no ar.

— Por que você sempre precisa achar um vilão? Parece que as coisas nunca são difíceis só porque são... é sempre você contra seus pais, ou você contra seus médicos, e agora você está agindo como se eu não tivesse ficado do seu lado esse tempo todo? — Ele se virou e murmurou. — Se você passasse menos tempo brigando com as pessoas e mais tempo as escutando...

Eu o encarei.

— Eu não passei a última hora escutando as merdas que você tinha para falar e praticamente fazendo uma apresentação para que você encontrasse um único bom motivo para se casar este fim de semana?

Matt se levantou e limpou a areia da bermuda.

— Que merda para se dizer, Dee. Até mais do que o esperado de você.

Ele andou na direção do resort, deixando-me sentada sozinha na praia com um bloco de notas vazio e o coração apertado.

08

GOT 'TIL IT'S GONE

— JANET JACKSON, Q-TIP E JONI MITCHELL (4:01)

QUE BOM QUE eu consegui irritar o noivo antes que o itinerário da Misa saísse completamente de controle. Se tivéssemos sorte, eu e Matt teríamos tempo para nos acalmar antes de nos esbarrarmos na despedida de solteiro à noite. Quando voltei ao meu quarto, Tilley também aproveitava a calmaria antes da tempestade — estava esparramada na nossa cama bagunçada, vestindo um robe dourado transparente enquanto comia um pacote tamanho família de batatinha sabor sal e vinagre.

— Ei — falei, chutando para longe uma toalha úmida que ela deixou no chão. Conforme o esperado, Tilley imediatamente havia colocado um aviso de NÃO PERTURBE para evitar que outra pessoa precisasse limpar nossa bagunça. Por causa daquela atitude moral, todas as suas roupas estavam espalhadas ao redor da pequena suíte. — Você diria que eu sou uma pessoa autodestrutiva?

— Em uma escala de conjuntinhos de veludo ao Hindenburg, eu diria que sua posição é um primeiro encontro em um restaurante temático.

— Valeu — falei, roubando uma batatinha e me jogando ao lado dela na cama. Tilley tem uma teoria de que pessoas que compram pacotes de batatinha tamanho individual são extremamente transtornadas. Não sei se existe alguma prova científica que confirme isso, mas às vezes nossa mãe compra pacotes minúsculos de Hickory Sticks e uma vez ela nos esqueceu em uma lojinha de 1,99. — Como foi a aula de golfe?

— Bem, é um jogo com pontos negativos e exige paciência — falou Tilley. — E o jeito como ele tratou os funcionários me lembrou dos babacas com que tenho que lidar na noite de frango à vontade. O cara tinha o penteado e a falta de educação de um vilão do John Hughes. — Ela empurrou o pacote de batatinhas na minha direção. — Quer contar o que aconteceu?

Peguei outra batatinha, deixando o sal fazer meus lábios arderem.

— Às vezes eu não sei se tenho mesmo um transtorno mental ou se simplesmente sou uma pessoa ruim — falei finalmente.

— Não pode ser os dois? — Tilley deu um risinho, então reparou na minha expressão. — Ok, o que faz você pensar isso?

— É que não parece que eu reajo às coisas do jeito certo — respondi. — É como quando você está assistindo TV e os comerciais sempre ficam mais altos do que o programa em si. Se você abaixar o volume, vai perder a história, mas se aumentar parece que a sala está gritando com você. Eu passo o tempo todo me regulando porque quero estar no volume certo para as pessoas, entende? E já é assim há anos e eu ainda não consegui acertar.

— Isso não significa que você seja uma pessoa ruim. Significa que está se esforçando pra caralho.

Eu sabia que era o que parecia, mas não podia deixar de notar que pessoas como a Misa se adaptavam ao primeiro antipsicótico que tentavam, enquanto eu havia transformado o armário de remédios numa maldita farmácia.

— É que... às vezes parece que tudo teria sido diferente se eu tivesse sido a primeira a melhorar.

Meu antigo terapeuta costumava dizer "Você não pode amar outra pessoa enquanto não amar a si mesma". (O que é parte do motivo de eu ter dado um perdido nele.) Mas o que ele não disse é que se você passar anos tentando amar a *si mesma* e seu cérebro disfuncional ficar te sabotando, também não vai conseguir amar *outra pessoa*.

— Espera aí — disse Tilley. Ela rolou na cama acolchoada para conseguir encarar até minha alma. — Você acha que o Matt está com a Misa porque a enxerga como menos doente do que você?

Eu não falei nada.

— Desculpa, mas eu perdi a parte em que sua vida se tornou o *The Amazing Race: Edição Psiquiatria*? — Tilley enfiou um monte de batatinha na boca e mastigou furiosa. — Eu me recuso a viver em um mundo onde a opinião hipotética do Zé Dopaminazinha importe mais do que sua recuperação em si.

Eu nem tinha certeza de que existia mesmo uma recuperação. Todos os livros de autoajuda que li prometiam um tipo de final feliz, não o barulho monótono das minhas engrenagens rodando no mesmo lugar por anos.

Tilley vasculhou o fundo do pacote de batatinhas em busca de alguma sobrevivente, então o amassou e jogou na direção do lixo.

— Olha, não tem nada que eu queira mais no mundo do que ver você bem de novo — disse ela depois de um tempo —, mas nem ferrando quero que seja por causa de um garoto. Já parou para pensar que essa sua obsessão em ficar bem por ele pode ser um dos motivos de ele não ter saído com você para começo de conversa? É uma pressão bem grande para um cara que acha que há pessoas demais envolvidas na terapia individual.

— É que, se ficássemos juntos, tudo pelo que passei teria valido a pena, sabe? — falei em uma voz tão baixinha que poderia ter entrado em um copinho de café. — Preciso que algo de bom saia disso.

— Tá — respondeu ela olhando para o teto —, mas quem disse que precisa ser ele?

EU NÃO TINHA esquecido as pérolas da Obachan. Decidi fazer uma caminhada pelo resort, e se não visse Misa, pelo menos poderia dizer a mim mesma que havia tentado passar a mensagem. Essa era o tipo de brecha moral que estava se tornando cada vez mais comum no meu dia a dia.

A Tilley avisou que estava na hora de uma *siesta*, então fechei a porta do nosso quarto com cuidado e fui para o hall de entrada. Passei pelo caminho de cerca-viva bem aparada que dava para o spa e me desvencilhei de um carrinho cheio de bandejas de frutas que tilintava em direção à praça de alimentação. Abaixo do lustre deslumbrante do hall de entrada, turistas recém-chegados sentavam-se animados em cadeiras de vime, degustando ponche de rum com os pés apoiados em malas brilhantes. A recepcionista se movimentava atrás da bancada, entregando chaves de quarto e reservas para o restaurante antes de ajudar uma jovem exausta em lua de mel a organizar uma surpresa com champanhe para o novo marido. Um negro esbelto da minha idade me viu observando e sorriu.

— A Grace é incrível, não é?

Ele não estava com a gravata turquesa que a maioria dos funcionários usava. Em vez disso, vestia uma camisa social branca e engomada e um broche com seu nome.

— Eu sou o Marco — disse ele, antes mesmo de eu conseguir ler, me oferecendo o tipo de aperto de mão que significava que era um adulto de verdade, apesar de ter uma idade próxima à minha. — Sou o coordenador de recreação aqui na Breeze Bay. É sua primeira vez na ilha?

— Aham — falei e seus olhos se iluminaram.

— Que legal! Deixa eu te explicar algumas das nossas atividades. — ele começou, e eu balancei a cabeça timidamente.

— Me desculpa mesmo — falei —, mas não sou, tipo, a melhor pessoa para você gastar seu tempo. Eu mal consegui pagar o voo até aqui e ainda não me acostumei com essa coisa de "tudo incluso", então continuo pegando cereal da mesa de café da manhã apesar de ter *waffles* à vontade e... bom, desculpa. Você parece bem legal e não quero te desapontar.

Ele sorriu para mim com uma gentileza que criou rugas no canto de seus olhos.

— Ah, você parece bem legal também! — Ele abaixou o tom de voz e abriu um sorriso conspiratório. — A gente não precisa conversar sobre as atividades. Vou ser honesto com você... eu não saltaria de paraquedas nem que me pagassem. É muito alto para mim. Qual é o seu nome?

— Dee — falei, estendendo a mão. Ele a balançou com entusiasmo.

— Prazer em te conhecer, Srta. Dee. Então, que tipo de cereal você tem comido?

— Froot Loops — falei, só um pouco constrangida.

— Ótima escolha — disse ele. — Eu gosto de Nesfit, mas às vezes acho que preciso ser um pouco menos prático e me divertir um pouco, sabe?

Uma mulher de cabelos loiros platinados e ombros pontudos passou por mim e parou em frente a Marco com os braços cruzados. Uma pulseira de diamantes pesados pendia de seu pulso esquerdo — um *look* de aeroporto casual, presumi.

— Nossas malas ainda não estão no quarto — disse ela. — Só queria avisar que ainda estamos esperando. Depois de 20 minutos.

Os pelinhos dos meus braços ficaram eriçados com o desconforto. Marco ajeitou um pouco a postura e assentiu, o sorriso não vacilando nem um pouco.

— Muito obrigada por nos avisar — disse ele. — Vou me certificar de que um dos nossos mensageiros te atenda.

A mulher bufou e voltou para o canto escuro de onde tinha saído, nos observando pelo canto do olho.

— Credo — falei baixinho.

— É melhor eu ir — disse Marco e abriu um sorriso. — Te vejo por aí, Srta. Dee!

Ele foi até a recepção e batucou de brincadeira na mesa de Grace. Ela riu e bateu nele enquanto ele chamava um mensageiro para a mulher irritada. Do outro lado do hall de entrada, olhei para todas as polos da Tommy Bahama e bolsas de praia da Ted Baker ao redor e de repente me senti sozinha. Eu me afastei da multidão e fui para o deque.

Os deuses da esquiva não estavam do meu lado naquele dia. Assim que coloquei o pé no deque da piscina, vi Misa boiando dentro de um anel de noivado gigante. Ela estava usando um biquíni listrado de tema náutico que parecia ter acabado de pegar em um iate. Eu me perguntei se Matt havia contado sobre nossa briga na praia para ela, mas então decidi que isso não importava. Se ela estivesse brava, não me diria de qualquer jeito. Problema resolvido.

— Ei, Misa! — gritei.

— Dee! — Misa se sentou com tudo na boia e acabou caindo na piscina, os braços bronzeados se debatendo. Eu ouvi risinhos ao meu lado e me virei para encontrar Kei, prime de Misa, caindo na gargalhada.

— Ela vai te matar — disse Kei, se jogando na espreguiçadeira. Minhas bochechas ficaram vermelhas. Sabia que essa era mais uma amizade que eu havia deixado definhar, mesmo que elu tenha voltado a morar no centro há meses. Seu coque marrom duplo e desgrenhado balançava a cada respiração, e Kei vestia uma blusa curta confortável que dizia TÔ FORA com desenhos de espaçonaves e planetas em cores neon. — Tem ideia do tempo que ela leva para alisar o cabelo neste calor?

Eu sempre havia considerado Misa uma filha única clássica — até que conheci Kei. Se a Tilley era o fogo que acendia minha dinamite, Kei era a bússola moral no barco particular da Misa. Kei aparecia para conflitos na família e crises de ansiedade apocalípticas armade com soluções racionais e às vezes uma única frase que fazia a prima descer do pedestal. Pensando bem, sua presença pacificadora teria sido útil na festa de boas-vindas.

— Sentimos sua falta ontem — deixei escapar.

— Meu voo atrasou — explicou. — Mal consegui chegar pra essa parte. Além disso, senti sua falta primeiro… não te vejo há séculos! Estou molhade, mas me dá um abraço mesmo assim. — Elu abriu os braços e me puxou para perto.

— Desculpa por ter sumido — falei, feliz que minha inconstância não tinha feito mais uma vítima.

— Sem problemas, Dee — respondeu Kei. — Quando se trata de amizades, eu pareço um pouco uma suculenta. Floresço com a negligência. Já a Misa, por outro lado…

— O que tem eu? — perguntou Misa, saindo da piscina e afastando as tranças molhadas do rosto. — Além de estar totalmente encharcada em um momento inoportuno, é claro. — Ela não parecia estar brava comigo, o que já era alguma coisa.

Kei jogou uma toalha para Misa quando ela saiu da piscina.

— Como madrinhe oficial, decidi que você é uma opúncia, porque gosta de usar estampa floral, mas também pode ser um pouco espinhosa.

— Então eu sou uma planta perigosa?

— Ou — disse Kei — uma planta com bons mecanismos de defesa.

Não tive coragem de perguntar a Kei qual tipo de planta eu seria.

— Acho que você deveria passar menos tempo no jardim e mais tempo com pessoas de verdade. — disse Misa.

Kei apontou para uma palmeira, e depois para mim.

— Olha só… já estou quase lá!

Misa suspirou e começou a torcer o cabelo enquanto Kei sorriu e se recostou na espreguiçadeira.

— Então, Dee — falou —, como é viajar com os ricaços?

— Bem estranho — respondi e me virei para Misa. — Falando nisso, a Obachan pediu que eu te encontrasse. Ela quer te dar o colar de pérolas.

— Que surpresa — comentou Kei, ironicamente. — A Obachan quer dar tudo para a Misa.

— Kei — disse Misa, soando estranhamente como a mãe.

— Tudo o que eu faço por aqui é falar a verdade. E buscar as pessoas no aeroporto. — Elu deu uma olhada no relógio. — Inclusive, você pode ir se trocar para buscarmos o Vik? Sei que ele é um convidado de honra ou qualquer coisa assim, mas ainda acho que conseguiria lidar com o translado do hotel como um mero mortal.

Meus ouvidos se empertigaram. Eu estava mais do que um pouco animada para conhecer o padrinho de Matt. Eu sabia o básico: ele era filho da melhor amiga à distância de Elinor, aos 32 anos já havia se casado e se separado e, nas palavras de Matt, tinha um corpo tão sarado que chegava a irritar. Mas eu também imaginava que ele seria igualzinho ao Matt das melhores formas possíveis: engraçado, cuidadoso, fã de trocadilhos e de abacaxi na pizza.

— Matt falou que o buscaria, mas precisou de mais tempo para terminar os votos e a Elinor já está no almoço botando o papo em dia com a mãe de Vik — respondeu Misa. — E você conhece nossa família, quando oferece alguma coisa, não tem como voltar atrás.

— Nossa qualidade mais adorável e irritante — falou Kei com um suspiro.

Misa checou as horas antes de prender o cabelo em um coque realmente gigante e colocar os chinelos.

— Ok, te encontro no hall de entrada às três para nosso dia de Uber. Não se atrase!

— Você está falando igual à Mala — disse Kei enquanto ela ia embora. Misa virou-se e se desculpou rapidamente com as mãos antes de desaparecer atrás de uma família sul-africana alegre que ia para a piscina.

— Esqueci que você chama a Julie assim — falei.

— Não brinca? — gritou Kei. — Essa piadinha é o que me deu fama na família. — Elu olhou ao redor antes de continuar. — E os preparativos para esta viagem aumentaram os truques da Mala. No Ano Novo, ela trocou todos os frascos de shoyu da dispensa pelo *light*. Ela quer que todos nós tenhamos hábitos saudáveis.

— Que… absurdo.

— Pois é — disse Kei. — Acho que ela fica maluca de saber que minha única participação na cultura nipo-canadense é molho de soja. Mas mesmo se frequentássemos mais o centro cultural, não é como se a tia Julie fosse nos confiar responsabilidades reais. E este casamento é a mesma coisa… tudo se trata das aparências.

— Hm. — Sentei-me na ponta da espreguiçadeira e mentalmente voltei para o modo de sabotagem, me sentindo um pouco falsa. — Então você acha que isto aqui vai acabar às mil maravilhas?

Kei deu de ombros.

— Depende se a Misa vai conseguir lidar com tudo. A Mala está colocando muita pressão nela, e as duas já não têm um relacionamento fácil pra começo de conversa.

— Qual é! — falei. — É impossível a Misa não tirar isso de letra. Ela é boazinha demais.

— Não sei — respondeu Kei. — Às vezes essa bondade pode ser apenas um mecanismo de defesa para não ser reprimida ou pressionada. Você é bem próxima da Misa… não se preocupa que alguma hora ela possa dar um passo maior que a perna?

Fiquei um pouco vermelha, e não só por causa do sol.

— Acho que por ela sempre ter agido dentro do esperado, acabei nunca pensando muito em outra alternativa.

— Bem — disse Kei —, você já viu a alternativa.

Pedimos duas Coronas no bar da piscina e eu me atualizei na fofoca da família: o controle instável da Mala no centro cultural, a reprovação da Obachan em relação ao divórcio do Dr. Koyanagi e da mãe franco-canadense de Kei, a forte oposição de Kei ao lugar escolhido para as férias da família.

— Se isto aqui não é neocolonialismo, não sei o que é — anunciou Kei entre goles de cerveja. — Mas estou aqui para apoiar a Misa, apesar de ter uma pequena esperança de que eles vendam as ações deste lugar depois do casamento.

Além de encher o saco da família, Kei havia conseguido um trabalho legal como pessoa animadora em um show de dinossauros infantil, o que dificultava viajar. Com Misa sob o foco dos parentes, Kei havia passado anos entre Toronto e Vancouver, agindo como uma ponte entre as partes diferentes da família.

— O que você precisa saber sobre a Misa é que ela cresceu com a comunidade nipo-japonesa inteira prestando atenção nela... uma comunidade que passa metade do tempo com medo de desaparecer porque a geração dos nossos pais arranjou casamentos interraciais em tempo recorde depois de serem reestabelecidos — disse Kei.

— O Ken e a Julie não gostam do fato de Matt não ser japonês?

— Não é isso, a maior parte da família já é miscigenada — disse Kei. — O problema é que Julie não consegue fazer a Misa se envolver com o legado cultural que tanto ama. Mas eu não a culpo. A Julie coloca muita pressão, e às vezes parece que procura um tipo de representação que acho que não se enquadra a ninguém. Mas é mais difícil para Misa, sabe, porque esse é o universo da família dela.

— Ela nunca chegou a falar disso comigo — falei, lentamente. — Queria poder fazer algo para ajudá-la.

Lembrei do cartão de parabéns que a Misa fez para mim há alguns meses: um cachorro salsicha que se desdobrava na mesa da cozinha feito uma sanfona, igual ao filhote de terapia que havia nos visitado no meu penúltimo dia no hospital. Eu o prendi no tiro ao alvo, desejando que ela tivesse ido me ver para interromper o silêncio.

Kei olhou para mim de cima a baixo atentamente.

— Bem, este fim de semana pode ser sua chance. Me ajude a garantir que Misa vai subir ao altar.

Eu abri a boca, tentando achar um jeito de evitar fazer uma promessa que não podia cumprir. Por sorte, uma mulher japonesa de meia-idade com o cabelo curtinho e dentes brilhantes apareceu atrás de nós e deu uma batidinha no ombro de Kei.

— Kei! Como foi seu voo? Espero que você e sua parceira tenham feito uma boa viagem. — Ela alongou a palavra *parceira* como se tivesse acabado de inventá-la. — Tenho que comentar… foi ótimo rever a Ana no funeral da tia Yoshi. Era um funeral, então é claro que poderia ter sido em uma circunstância melhor, mas mesmo assim. Que menina linda! Muito educada. Eu e Tak estamos muito felizes por você. — Ela se aproximou bastante do rosto de Kei. — Talvez você seja a próxima pessoa da família Koyanagi a se casar!

Ela respirou suavemente no rosto de Kei, esperando com expectativa.

— Hã — disse Kei. — Valeu, tia Amy. Se eu decidir fazer um compromisso pra vida toda, você vai ser a primeira a saber.

Tia Amy pareceu um pouco decepcionada. Ela se afastou e colocou uma mão com unhas bem-feitas no quadril.

— Bem, vou observar as tartarugas marinhas no recife… Mais tarde nos falamos, Kei.

— Tenho certeza que sim — respondeu Kei sorrindo. — Até mais, tia. — Elu acenou enquanto Amy partia com pressa, tropeçando em um chinelo perdido. Kei virou-se para mim quando ela ficou fora do alcance do ouvido. — Ela vai ficar tão decepcionada.

— Bem, mesmo que você não queira se casar, é legal saber que sua família espera que você acabe com alguém — ofereci. — Meus pais já estão se preparando mentalmente para quando eu for devorada pelos meus próprios gatos.

— Não, o que quero dizer é que eu e Ana terminamos há duas semanas — falou Kei e abaixou um pouco o tom de voz. — Foi uma decisão mútua, mas não quero pensar nisso agora. Isto aqui é pra ser minhas férias.

Ken e o Dr. Koyanagi passaram por nós, o médico carregando uma bolsa cheia e calçando tênis limpíssimos. Ele acenou para nós enquanto Ken continuou em seu passo rápido até as quadras de tênis, forçando o pai de Kei a acompanhá-lo com uma cara de pesar. Eu acenei de volta com pouco ânimo, mas Kei ignorou os dois, muito concentrade na confissão.

— Nao tenho coragem de contar para a família, especialmente no casamento da Misa. Eles vão ficar devastados — disse Kei. — A Ana é muito mais agradável que eu. Eu sempre detono as marcas favoritas das pessoas falando de qual conglomerado maléfico elas fazem parte.

— Eu sempre tenho surtos psicóticos no aniversário dos outros — ofereci, lembrando do desastre quando eu e Tilley escorregamos na neve bêbadas. Eu estiquei as pernas na espreguiçadeira e percebi que não havia passado protetor solar nas costas. Como sempre.

— Legal.

Virei e deixei o sol me atingir.

— Sinto muito que tenha que lidar com tantas perguntas sobre sua ex.

— Não tem problema. Na maioria das vezes falo para eles irem perguntar a ela. Geralmente dá pra encontrar a Ana na piscina.

Kei acenou para uma mulher latina com marias-chiquinhas altas do outro lado da piscina. Ela acenou de volta e continuou escrevendo em um caderno.

Fiquei chocada.

— Ela está aqui? No casamento?

Kei deu de ombros.

— Já tentou pedir um reembolso duas semanas antes de um voo? Não queríamos perder o dinheiro, então decidimos vir como amigues.

— E isso está... dando certo?

— Estamos nos dando espaço, mas sim, está tudo bem. Eu amo a Ana. — Elu olhou para mim com intenção. — Além disso, ela garante que eu me comporte bem mesmo com toda a bobajada.

Olhei para a Ana de novo. Ela nem mesmo estava tentando nos ouvir, apesar de claramente estarmos falando sobre ela. Era incrível. Que autocontrole, que educação! Um término saudável era assim? Eu não tinha muita experiência nessa área, mas pelo que aprendi com meu amor não correspondido pelo Matt, sabia que a proximidade podia ser um verdadeiro desafio.

De repente, uma sombra tomou conta da minha cadeira. Virei-me e vi Misa respirando alto. Seu cabelo estava de volta no rabo de cavalo de sempre.

— Adivinha que horas são? — falou.

— Merda — disse Kei. Elu abriu a mochila e começou a jogar a bagunça dentro: óculos de sol, livros, protetor solar. Eu vesti meu robe enquanto tentava ler os distintivos presos à bolsa de Kei. CORRO COM TESOURAS estava escrito no da alça esquerda.

Do outro lado da piscina, a Mala passou por daiquiris pela metade e palmeiras envoltas por pisca-pisca, acenando para nós. Vi Misa contrair o maxilar conforme ela se aproximava.

— Oi, mãe — disse ela.

— Aqui está você — respondeu Julie, e então me olhou de cima a baixo. — Está se divertindo, Dee? Gostou da comida? O que achou dos jardins?

Olhei ao redor, sem saber qual pergunta responder primeiro.

— É incrível — falei, torcendo para que isso englobasse tudo. Kei deu uma risadinha na espreguiçadeira. — Este é o lugar mais bonito em que já estive.

E era. O lugar era tão bonito que eu não sabia se devia estar lá. Eu me sentia bem mais em casa no esplendor de Scarborough, com as fogueiras nos Bluffs, as noites patinando no centro cívico e as pilhas de livros lotadas na biblioteca Malvern.

— Que bom — disse Julie, virando-se então para Misa. — Ficou sabendo sobre as pérolas?

— Sim — respondeu Misa. Pareceu que ela diria outra coisa, mas então parou. Eu estava começando a sentir uma coisa estranha vindo dessa conversa. Era como uma partida de tênis em que ninguém podia rebater um saque.

— Há quanto tempo vocês vêm pra cá? — falei, louca para acabar com o silêncio.

— Acho que fazem uns 10 anos — disse Julie, arrumando uma pilha de anéis no dedo. — É um bom lugar para escapar. Bem privado.

Kei revirou os olhos.

— Sabe, tia Julie, se você desistisse do seu lugar no conselho do centro cultural, teria a mesma quantidade de privacidade em casa. Olha como meu pai está relaxado hoje em dia. Ele está pensando em comprar uma Vespa.

Julie pareceu horrorizada. Não consegui definir se era com a ideia de se demitir ou o pensamento sobre motonetas italianas.

— Temos um legado a proteger. Um trabalho importante a fazer — disse ela, e então abriu um sorriso hesitante para Misa. — Inclusive, o Sr. Uda estava comentando que sua ajuda seria muito bem-vinda no festival de primavera. É uma coisa que podemos fazer juntas.

Misa hesitou e o sorriso de Julie desapareceu, como se ela já soubesse o que esperar.

— Eu adoraria. Mas estou trabalhando em vários projetos para o hospital agora e…

— Entendo que você queira traçar o próprio caminho — disse Julie, recuperando a compostura em um instante. — Mas tem que ser lá? Você não quer fazer algo para a família?

Por um momento, achei que Misa deixaria seus dois universos colidirem. Que ela explicaria que sua história de vida e sua saúde estavam entrelaçadas em um grande nó que sempre tentava desfazer. Mas ela respirou fundo e disse:

— Não acho que este seja o melhor momento.

— Nunca parece ser o melhor momento — disse Julie, sem conseguir deixar o ressentimento de fora do tom de voz. A temperatura pareceu cair vários graus. Ela puxou Misa de lado e murmurou em seu ouvido, a voz quase inaudível em meio aos barulhos do pátio.

— Só se lembre… o trabalho que fazemos com os sobreviventes tem um tempo limitado. Talvez você deva pensar sobre isso quando estiver usando as pérolas da Obachan.

Kei tossiu dramaticamente e os olhos de Julie se voltaram para o meu rosto. Ela assentiu para Misa.

— Enfim, podemos falar sobre isso mais tarde.

— Claro — disse Misa, olhando para o chão. — É melhor eu e Kei irmos.

Era a segunda vez que eu via a armadura de Misa ceder em dois dias. Seus olhos haviam perdido o foco, os ombros estavam tensos e dava para ver que ela daria qualquer coisa para fugir dali. O jeito como estava desmoronando era familiar até demais. Pensei nos meus pais em casa, se eles não estavam celebrando uma semana sem o fardo de ter minha presença por perto.

— Ei! — Kei colocou uma mão no ombro da Misa quando a Julie pediu licença e se retirou. — Esquece isso. Você está fazendo tudo o que deve agora.

— É que… — A voz de Misa falhou. — Se eu contasse a verdade, ela não entenderia. É como se eu não fosse japonesa o suficiente e, ao mesmo tempo, eu sou doente demais e vou continuar tendo que escolher entre as coisas que são importantes pra mim. Eu sempre vou decepcionar alguém.

— Não vai, não — disse Kei, puxando Misa para um abraço e inalando uma mecha do cabelo dela. — Você está sempre levando quem realmente é ao trabalho que faz. E mesmo que a saúde mental não tenha a mesma relevância que o taikô tem para os japoneses agora, um dia isso vai fazer diferença para nós.

Misa riu e piscou para afastar as lágrimas, e considerei que já podia me intrometer novamente. Eu podia até não entender essas tensões em particular, mas com certeza sabia como fazer uma pessoa com transtorno mental se sentir melhor: oferecendo o cancelamento imediato de algo que ela deveria fazer.

— Por que você não deixa eu e Kei irmos buscar o Vik pra você? Assim pode descansar um pouco antes da despedida de solteiro à noite.

— Como eu já disse, um nome de festa ridículo — disse Kei. — Mas, sim, podemos fazer isso. Você está com cara de que dormiria até em um desfile de carnaval.

— Eu estou bem — disse Misa, limpando o delineador manchado e voltando a usar sua expressão de pronta para tudo. Ela deu uma olhada na cara de Kei e tentou novamente. — É sério, eu estou totalmente bem. Está tudo bem.

— Nossa, esse é o número perfeito de "bem" — falei, impassível — Mais um e eu ficaria preocupada.

Misa abriu um sorriso mínimo.

— Às vezes esqueço como você me conhece bem.

09

BACK IN YOUR HEAD

— TEGAN AND SARA (3:00)

Antes de Matt e Misa noivarem, quando eu ainda conseguia fingir um pouco de normalidade na frente deles, acabei encontrando Misa em um Walmart. Eu havia atravessado a entrada para ir atrás de sushi pela metade do preço e quase fora da validade na praça de alimentação do mercado, mas fui surpreendida por Misa, carregando tantas sacolas que as alças de plástico estavam cortando a circulação de seu pulso. Ela estava sozinha no corredor de festividades, olhando pilhas e mais pilhas de pisca-pisca.

— Oi, Misa — falei, tentando soar descontraída e não desesperadamente solitária.

— Dee! — disse ela, como se eu fosse a melhor invenção desde o macarrão espacial. Ela segurou meu braço e tudo ao redor fez barulho. — Não acredito que encontrei com você bem hoje! É o destino.

Era legal ouvir que alguém me queria por perto, mesmo que essa pessoa estivesse namorando o amor da minha vida.

— Você está fazendo estoque para um apocalipse ou algo assim?

Misa riu por alguns segundos exagerados.

— O aniversário da Obachan é neste fim de semana!

Da última vez em que nos falamos, Matt havia comentado que eles levariam a Obachan para ver o Stars on Ice, *uma tradição que começou com sua obsessão pela Kristi Yamaguchi nos anos 1990 e acabou com aulas obrigatórias de patinação artística para Misa durante a infância. Mas, pelo jeito, Misa estava levando a celebração para o próximo patamar. Uma das sacolas estava abarrotada com fitas de papel crepom, enquanto outra tinha tantos utensílios de cozinha que até a Martha Steward ficaria com inveja. As outras sacolas tinham papéis de carta com tema de neve, e alguns itens cheios de glitter que não consegui identificar, mas que soltavam purpurina nos jeans pretos justos de Misa.*

— Precisa de ajuda? — perguntei, indicando a carga pesada.

Ela contraiu as mãos nas alças da sacola.

— Não, tá tudo bem, obrigada. Na verdade, eu estou realmente bem. Só tenho que fazer mais uma coisa.

Porém, depois que eu peguei um sushi e voltei a andar pelo Walmart, vi que a tal coisa havia feito Misa sentar-se encolhida no chão. As sacolas plásticas estavam espalhadas ao seu redor e havia uma dúzia de caixas de pisca-pisca entreabertas à sua direita, os fios pendurados fora de lugar. Parte de mim sentiu vontade de sair correndo e me transformar em fumaça feito um personagem de desenho animado, mas acabei indo até ela novamente.

— Não consigo fechar as caixas — disse ela sem olhar para cima.

Agachei-me ao seu lado, meus joelhos de crise de meia meia-idade estalando em protesto.

— Não parece ser tão difícil. — Tirei um fio da embalagem e comecei a dobrá-lo em pedaços menores.

Misa balançou a cabeça.

— Você não entende — disse ela, enquanto Sheryl Crow cantava "If It Makes You Happy" no sistema sonoro da loja. — Preciso que isso dê certo, e está tudo dando errado.

Tentei enfiar o maço de fios bem enrolados de volta na caixa de papelão, xingando quando a embalagem abriu no fundo. De-

sistindo, enfiei aquela bagunça debaixo da prateleira de metal, destruindo qualquer evidência do meu envolvimento.

— Há quanto tempo você está aqui exatamente?

— Não sei — disse ela com a voz falhando. Pegou o celular e levou uma mão à boca. — Meu deus. Faz cinco horas. Eu estou nesta loja há cinco horas!

Eu não desejaria esse destino nem para o meu pior inimigo. Misa pareceu desejar que o chão a engolisse.

— Eu posso... te levar para casa? — falei. — E com isso quero dizer que minha irmã pode dar uma carona para nós duas. Eu não posso mais dirigir por causa do seguro.

— Não! — Sua voz aumentou um pouco de volume, atraindo olhares dos adolescentes que estavam em cima de bicicletas infantis no corredor em frente ao nosso. — Não posso ir até terminar. Preciso do pisca-pisca perfeito para a Obachan. Preciso achar os perfeitos. — Ela usou as unhas para arranhar um dos braços, deixando marcas de ansiedade na pele.

— Eu entendo — falei, porque de certa forma entendia. Coloquei a mão em cima dos arranhões. — Só deixa eu te ajudar.

— Você não pode me ajudar — disse ela se desvencilhando. — Ninguém pode me ajudar.

— Você provavelmente está certa — falei, colocando o traseiro mais próximo do dela e oferecendo meu sushi para viagem. — Mas posso te fazer companhia.

ENQUANTO KEI NOS levava até o aeroporto no carro de férias da família Nagasaka (que tinha até uma placa customizada com apenas um A faltando no sobrenome), observei pela janela um ninho de águia-pesqueira empoleirado em um poste telefônico e as palmeiras ao redor curvando-se um pouco com o vento.

— Obrigada por convencer Misa a tirar um descanso pela primeira vez na vida — disse Kei, abaixando todas as janelas e ligando o ar-condicionado. — Essa pode ser uma virada de chave pra ela... tipo, quando menos esperarmos, ela pode ficar obcecada com rolinhos de jade e fermentação natural.

— Parece um pesadelo — falei. Passamos em frente a um bar quiosque lotado e um Salão do Reino das Testemunhas de Jeová fechado com tábuas na mesma quadra, e eu tive até que olhar duas vezes. — Esta ilha é mesmo cheia de surpresas.

— Sem dúvidas é um local estranho para se ocupar como turista — disse Kei. — Várias pessoas vêm aqui sem nem se dar conta das raízes da ilha. Quer dizer, aqui tem até uma plantação histórica com várias avaliações ruins porque está muito "acabada". E o que eles esperavam?

— As pessoas têm tempo demais pra gastar — falei, constrangida por nem ter pensado em visitar qualquer local cultural enquanto estivesse aqui.

Passamos pelo distrito turístico de Providenciales, que era um universo completamente diferente do centro local que eu havia visto há alguns dias. A fila em frente à loja de chá pareceria estranha aqui. Em vez disso, as vias principais continham restaurantes italianos e lojas de joias, pequenos cafés com guarda-chuvinhas coloridos e um bar ao ar livre que transmitia um jogo de futebol em um telão. As pessoas por aqui eram, assim como eu, visitantes.

— Posso te perguntar uma coisa? — disse Kei, quando passamos por duas crianças que eram puxadas pela calçada por um filhotinho de cachorro animado. Elu não esperou que eu respondesse. — É sobre sua medicação.

— A quantidade de remédios diferentes que eu usei é quase igual ao número de temporadas do *American Idol* — falei. — Você vai precisar especificar mais.

— Certo — disse Kei e esperou um momento. — Já pensou em parar de tomar eles?

— O tempo todo. Mas eu também sei que todas as vezes em que parei, acabei tentando me matar... — Eu me arrependi. — Desculpa, falei demais. Eu sou demais.

— Não, não, tá tudo bem — disse Kei. Elu desviou de algumas galinhas que estavam saindo do quintal de uma casa e entrando na estrada. — Você é sempre a quantidade perfeita.

Eu sorri, aliviada que elu podia lidar com a verdade.

— Certo, eu geralmente me dou mal quando convenço a mim mesma a parar com os remédios do nada...

— De onde será que veio a expressão "do nada"? — interrompeu Kei. — Espera, desculpa, não é minha vez. Continue, por favor.

— Certo. Uma vez, meu médico disse que isso é igual a tocar piano. Se você treinar uma música por dez mil horas, seus dedos ficarão acostumados a tocar aquela música — expliquei. — Acho que quanto mais seu cérebro treina para entrar em mania, mais vezes isso vai acontecer, as crises serão mais fortes e os remédios farão menos efeito.

Pensei em como foi fácil voltar para aquela frequência depois do choque que foi a notícia do noivado de Matt e Misa. Mas também lembrei de Tilley passando a noite acordada comigo para se certificar de que eu não sairia, a sensação persistente de que eu estava na corda-bamba da sobrevivência.

— Então, pelo jeito, é uma má ideia.

— Bem, tem gente que vive muito bem sem a medicação. E o começo é sempre maravilhoso... parece que tudo em que você toca tem um certo brilho — falei. — Então você acaba se convencendo de que não precisa dos remédios, de que vai ficar melhor sem eles. Mas, no meu caso, sempre tem uma queda depois da subida. O que me faz mal é a queda.

Quando chegamos em frente ao aeroporto, fizemos uma parada brusca atrás de uma grande fila de carros que esperava a chegada dos passageiros. Homens vestidos em linho de cores exageradas balançavam cartazes nos quais se lia "táxi" para os turistas amontoados na sombra do beiral do telhado. Uma mulher com longas tranças e um colete laranja nos guiou para o meio-fio e Kei estacionou, os olhos grudados na multidão à sua frente. Sempre que as portas do aeroporto se abriam, eu ouvia os leves indícios da recepção de boas-vindas.

Kei batucou os dedos contra o couro falso do volante, o ritmo constante se transformando em uma batida final com as duas mãos.

— Bem, não quero atrapalhar sua viagem nem nada, mas acho que tem algum problema com o casamento. Lembra quando pedi sua ajuda para que Misa sobrevivesse a ele? Acho que Matt está precisando ainda mais.

Meu pulso começou a acelerar, mas eu mantive a expressão neutra. Talvez Kei estivesse enxergando o que eu já tinha começado a suspeitar: que Matt e Misa estavam lidando com mais do que alguns percalços na corrida até o altar. Talvez, só talvez, houvesse uma chance para mim no fim das contas.

— Minha prioridade aqui é poupar a Misa do máximo de drama possível, certo? Ela já está lidando com a Mala e isso é suficiente pra qualquer um — continuou Kei. — E é por isso que preciso da sua ajuda. Você é a pessoa mais próxima ao Matt... quer dizer, tirando a mãe dele, mas, sinceramente, eu acho muito difícil entender gírias escocesas. Passei a maior parte do jantar de Natal dando risadinhas educadas na hora errada. Se eu ouvir mais uma piada sobre minha franja...

— Eu te amo, Kei — falei. — Mas você precisa se concentrar. O que o Matt tem?

Kei respirou fundo.

— Ontem à noite, cheguei no hotel quando a festa de boas-vindas estava no fim. — Elu parou de falar e pegou um novelo de lã de cor degradê da bolsa. — Se importa se eu fizer crochê enquanto te conto? Estou ficando impaciente.

— Sem problemas.

— Certo, então lá estava eu cuidando da minha vida, tentando achar alguma sobra de *inarizushi*, quando vejo Matt bebendo uísque sozinho na escadaria. Na minha opinião, é uma coisa estranha de se fazer na semana do seu próprio casamento — disse Kei, enganchando a linha na agulha. — Então fui lá ver se ele estava bem.

— E como ele estava?

— Bem, acho que tinha exagerado no uísque chique, porque de repente começou a falar sobre você e meu pai e o hospital — disse Kei, sem perceber a respiração aguda que dei. — Então, do nada, ele solta que parou de tomar os remédios sem contar pra Misa. O que é ruim, né? Tipo, esse é o tipo de informação que ela com certeza precisa ouvir da boca dele. Mas não consegui convencê-lo a abrir o jogo.

— Merda — falei. — Preciso falar com o Matt.

Não era o tipo de problema que eu havia torcido para surgir, não mesmo. Eu sabia o quanto Matt havia demorado a conseguir seguir qualquer coisa próxima a uma rotina de tratamento — mesmo quando começou a namorar Misa, ela teve que praticamente ameaçá-lo para fazê-lo seguir o plano de cuidado que elaborou para os dois. Eu nem podia imaginar o que o faria romper essa rotina. Mas antes que eu pudesse dizer qualquer outra coisa, um punho bateu na janela do lado do motorista.

Nós nos viramos e vimos um cara bonitão acenando, seu cabelo preto voando sem esforço na brisa. Usando uma camisa de botões para dentro da calça, sua roupa era estranha para o aeroporto de uma ilha, mas de alguma forma caía bem nele, mesmo no calor sufocante. Olhei para o meu robe amassado e os chinelos e suspirei. Nunca fui de causar uma boa primeira impressão.

Kei olhou para mim com intenção.

— Pelo jeito, perdemos o nosso momento, então acho que volto a falar disso mais tarde. Mas… se você encontrar uma abertura pra falar com Matt, aproveite. Por favor. — Elu abriu o porta-malas e Vik enfiou sua mala cheia lá antes de se sentar no banco traseiro.

— Muito obrigada por vir me buscar! — disse ele, afastando algumas mechas de cabelo do rosto. — Deus abençoe o gosto da família Nagasaka por placas customizadas, porque foi um dia daqueles. O aeroporto de Heathrow estava uma zona esta manhã, e eu acho que o jantar vegetariano que serviram no avião tinha o intuito de nos matar. É bom finalmente poder olhar para rostos não assassinos. — Ele semicerrou os olhos na luz do sol. — Você deve ser...

— Kei. Prazer em conhecê-lo, Vik. — Elu guardou a lã com cuidado antes de ligar o motor do carro novamente.

— Eu sou a Dee — falei, acenando com dedos demais do banco do passageiro. — Desculpe se não estou arrumada o suficiente para a ocasião.

Vik pareceu um pouco constrangido.

— Sim, sei que se arrumar para pegar um voo é extremamente antiquado. Mas tem algo nisso que eu gosto. Acho que faz a viagem parecer mais especial. — Ele hesitou um momento e então abriu um sorriso. — Mas estamos falando do casamento do Matt, então não posso imaginar uma aventura mais memorável. Mal posso acreditar que ele finalmente encontrou alguém que aceite ouvir seus resumos detalhados de partidas de rúgbi.

— Isso é o de menos — falei. — A Misa nem acha estranho ele comer tomates como se fossem maçãs. Ela diz que faz sentido, já que tecnicamente os dois são frutas.

— Ele ainda deixa as portas dos armários abertas o tempo todo? Perdi a conta do número de vezes em que cheguei da aula e achei que tivéssemos sido roubados — refletiu Vik.

— É legal da sua parte ter continuado amigo de um monstro desses — falei. — Também deve ter algo completamente errado com você.

Ele pensou por um momento.

— Eu trabalho com finanças.

— Tá explicado — falei.

Kei abriu um micro sorriso, enquanto Vik me analisava como se eu fosse o caça-palavras de domingo. Eu me perguntei o que Matt teria dito a ele sobre mim, se havia falado do meu rosto como se pudesse lançar centenas de navios das margens da Grace Bay. Mas então lembrei que uma vez fizemos o desafio de encher a boca de marshmallow e achei melhor deixar meus sonhos serem apenas sonhos.

— Estou vendo que temos muito em comum — disse Vik, inclinando-se para frente no assento. Eu não conseguia definir se aquilo era realmente flerte ou apenas o efeito de seu sotaque de rico sobre mim. — Eu e você vamos ter que passar um bom tempo juntos esta semana. Temos muito para conversar.

— Mal posso esperar — falei, mas secretamente meu plano era me retirar para uma soneca daquelas assim que voltássemos. Talvez eu pudesse dormir e assim evitar lidar com essa revelação sobre a medicação de Matt, ou a próxima maldita festa, ou até mesmo a semana seguinte se necessário. Havia algo de intenso demais na forma com que Vik me olhava, como se pudesse enxergar minhas inseguranças imediatamente.

Enquanto voltávamos para o resort, Vik nos contou a história de como ele e Matt viraram amigos. Explicou que a mãe dele e Elinor haviam emigrado do Reino Unido para o Canadá, mas só uma das duas conseguiu aguentar Halifax.

— Tinha a mesma chuva de Londres, mas sem o metrô! — falou e eu ri com mais exagero do que o necessário. Depois que Elinor se mudou para Toronto e a mãe dele voltou para o Reino Unido, Vik passou alguns verões passeando pelas falésias de Scarborough com Matt. Até passou um semestre de intercâmbio morando com Matt e Elinor em Toronto durante o último ano de faculdade, quando ele e Matt dominaram a mesa da cozinha para um torneio de tênis de mesa improvisado, ao som de todas as "bandas de velho" que Matt mais amava.

— Matt me ajudou a sobreviver ao estágio mais difícil da minha vida naquele ano — disse Vik. — Mas eu estava trabalhando tanto que nem percebi que ele também estava com problemas. Eu tinha acabado de voltar pra Inglaterra na primeira vez que ele ficou mal de verdade.

— Acho que ele não ficou muito tempo no hospital nessa vez — disse Kei. — Só uma semana ou algo assim.

— Claro — disse Vik. — Mas eu só fui descobrir meses depois. Ele não queria me contar. Mas eu devia saber que todos aqueles turnos de última hora no bar estavam fazendo mal. Até o senso de humor dele tinha ficado, não sei, mais *mordaz*, se é que isso faz sentido.

— Gosto de chamar de cortante — falei. — Mas é difícil de identificar quando você não está familiarizado.

— Ser um amigo à distância significa que eu nunca fiquei tão familiarizado quanto gostaria — admitiu Vik. — É por isso que quero arrasar nesse lance de padrinho. Quero estar lá por ele desta vez.

Kei olhou para mim e percebi que estava pensando se incluía Vik no nosso segredinho. Mas eu balancei a cabeça discretamente.

— Tenho certeza de que seu discurso vai ser ótimo — falei com gentileza.

Ele deu um tapa na testa.

— A porcaria do discurso! Você acredita que eu deixei minhas anotações em Londres?

Depois de acalmar Vik, dizendo que ele conseguiria se lembrar das melhores frases, entramos no estacionamento do Breeze Bay sem problemas — a não ser que conte o Vik ter que sair do carro para orientar Kei. Após conseguir fazer a manobra, os dois descobriram o amor em comum por corrida e planejaram dar uma corridinha antes das comemorações da noite, falando animados sobre possíveis rotas na beira da praia enquanto Vik tirava a bagagem do porta-malas. Eu parei de prestar atenção quando vi Tilley caminhando até o carro em uma saia de golfe curta e chinelos rosa-choque com pedrinhas.

— Aí está você! — disse ela, olhando por cima de seus óculos escuros grandes. — Achei que estava deprimida em alguma praia por aí.

— Fomos buscar o padrinho no aeroporto — falei, indicando Vik. Ele tirou a cabeça de dentro do porta-malas e acenou animado, e eu virei para ele. — Só quero aproveitar esta oportunidade para já me desculpar pelo fato de que talvez minha irmã finja que é britânica quando estiver bêbada e/ou falando com você.

— Meu deus, Vikesh? — gritou Tilley em um tom de voz audível apenas para golfinhos e irmãs mais velhas irritadas. Ela se teletransportou para onde ele estava e apertou sua mão, encarando-o com carinho.

— Vocês já se conheciam? — perguntou Kei.

— Não — disse Vik, cansado. — Acho que não.

— Mas é como se eu já te conhecesse — falou Tilley, suspirando. Irritada, fui até lá e dei um soco em seu braço. Ela fez uma careta e me afastou. — Para que foi isso? Não posso nem ficar animada em ver uma celebridade?

— Eu não sou uma celebridade — disse Vik, tentando se desvencilhar do aperto de mão de aço dela. — Por favor, podemos não falar sobre isso?

— Sobre o quê? — perguntou Kei.

— Sobre a vez em que ele se casou com uma estranha em um *reality show*! — falou Tilley com um gritinho e todos nós viramos para Vik.

Ele suspirou.

— Como eu odeio a internet.

10

WHENEVER, WHEREVER

— SHAKIRA (3:16)

TILLEY FICOU OBCECADA por Vik, como se ele fosse o último donut de chocolate em um posto de gasolina.

— Sabe — disse ele, em uma linha bem tênue entre educado e irritado —, eu provavelmente teria pensado duas vezes antes de me casar na televisão se soubesse que alguém ainda assiste a esses programas.

Ela abriu um sorriso doce para ele.

— Quando eu fiquei sem mais nenhum programa norte-americano para ver, comecei a assistir *Casamento Instantâneo* depois que o Twitter surtou com a notícia de que um dos participantes estava vendendo um sari de casamento do set. Quanto a Amira acabou ganhando por ele?

Os vincos nas sobrancelhas franzidas de Vik poderiam dar abrigo a um ninho de filhotes de passarinho.

— É humanamente possível não ter mais nenhum *reality show* novo para assistir?

— Sou uma mulher de muitos talentos — respondeu Tilley, piscando os cílios com extensão para Vik. Peguei a mala de mão dele do canto do porta-malas, com medo de qual seria a próxima pergunta da minha irmã.

Kei limpou a garganta.

— Bom, se a programação para o resto do dia for uma competição de quem encara mais no estacionamento, vou entrar. — Elu tirou a mala de Vik do porta-malas e o fechou com força. Eu fiquei dividida entre ir atrás delu para falarmos sobre Matt ou ficar ali para testemunhar o impasse do século. O meu lado que amava um drama ganhou.

— Valeu pela carona — gritei enquanto Kei andava em direção ao hotel. A civilidade relativa pareceu tirar Vik da fossa e ele piscou rapidamente antes de pegar a mala do chão.

— Mil perdões — disse para mim, coçando a parte de trás da cabeça. — Eu não esperava que alguém aqui fosse saber dessa parte da minha vida. Posso ser um pouco sensível em relação a isso.

— Eu sabia que você já tinha sido casado — falei. — Mas claramente o Matt deixou de citar vários detalhes. — Nós três fomos atrás de Kei, a mala de Vik sacudindo com os buracos no concreto.

— Sabe — disse Vik —, ele é o único dos meus amigos que não assistiu ao programa e me zoou sem parar. Passei semanas escondido com ele e Elinor enquanto o *reality* ia ao ar no Reino Unido.

— Que fofo — falei, e Tilley soltou um pigarreio teatral, como se de repente tivesse sido atingida por um enfisema pulmonar.

— De qualquer jeito — disse Vik, ignorando-a com obstinação —, eu realmente gostaria que não falássemos sobre meu divórcio deprimente esta semana. Quero que o foco seja Matt e Misa. — Ele se virou e olhou diretamente para Tilley. — Imagino que consiga se conter em frente aos outros hóspedes?

Ela levantou uma das sobrancelhas perfeitamente aparadas.

— Só se antes você contar qual foi o babado.

— Se assistiu ao programa, já deve imaginar o que aconteceu — disse Vik.

— O que eu realmente quero saber — disse Tilley — é como você assistiu à primeira temporada e ainda assim se inscreveu para essa experiência de vida desastrosa.

Vik olhou para ela curioso.

— Bem, você assiste a *reality shows* o suficiente para entender, de certa fora. Todo mundo não está buscando o amor? E você não tentaria quase de tudo para achar a pessoa com quem deveria estar, mesmo que isso pareça maluco para o resto do mundo?

Meu coração acelerou. Eu sabia que precisava falar com o Matt... sobre seus remédios para começo de conversa, mas também sobre o que eu sempre senti que havia entre nós. Não importava qual seria o resultado, eu devia isso a mim mesma.

— Claro — disse Tilley, sem saber da minha descoberta emocional. — É pra isso que serve o Tinder.

MAL HAVÍAMOS PASSADO da porta do apartamento e Tilley já estava mandando mensagens para todos os amigos para contar sobre o Vik.

— Não acredito que o Matt finalmente tinha algo de interessante a falar e nunca contou nada — bufou ela, enquanto digitava energicamente no banheiro.

Tirei meus chinelos perto da parede e me joguei na nossa cama bagunçada.

— Ele só estava sendo um bom amigo — falei, e me perguntei se eu conseguiria apoiar Matt do mesmo jeito esta semana. Meu cérebro começou a maquinar enquanto Tilley pegou seu itinerário dobrado e o estudou, franzindo o cenho.

— A Misa foi corajosa de marcar a despedida de solteiro na noite anterior ao *brunch* de noivado. Se tiver sorte, vou encontrar alguém na festa que queira me servir o café amanhã de manhã. — Ela viu minha expressão de desaprovação e revirou os olhos. — Olha, agradeço sua preocupação com meu histórico sexual, mas isso meio que faz de você uma estraga-prazeres.

Não falei nada, só contei as luminárias embutidas no teto e esperei meu desconforto passar.

Depois que fui expulsa do hospital, eu e Tilley passamos por fases questionáveis ao mesmo tempo. Ela começou a levar caras para casa até no meio da semana, e eu roubei a cópia antiga do meu pai de *Melhores Hits do The Beach Boys* e comecei a passar as manhãs ouvindo "Wouldn't It Be Nice" no máximo sem parar enquanto esfregava de joelhos os rodapés da cozinha, até meus braços começarem a doer. Nossos caminhos se cruzavam por volta das 10h, quando Tilley gritava: "Não dá pra você ficar obcecada por uma música que não esteja tentando fazer lavagem cerebral em mim com as morais de merda dos anos 1950?" enquanto colocava um desconhecido maltrapilho para fora. Eu passei por clássicos de Alanis Morissette e Paul Simon, mas Tilley não virou o disco. Sempre que eu tentava conversar sobre isso, ela fingia não ter importância... mas, sendo alguém que já usou noites de sexo casual para escapar da realidade, eu tinha medo de que fôssemos mais parecidas do que ela estava disposta a admitir.

Tilley colocou as mãos no quadril.

— Quem vai tomar banho primeiro?

— Não estou a fim de ficar molhada — murmurei, virando para encará-la. Pensei sobre meu segredo e o segredo do Matt e toda a conversa que eu teria que ter para tentar resolver qualquer coisa, e minha boca ficou seca.

— Nem ouse fazer uma greve de banho depressiva no meio do Caribe.

— Não estou deprimida — falei, encarando o teto. — Só estou chata.

— Fala isso pro seu peito 44 — brincou Tilley, com uma piscadinha. Eu nem abri um sorriso, então ela pegou a ponta do edredom e dobrou ele em cima de mim duas vezes. — Qual é, meu rolinho de edredom triste. Vou dar dez minutos pra você ficar na *bad*, mas depois você vai beber um copo inteiro de água e entrar no banho. Vai te ajudar a espairecer.

As lágrimas caíram do meu rosto e se acumularam no cobertor como um teste de Rorschach para a equipe de limpeza desvendar.

— Não precisa me esperar. Só vou fazer você se atrasar. E se nos atrasarmos, todos vão olhar para nós e perceber que sou doente, e então eu não vou conseguir falar com ninguém.

— Primeiro, chegar elegantemente atrasada é a melhor coisa — disse Tilley. — Segundo, já coloquei um tempinho para depressão no nosso cronograma de maquiagem. Vai ficar tudo bem.

Funguei.

— Você não fica cansada disso? Não é exaustivo para você?

Ela tirou um vestido transpassado azul da minha mala e o colocou na poltrona.

— É como um jogo de tabuleiro, mas é sempre minha vez.

Eu me apoiei nos cotovelos e camadas de cobertor escorregaram dos meus ombros.

— Queria que nossas colheres congeladas estivessem aqui. — Tilley mantinha um rodízio de talheres no freezer para desinchar meu rosto nos dias de choradeira. — Meus olhos vão ficar parecendo marshmallows.

Tilley entrou debaixo dos cobertores comigo e configurou o cronômetro para tocar dali a sete minutos.

— Não se preocupe... Podemos dizer para todo mundo que dei dois socos na sua cara e eles acreditariam.

— Você é a melhor, Til — eu disse, falando sério.

COM APENAS UMA hora e meia de atraso, entramos no carro do Washington com aquele brilho lustroso que nós, garotas de Scarborough, adquirimos quando entramos em espaços que nos disseram que nunca ocuparíamos: argolas de metal roçando na pele do pescoço, as costas moldada pelo aro do sutiã sem alça que temos desde a época da formatura e batom de farmácia grudado em nossos lábios. A despedida de solteiro aconteceria em um resort vizinho que ansiava por receber os convidados da família Nagasaka, e ao julgar pelo código de vestimenta, era ainda mais exclusivo do que aquele onde estávamos hospedadas. Conforme passávamos pelas estradas escuras que abraçavam a costa de Grace Bay, pareceu que eu e Tilley estávamos caindo em outro planeta.

— Juro que todo mundo está com o farol alto aceso — disse Tilley, espiando para fora das janelas do Land Rover. — Como alguém consegue dirigir assim?

— Eu conseguiria dirigir por essas ruas vendado — disse Washington, convencido, enquanto nossos faróis iluminavam um grupo de vira-latas que relaxava no acostamento. — Sempre morei aqui, então nada mais me surpreende. — Ele virou para lançar uma olhadinha provocadora para minha irmã. — Nem você.

Enquanto esperava Tilley sair do banho, eu havia feito uma pesquisa rápida sobre a história da ilha e descobri vários detalhes importantes que não se encontram em guias turísticos: comunidades foram destruídas por potências europeias concorrentes, pessoas escravizadas haviam sido abandonadas em fazendas de plantação que não deram certo, houve uma breve dominação da Grã-Bretanha há alguns anos. Eu me perguntei se a quantidade de turistas passava a ser menos surpreendente ao considerar que o aeroporto havia sido fundado por uma rede de hotéis, se o Washington se importava com a intrusão.

— Posso fazer uma pergunta? — Aventurei-me e Washington assentiu, animado. — Por que todos aqui chamam os habitantes locais de "pertencentes"?

— Vai depender de pra quem você pergunta — respondeu ele, o tom sincero atípico. — Da minha parte, acho que nós, ilhéus, não "pertencemos" a ninguém. Mas gosto de pensar que meu destino é estar nessa ilha.

Continuamos em silêncio por alguns segundos. Percebi que todos os hotéis estavam impecáveis, mas muitas das residências ainda carregavam os vestígios do furacão. Olhando pela janela, vi luzes iluminando um pedaço do paraíso que poderia ser adquirido pelo metro quadrado. Eu me perguntei se as pessoas que viviam nessas mansões exclusivas também sentiam que pertenciam à ilha, ou se carregavam o desconforto em malas bem arrumadas, como eu.

Paramos em mais uma entrada em rotatória, essa cercada por holofotes, sebes exuberantes e buganvílias desabrochando. Washington desceu do banco do motorista para abrir a porta, e demos nossos primeiros passos vacilantes para fora do carro.

— Tenham uma ótima noite, ok? — disse ele. — E você pode me ligar se algum dos seus namorados te incomodar.

— Que namorado? — disse Tilley com uma piscadinha, e Washington riu enquanto voltava para o banco do motorista.

Olhei para Tilley, que agora estava concentrada no arco de entrada à nossa frente.

— Preparada? — perguntei, sentindo uma agitação familiar no estômago. Ela pegou minha mão e a apertou com força.

Quando eu e Tilley entramos, a despedida de solteiro já estava a todo vapor. Paramos impressionadas sob camadas de cordas navais espessas caindo em cascata por cima do bar circular, a carcaça das casas destruídas ainda no fundo da minha mente. Luzes fortes acopladas em cestos suspensos brilhavam como planetas ocos sobre nossas cabeças, enquanto mulheres em vestidos de festa bebericavam champanhe em taças finas. Do lado de fora do pátio coberto, palmeiras envoltas de pisca-pisca sobressaiam-se acima de uma fogueira, com uma trilha de tochas traçando o caminho de sofás confortáveis até as costas escuras de Grace Bay. Olhando a multidão, havia um DJ tocando David Guetta e agitando o quadril levemente com os ventos alísios. Só faltava uma batida previsível para ser a festa mais mágica que já vi.

— Estou feliz de ter vindo de bojo — disse Tilley, de olho no DJ.

— Estou feliz que a depressão me deixa com a libido de um sanduíche de presunto — respondi, observando a multidão à procura de Matt, mas em vez dele encontrando Elinor. Ela estava ao lado da lareira falando com uma mulher sul-asiática alta e magra, que eu presumi ser a mãe de Vik.

— Se você não se importar, vou perguntar a Elinor se ela sabe onde o Matt está.

— Vem pra uma festa glamourosa pra falar com as mães — disse Tilley, suspirando e já indo direto para a cabine do DJ. — Você é quem sabe, meu amor.

Elinor me avistou de alguns metros à frente e gesticulou para que eu fosse até ela. Eu expirei para eliminar minhas inseguranças e coloquei um sorriso no rosto, pronta para dar o meu melhor e jogar conversa fora.

— Dee! — Elinor me abraçou e gritou por cima da música. — Ficou tão tarde que não sabia mais se você conseguiria vir.

Ela foi tão direta quanto sempre, mas não deixei de ouvir a gentileza por trás das palavras. Trocando o peso entre os pés, ofereci a melhor explicação que tinha.

— Às vezes eu demoro um pouquinho mais para dar partida, sabe?

Elinor assentiu como quem entende.

— Melhor persistir do que entregar o jogo, é o que sempre digo. — Ela se virou e colocou a mão no braço de sua companheira. — Anila, esta é a garota de quem falei.

Anila abriu um sorriso carinhoso. Ela usava um vestido dourado com uma costura delicada que ia até a bainha, e observando seu corpo esbelto e o cabelo espesso, eu sem dúvidas conseguia ver a semelhança com Vik.

— É um prazer te conhecer — disse ela. — Vikesh disse que teve uma ótima viagem do aeroporto até o hotel com você.

Fiquei vermelha, em parte porque também havia gostado da viagem.

— Certo — falei. — Foi divertido ouvir sobre as enrascadas em que ele e Matt se metiam.

— Mesmo vivendo há milhares de quilômetros um do outro, eles ainda encontravam jeitos de nos estressar — reclamou Elinor.

Anila riu.

— Mas olha como chegaram longe! Agora podemos celebrar o lindo casamento de Matt juntas... sem equipes de filmagem, sem garotas de *reality shows*. Parece que estou conseguindo uma segunda chance.

— Ah, bem — disse Elinor. — O amor pode deixar as pessoas impulsivas. Matt e Misa mesmo só estão juntos há um ano! — Ela olhou para mim. — Queria ter mais tempo para poder conhecer a Misa como você conhece. Eu sempre quis uma filha.

— E agora você tem uma! — comemorou Anila, mas Elinor pareceu não registrar a frase.

— Só o que quero é que ela seja feliz na nossa família — disse lentamente. — E apesar de ter certeza de que Matt é o que ela quer... não tenho certeza se quem ela imaginava como sogra era eu e meu bocão.

Como alguém que também compartilhava demais e nem sempre percebia os limites pessoais, senti pena dela.

— Qualquer um teria sorte de chamar você de família, Elinor. Só dê um tempo para que ela se sinta confortável. Você vai ver quc valerá a pena.

— Obrigada, querida — disse ela, apertando meu braço gentilmente. — Estou torcendo para que eu e a Misa possamos nos entender esta semana. Temos coisas demais em comum para que isso não aconteça.

Segui o olhar dela até a multidão e vi Matt, robusto e bonito em uma camisa com estampa de papagaio que com certeza não foi ele quem passou. Estava dividindo um copo de cerveja com Vik, nos limites da animação da festa.

— Na verdade, eu estava procurando o homem da noite — falei. — Se importa se eu for até lá dar meus cumprimentos?

— Sem problemas — disse Elinor, me dando um último abraço. — E obrigada pelo papo.

Fui até Matt e Vik, abrindo o caminho entre a multidão de pessoas bebendo e dançando. Conforme me aproximava, tentei usar telepatia para me desculpar com Matt pelo meu surto na praia. Ele levantou as sobrancelhas em resposta, e percebi que ele queria conversar sem Vik por perto, e é claro que eu não tinha objeções a isso. Essa conexão psíquica havia surgido durante as várias horas que passamos sentados em círculo na terapia em grupo, de boca fechada, mas trocando olhares significativos em relação às desgraças das pessoas. A terapia em grupo era como o Oscar, mas sem apresentador. Você ouvia metade de um discurso de agradecimento sobre passear na rampa de acesso à rodovia e de repente a câmera cortava para o maior momento cinematográfico de outra pessoa. Essa era a única forma de terapia conversacional para os internados, então todo mundo tentava fazer o dinheiro dos impostos valer a pena — tirando Matt, que protestava em silêncio.

— Você veio! — gritou Matt, colocando um braço ao meu redor e quase derramando a cerveja em mim no processo. Eu não me importei nem um pouco... Ele sempre sabia como fazer com que eu sentisse que estar perto de mim valia a pena. — Sempre posso contar com você, Dee Foster. Um brinde a isso.

Vik me lançou um olhar brincalhão enquanto tomava um gole da cerveja.

— Alguém está exagerando na comemoração esta noite.

— Você não pode culpar um cara por querer apreciar os dois melhores amigos — protestou Matt, e eu não pude deixar de sorrir.

— Eu não estava sabendo que tinha competição — disse Vik, me olhando de cima a baixo. Eu sorri, mas abaixei o olhar, consciente demais dos músculos em seus braços. — Quer uma bebida, Dee? Está na hora da minha próxima rodada e posso pegar uma cerveja pra você. — Matt levantou a mão e Vik riu. — Acho que pra você já está bom.

— Valeu. — Fiz uma continência para Vik enquanto ele andava entre dois sofás com cor de café, indo em direção ao bar. Eu assisti a ele se afastar por um pouco mais de tempo do que era necessário.

Assim que ficamos sozinhos, Matt colocou a cerveja na mesinha lotada e olhou para mim com pesar.

— Odeio ser estraga-prazeres, mas acho que devemos conversar sobre o que aconteceu mais cedo.

Todos os meus arrependimentos escaparam em uma só respiração.

— Eu não quis que parecesse que você não ama a Misa, ou que não está do meu lado, ou qualquer coisa do tipo... Às vezes eu simplesmente reajo antes de conseguir me acalmar, e o que falo nunca parece sair como eu queria.

— Eu entendo, Dee — disse ele. — Sei que está dando o seu melhor, e eu estou fazendo o mesmo. É só que... eu vejo o quanto você é incrível e quero te apoiar, tanto que às vezes troco os pés pelas mãos.

— Você está ficando igual à Misa — provoquei.

— Ou talvez eu só queira muito que você seja feliz — respondeu ele.

Trocando olhares com o Matt, foi como se o resto da festa tivesse deixado de existir. Era viciante ser compreendida assim, saber que até minhas piores partes poderiam ser vistas com amor. Nós nos sentamos em um dos sofás e eu peguei e apertei a mão dele. Ansiava por sentir a eletricidade entre nós, mas meus nervos estavam entorpecidos pela quetiapina.

— Desejo o mesmo para você — falei, em vez disso, e hesitei um momento. — Acho que pensei que fazer coisas de adulto como se casar significava que você tinha superado as coisas que passamos juntos. E estou começando a achar que essa foi uma hipótese idiota.

— Eu estou bem, Dee — disse Matt, rispidamente. — De verdade.

Eu não acreditava nem um pouco. Soltei sua mão, decepcionada por ele ainda não estar sendo sincero.

Matt percebeu minha frustração e tentou juntar as palavras certas.

— O problema é praticamente só o casamento — falou, gesticulando fracamente para a multidão. — Eu poderia me casar em um estacionamento e achar mágico. Mas a Julie queria muito fazer o casamento no resort, e a Misa queria muito deixar a Julie feliz, e eu queria muito deixar a Misa feliz, então aqui estamos. Eu estaria mentindo se dissesse que isso não me deixa desconfortável, especialmente por causa da minha mãe.

— Por causa do dinheiro?

Ele assentiu.

— Por causa do dinheiro e porque ela está tão encanada com o que deu ou deixou de dar a mim ao longo dos anos. Acho que pensa que eu perdi oportunidades quando ela estava com problemas, e agora quer recuperar todo esse tempo. Essa é parte da razão de ela querer tanto ter netos… é a chance de tentar novamente.

— E o que você acha disso? — perguntei.

— Quero ser o tipo de pai que nunca tive — respondeu ele em voz baixa. — Mas não quero que minha mãe coloque esse tipo de pressão em si mesma, quando ou se eu tiver filhos. Eu já sei que ela é incrível. Ela não tem mais nada a provar. — Ele me abraçou de lado, e a superfície da minha pele se acendeu pouco a pouco, como um fliperama, deixando vãos abertos no meio. Eu sabia que ainda o desejava, mas meu corpo não conseguia registrar a sensação.

— Mas entendo os motivos dela — falei, tentando pensar de que outros jeitos poderia tocá-lo. Eu queria alisar as cicatrizes fracas de seus braços, massagear a membrana entre seu indicador e polegar. — Quando você passa por algo tão difícil, é claro que vai querer um arco de redenção.

— Esse é o problema com histórias como as nossas — respondeu Matt. — Todo mundo espera um final de conto de fadas ou é como se tudo pelo que passamos tivesse sido em vão.

— E qual é a alternativa? Ir passear no purgatório psiquiátrico?

— Eu só não entendo por que tem que ser tão linear — disse ele. — Coisas ruins acontecem, como o hospital. Coisas boas acontecem, como me apaixonar por uma mulher corajosa e gentil que tem o ronco de uma serra elétrica. A Misa me escolheu, apesar de qualquer coisa. Eu deveria me considerar sortudo.

Deixei as palavras dele pairarem no ar pelo tempo que levei para engolir o nó na minha garganta. Matt olhou para mim e suspirou.

— Ela me escolheu e está colocando tudo de si neste casamento, e eu ainda estou tendo dificuldades, Dee. Eu tenho tudo o que sempre quis, mas não consigo fazer isso funcionar. Tem algo de errado comigo, mesmo agora.

Ele afastou o olhar, observando a costa, e eu me perguntei quantas vezes era possível dizer a alguém que não precisava sofrer só.

Enquanto estávamos internados, passei a conhecer Matt melhor nos momentos em que estava escondido das outras pessoas. Ele fazia piadas na farmácia, enrolava os médicos e raramente revelava mais do que um sorriso de lado na terapia em grupo. Era apenas depois, quando estávamos sozinhos, que ele baixava um pouco a guarda. Parte de mim tinha medo de que esse orgulho o atrapalhasse, mas a intimidade era boa demais para ser interrompida. Pela primeira vez na vida, meio que pareceu que eu era especial.

Quando Misa surgiu, senti as coisas mudarem em mais de uma maneira. De repente, não tínhamos mais aqueles momentos particulares de desabafo. Porém, mais importante para Matt, Misa era muito protetora para deixar que ele tratasse os poucos recursos que tínhamos de qualquer jeito.

Certa manhã, entrei na sala de convivência enquanto Matt montava um quebra-cabeça com a Obachan, que estava visitando pela terceira vez naquela semana. Seus dedos artríticos juntavam as peças das bordas com cuidado, enquanto Matt fazia um celeiro rústico no canto da imagem. Eu me sentei ao seu lado e ele mal reagiu, apenas juntando uma peça à outra como se sua vida dependesse disso.

— Tá tudo bem? — perguntei em voz baixa, torcendo para que Obachan não escutasse.

— A Misa tá brava comigo — respondeu ele, baixinho.

— O que você fez?

Misa apareceu no canto.

— Ele vai desistir da terapia em grupo. Só temos três atividades disponíveis neste lugar inteiro e ele não quer mais se dar ao trabalho de participar.

Olhei para Matt e ele deu de ombros.

— Eu simplesmente não vejo o sentido de ir. A única pessoa que vai me tirar desta situação sou eu mesmo. Não preciso de ninguém no meu ouvido.

— Você consegue ser muito estúpido às vezes, sabia? — bufou Misa. Obachan sorriu e deu uma peça com a porta do celeiro para Matt. — É como se você estivesse só deixando o tempo passar para acabar aqui novamente. É isso o que quer?

Matt, perplexo com a sinceridade incomum dela, soltou as peças do quebra-cabeça.

— É claro que não — disse ele, e abriu um sorriso irônico. — Considerando minha carreira na psiquiatria, tenho certeza de que passar tempo com vocês é o meu auge. Depois disso, é só ladeira abaixo.

— Eu me importo com você, tá bom? — disse Misa, ignorando a piadinha. — Então não vou ficar parada te vendo fazer as mesmas escolhas várias e várias vezes enquanto se pergunta por que nada está mudando.

No fundo do meu estômago, a ideia fugaz de que eu poderia ser especial foi tomada por uma onda de culpa.

— Às vezes, quando as coisas parecem perdidas, é preciso tentar de tudo até que algo dê certo. — continuou Misa. — Isso significa que precisa tentar ser vulnerável... e se não vai rolar com eles, pode tentar pelo menos com a gente.

Matt suspirou.

— Eu não quero sobrecarregar vocês com meus problemas.

— Já parou pra pensar que talvez você esteja sobrecarregado assim porque nunca fala sobre as coisas de verdade? — respondeu ela, e a Obachan colocou uma mão gentil no braço de Matt.

— Vocês estão se juntando contra mim — disse ele, suavemente.

Misa jogou a cabeça para trás e riu, e ele olhou para ela tão intensamente que meu coração doeu.

— E está funcionando? — perguntou ela.

Ela sabia impulsionar Matt de um jeito que eu nunca conseguiria. Estimular as pessoas era natural para ela — geralmente para o benefício dos outros, e na maioria das vezes com um custo significante para si mesma. Naquele dia, Matt falou no grupo sobre como tinha medo de ligar para a mãe depois de tantos dias de silêncio, que isso o fazia lembrar de quando seu pai também desaparecia da vida dela.

Mas fui eu quem ele chamou para se sentar ao seu lado no orelhão, sabendo que eu deixaria que ele fizesse as coisas no próprio ritmo, que dissesse menos do que talvez a ocasião exigisse. Ele sabia que às vezes Misa se importava tanto que não sabia como dar algum espaço.

Escondidos em um canto longe da multidão, eu me aproximei um pouco de Matt. Ele cheirava a Irish Spring e fogueira.

— Não há nada de errado com você. Você tem permissão para ficar sobrecarregado.

Ele soltou o ar com força.

— É mais do que se sentir sobrecarregado. Eu consigo me ver fazendo exatamente o que ele fez. Meu pai, quero dizer.

— Você não tem nada a ver com o seu pai, Matt.

— É, tirando o fato de eu estar me afastando e não saber como parar — disse ele, olhando para o alvoroço. — Às vezes não sei se consigo acompanhá-la. Somos tão diferentes.

Apesar da pontada de pesar que senti por Misa, eu não consegui deixar de enxergar o vestígio de esperança pelo qual estive aguardando. Sem qualquer sabotagem da minha parte, as dúvidas de Matt vieram à tona. Eu não falei nada, só o deixei tirar do peito aquilo que precisava. Como costumava ser.

— Se eu dissesse a ela como realmente me sinto em relação ao hospital, em relação ao casamento, eu só estaria a afundando de um jeito que ela nunca faria comigo — continuou ele. — E quanto mais ela me ajuda, menos eu sinto que mereço. Ou até quero. Não sei o que fazer. Ultimamente os dias têm sido mais ruins do que bons.

— Mas são dias ruins porque seu cérebro está te atrapalhando ou dias ruins porque você não quer mais isso? — perguntei, me preparando para perguntar a ele sobre a medicação.

— Bem, esse não é um dilema clássico da bipolaridade? Ela está sempre tão certa de tudo, Dee, e quando você me perguntou hoje o que havia feito eu me apaixonar, mal pude responder. Isso não é justo com ela, certo? — Rugas de preocupação marcaram sua testa. — Você me viu no meu pior. Sabe de tudo. Acha que estamos cometendo um erro ao pular nisso de cabeça?

Esquecendo completamente a medicação, eu abri a boca para contar a verdade: que ele merecia o tipo de amor que iluminaria seus dias mais sombrios, que não era culpa dele as coisas não estarem se desdobrando como deveriam... mas Vik apareceu com uma bandeja inteira de *drinks* e Misa alguns passos atrás dele.

— Demorou tanto que achei melhor fazer um estoque para a próxima hora. — Ele olhou para o Matt, e então para mim e para Matt de novo. — Tudo bem?

Acho que todos nós esperávamos que Matt quebrasse o silêncio, que respondesse a Vik com uma piadinha clássica, mas ao observar seus olhos vidrados e o aperto forte no braço do sofá, percebi que ele não diria nada. O silêncio se estendeu por toda a costa da ilha, e Vik e Misa olharam para mim preocupados.

— Eu tenho estado deprimida — falei, parte da verdade escapando entre meus dentes. — O Matt estava só me aconselhando. É uma conversa meio chata para se ter em uma despedida de solteiro, para ser sincera.

Vi a expressão de Misa relaxar, porque é claro que não tinha nada de incomum em Matt me tirando do fundo do poço. Era só parte do seu trabalho. Ela foi até o lado dele no sofá e bagunçou seu cabelo do jeito que eu sempre quis, então se virou para mim.

— Você tem tido apetite? Está com dificuldade para dormir? — perguntou ela. Matt olhou para mim com arrependimento, mas eu não me importava. Fiquei aliviada de ver a cor voltando ao seu rosto.

— Sendo sincera, as coisas não estão muito boas — falei, pensando no burrito de cobertor de antes da festa. — Quando tento mover meu corpo, ele parece pesado e lento, mas quando fico deitada e parada, é como se meus membros estivessem formigando. Sabe como é, o dilema da depressão.

— Eu também fico formigando — disse Misa gentilmente, e Matt assentiu. — E tenho um enjoo horrível. Eu trouxe Dramin, me avisa se você quiser que eu deixe alguns no seu quarto.

Vik, que ainda carregava a bandeja cheia de *drinks*, finalmente se cansou e a colocou na mesinha.

— Sabe, vocês três terem se encontrado é realmente incrível. O apoio que oferecem… é tão natural.

— Acho que quando a maioria das pessoas normais pergunta como estou, na verdade elas querem saber se eu já venci minha doença — respondi. — Mas é diferente no nosso caso. Não há essa expectativa de que estejamos melhor do que como acordamos naquele dia.

Mas talvez eu tenha me precipitado, porque logo depois Misa começou a me chamar para participar de seu treino antes do *brunch* de noivado para ajudar com os efeitos do meu remédio. Se eu fosse listar as cinco coisas que eu não gostaria de fazer, balé *fitness* matinal com a Misa estaria no topo, junto com enterrar um corpo e declarar o imposto de renda da Tilley. Meu cérebro maquinou, tentando bolar um motivo pelo qual eu estaria ocupada no meio de uma viagem.

— Deixa ela resolver do próprio jeito, Misa — disse Matt, baixinho, interrompendo meu silêncio desconfortável. Presumi que ele ainda estivesse pensando sobre nossa conversa anterior, como às vezes a empatia era melhor do que oferecer soluções.

Ela lançou um olhar familiar para ele.

— Às vezes tentar algo novo…

— Pode estressar alguém que já está esgotado — completou ele com firmeza, levantando as sobrancelhas para ela. Ficava grata por ele estar tentando ajudar, mas também sentia que a conversa não era mais sobre mim.

Misa suspirou e se virou para mim, os olhos arregalados com um pedido de desculpa.

— Não quis te pressionar, Dee.

— Eu sei. Talvez eu tente — ofereci, ansiosa para acabar com a tensão. — Pode ser bom dar uma variada nas coisas.

Matt e Misa continuaram a se encarar enquanto Vik me dava uma bebida.

— Parece ótimo — disse. Ele colocou um braço no meu ombro e eu observei sua pulseira de miçangas de madeira. — E se estiver disposta, pode se juntar a mim e Kei na corrida depois.

Matt, ainda curvado no canto do sofá, esticou o pé e o encostou no meu em uma demonstração de camaradagem contra o exercício físico indesejado. Apesar do pedaço de couro entre nós, senti calor se espalhar do meu metatarso até minhas costelas. Era eu e Matt contra o mundo, como sempre deveria ser.

— Vamos ver se eu sobrevivo à manhã — falei, forçando um sorriso. — Talvez eu até arraste Tilley comigo.

ENCONTREI MINHA IRMÃ em uma cabana ali por perto, protegendo um balde de metal com duas garrafas de Moët — o que era um avanço em comparação a nosso *prosecco* de 10 dólares de sempre.

— Quer uma bebida? — perguntou ela.

— Está me oferecendo uma garrafa inteira de champanhe como "uma bebida"?

— Foi você quem passou a infância inteira reclamando sobre eu não saber dividir.

Suspirei e me sentei ao pé de sua cadeira. Tilley tirou o laminado brilhante do topo da garrafa e removeu a rolha, lançando-a na noite iluminada. Ela me entregou a garrafa aberta, seu zumbido inebriante me mantendo perto enquanto ela abria a dela. Dei um longo gole, as bolhas atingindo o fundo da minha garganta. Eu podia sentir meu batimento cardíaco nos tímpanos, acelerando a cada gole. Meus lábios se abriram em um sorriso relaxado.

— Por que está fazendo essa cara? — perguntou Tilley, encostando-se na espreguiçadeira e me olhando por cima do nariz. — Onde você esteve?

— Adivinha.

— Se fosse esperta, estaria avançando no Vik. Aquele homem é ridiculamente atraente — disse ela, pressionando a condensação gelada da garrafa contra o peito. — Você tinha que ver ele falando com a avó da Misa. Perguntou até sobre o *daikon* em conserva dela! Quantos homens têm tempo de serem tão gostosos e ainda se importarem com rabanetes japoneses?

— Por que não fala com ele, então?

— Ele não tem interesse em mim — falou ela, sabiamente. — Você, por outro lado, talvez possa ter uma chance se parar de agir como otária.

Era tentador, é claro, mas eu não conseguia deixar de sentir que finalmente estava avançando com Matt. Contei a Tilley sobre as dúvidas que ele estava nutrindo, a tensão óbvia com Misa, e sobre o momento em que ele juntou o pé ao meu e pareceu que éramos uma dupla imbatível, assim como costumava ser.

— Ele a ama, isso é óbvio, mas não do mesmo jeito de antes — falei. — E acho que quanto mais eu o ajudar a entender isso, mais ele vai perceber que é comigo com quem pode contar. Nem preciso agir como uma traidora. Só tenho que ser uma boa amiga.

— Entendo sua linha de pensamento — disse Tilley lentamente. — Mas também vejo o potencial enorme que isso tem de se transformar em um desastre para a sua recuperação, mesmo que as coisas acabem como você quer. Acha que consegue lidar com outra pessoa agora?

— Mas talvez essa seja a motivação de que eu preciso para melhorar — expliquei. — Não tenho para quem melhorar agora.

— Como é? — As sobrancelhas de Tilley atingiram a estratosfera.

Eu voltei atrás rapidamente.

— Quer dizer, tenho você, é claro...

— Mas e quanto a você mesma? — disse ela, de repente colocando a garrafa de Moët no chão. — Não acha que você importa?

Eu abri a boca para responder, mas o celular de Tilley começou a apitar. Ela vasculhou o fundo da bolsa para desligar o alarme diário e então pegou uma banana.

— Certo, acabou a farra... Se vamos aparecer nessa aula de balé *fitness* infernal, você precisa se preparar para tomar os remédios pelo menos perto da hora certa.

Aceitei a banana levemente machucada e comecei a descascá-la no automático.

— Você realmente se preparou.

— É meu trabalho — respondeu Tilley, se levantando. — Então, que horas é a aula?

— O que acha de acordar com o nascer do sol?

Tilley chutou a garrafa vazia de champanhe.

— É só dizer que duvida que eu consiga, e estarei lá.

11

MS. JACKSON

– OUTKAST (4:30)

— FILHA. DA. MÃE — disse Tilley enquanto batia na minha cabeça com um travesseiro encaroçado do hotel. — Estou com uma ressaca desgraçada e ainda tenho que acordar esse seu corpo de zumbi no cantar do galo.

— Brrghf — murmurei, afastando as serpentes de fogo. A voz de Tilley saía e entrava no meu ouvido como uma estação de rádio com sinal pirateado. Era como se meus braços estivessem se debatendo erraticamente, mas considerando a reação dela, eu provavelmente não tinha me movido nem um centímetro. Bom dia, medicação.

— Entendo que está mais chapada do que os Beatles nos últimos anos de carreira, mas você acionou uns 20 alarmes e seu toque é "Take a Chance on Me". Não ficou com medo de que alguém notasse seu desespero alimentado pelo ABBA?

— Só quero... 'juda — falei, uma palavra atropelando a outra. Eu já havia sonhado que tinha acordado e ido ao treino de balé, então esta situação parecia demais com *Feitiço do Tempo* para o meu gosto.

— Depois de todos esses anos morando na mesma casa, eu deveria ter ganhado uma faixa preta em ajudar você a acordar

— disse Tilley. — Só hoje já tirei todos os lençóis de cima de você, acendi todas as luzes, lambi sua bochecha... o que mais quer que eu faça?

— Eca.

Ouvi ela entrar no banheiro e bater a porta. Eu sabia que queria me levantar — precisava, na verdade —, mas meu cérebro parecia mingau e eu não conseguia raciocinar. Era por isso que eu não trabalhava em tempo integral. Era por isso que não dormia na casa de ninguém após um primeiro encontro, isso quando eu ia em algum.

Mais passos e então Tilley jogou um copo inteiro d'água na minha cabeça. Meus olhos se abriram. Eu não conseguia mexer os membros do corpo, mas os sentia de um jeito que não era possível antes. Permaneci deitada numa poça no meio da cama e esperei o resto acordar.

— Sei que geralmente uso o borrifador em você, mas achei que precisávamos de algo mais dramático por causa do horário — disse Tilley, afastando o cabelo molhado da minha testa com gentileza. — Você vai ficar bem daqui a uns 20 minutos.

— Que ve'gonha — falei com a língua embolada enquanto ela tirava as calças do meu pijama e colocava minha legging uma perna de cada vez. — Sinto muito por ter que fff-fazer isso.

Tilley me olhou e levantou uma sobrancelha.

— Sente o bastante para me deixar escapar desse balé *fitness*?

— N-nem pensar.

QUANDO CHEGAMOS NA academia à beira-mar, Tilley recebeu alguns olhares de desaprovação das mulheres de meia-idade que já estavam se aquecendo na barra. Não sou nenhuma detetive, mas o motivo pode ter sido o maiô fúcsia e o shorts amarelo retrô que vinha com a frase ME LIGA escrita no traseiro. Ela encarou de volta até elas olharem para o piso de madeira.

— Megeras do balé — murmurou Tilley, tirando o tênis e ajeitando o elástico de cabelo verde neon.

— Pra ser sincera — falei, parcialmente recuperada do buraco negro matinal —, você parece uma pista de minigolfe que brilha no escuro com problemas de rebeldia.

— Ah, muito obrigada. — Ela se envaideceu e jogou o cabelo para trás.

Na frente da sala de ginástica, madames com rabos de cavalo altos tiraram tapetes de ioga de armários pequenos e os organizaram como uma estampa xadrez pela sala. A barra de madeira contornava a sala em L, deixando as laterais abertas para a brisa salgada do oceano. No teto, um ventilador gigante fazia o ar circular, mas mal era possível ouvi-lo por cima das batidas da ilha que saíam de caixas de som escondidas. Vi alguns turistas madrugadores passarem pela sala a caminho da praia e desejei poder ir me deitar ao sol sozinha feito uma iguana. Em vez disso, avistei Misa perto dos armários e decidi que merecia ser elogiada por aparecer na hora certa.

Assim que me viu, ela colocou um dos tapetes macios nas minhas mãos. Aceitei com cautela, notando seu conjunto de academia combinando na cor azul pervinca e a trança embutida bem arrumada. Dava para ver que ela era o tipo de pessoa que comprava a própria roupa de ginástica e não o tipo que ganha dos outros como uma sugestão disfarçada de presente.

— Estou feliz por podermos fazer isso juntas — disse Misa, como se participar de atividades matinais fosse algo rotineiro para mim. — Suzanne vai pegar pesado com a gente hoje.

Por um momento, pensei em pegar pesado com Suzanne também, tipo mandá-la para aquele lugar.

— Parece divertido.

— Falando sério, essa aula vai ser ótima para reorientar seu cérebro — continuou ela. — E espero que isso também faça o Matt se sentir melhor... dá pra ver que ele está bem preocupado com você. Ele ficou totalmente diferente depois que você foi embora ontem à noite.

Meu coração disparou.

— Ele disse alguma coisa?

Uma mulher tão sarada que intimidava, vestindo um top e leggings combinando, gesticulou para nós, impaciente.

— Peguem seus halteres, mulherada — disse, em um sotaque britânico. — Se têm fôlego para conversar, também têm folego para se esforçar!

A batida acelerou enquanto Suzanne prendia um pequeno microfone no top, acabando com a gente só com o aquecimento. Nós pulamos, fizemos prancha dinâmica, morremos nas flexões e então ficamos de pé de novo. Meus músculos gritaram a cada movimento. Procurei defeitos nos movimentos limpos dos ombros de Misa e imaginei como eu ficava ao seu lado: os quadris cedendo, braços tremendo, cabelo grudado na testa suada e a barriga de quetiapina a apenas alguns centímetros do chão.

Misa me viu a encarando no meio da prancha e abriu um sorriso rápido.

— Você tá se saindo muito bem, Dee. Isso vai colocar seus níveis de endorfina lá no alto!

Eu caí de barriga e pressionei a bochecha contra o tapete.

— Então eu tenho que encarar a depressão para me exercitar e isso vai me ajudar com a depressão? Não sou cientista, mas me parece bem injusto.

— É claro que é — bufou Misa, virando em uma prancha lateral e levantando o braço esquerdo acima da cabeça. — É por isso que já durmo com a roupa de academia. Assim, elimino os obstáculos!

Quando finalmente fomos até a barra, meus braços pareciam espaguete, mas eu finalmente estava habitando meu próprio corpo. Eu sentia que estava lutando contra os limites nebulosos da depressão a cada *plié* perfeito realizado sob os olhos atentos de Suzanne. Tentei não prestar atenção em Misa, que estava se saindo melhor do que eu pela décima vez naquela semana.

— Vamos lá, mulherada — incentivou Suzanne. — Vamos firmar esses traseiros.

— Esse termo é médico? — brincou Tilley, curvando-se sugestivamente sobre a barra. Misa pareceu irritada.

— Pensem em todas aquelas gordurinhas que ficam pra fora dos seus biquínis. — Suzanne estava a todo vapor, andando pela fileira de mulheres suadas para ajustar nossa postura conforme fazíamos o agachamento. — Estão vendo elas? Então *destruam todas.*

— Não escuto esse tanto de crítica ao corpo alheio desde que *America's Next Top Model* ainda era transmitido — sibilou Tilley.

— Isso é bem irônico vindo de você — falou Misa com dificuldade, usando a barra para ficar de pé.

Tilley semicerrou os olhos.

— O que quer dizer com isso?

Misa ajeitou a calça e olhou para Tilley, a música de academia ainda alta no fundo.

— Você não parece ver problemas em comentar sobre o corpo de Matt — disse ela em voz baixa, mas firme. — Se daria muito bem com minhas tias-avós.

Fiquei surpresa por ela provocar uma briga com Tilley na frente de testemunhas, mas quando vi de novo seu olhar frio, percebi que isso era algo que ela já estava segurando há algum tempo. Meu estômago revirou em apreensão.

— Olha, Misa — disse Tilley. — Entendo que esteja apaixonada ou qualquer coisa assim, mas eu e Matt temos um acordo. Ele ferrou com a Dee uma vez e agora posso odiá-lo abertamente pela eternidade.

— Ele não tem culpa de ela ter recebido alta! — falou Misa em um sibilo, atraindo os olhos curiosos do resto da classe. —

A Dee não o culpa pelo que aconteceu, então não entendo por que você culpa.

— A Dee nunca... — Tilley parou a tempo.

— A Dee nunca falaria sobre o Matt dessa forma porque entende como é tomar uma medicação forte — disse Misa. — Sabe quantas vezes ele pediu ajuda a médicos por algum outro motivo e só disseram que ele precisava perder peso? E você está sempre rindo dele e do hospital como se fosse algum tipo de piada. Achei que se controlaria já que está no nosso casamento, mas tenho escutado você fazer comentários maldosos desde que chegou e pra mim chega.

Tilley olhou para mim e eu não disse nada porque estava ocupada demais caindo numa armadilha. Sabia que minha irmã pegava pesado com Matt por mim, para me tirar da obsessão. Mas durante todo o tempo em que passei apaixonada por Matt e discutindo com Tilley a importância dele na minha vida, raramente a havia criticado pelos comentários que fazia sobre a aparência dele. E, para ser honesta, era porque eu também nutria sentimentos ruins sobre como meu próprio corpo havia mudado por causa da medicação. Eu deveria tê-lo defendido faz tempo, do jeito que Misa conseguia. Não importava a quantos *burpees* eu sobrevivesse ou quantos pesos levantasse, Misa era simplesmente melhor para o Matt. Sempre seria.

Senti meus olhos se enchendo de lágrimas, do tipo que fazia Misa se preocupar comigo e Tilley querer socar uma parede. Fui até a saída, procurando meus tênis esportivos.

Minha irmã correu até mim e só me alcançou quando parei para enfiar os pés nos tênis ainda amarrados.

— Tá bom, prometo que vou sair de cima do Matt — disse ela a Misa, que havia nos seguido até a porta. — Você tem bons argumentos. Mas ainda acho que ele deve um pedido de desculpas à Dee.

— Tilley, tá tudo bem. — Finalmente achei as palavras. — Já acabou. Eu tô bem.

— É, só que não está, não — disse. Ela se sentou e puxou os cadarços, tentando acompanhar o ritmo da minha fuga. — Porque eles têm empregos e estão se casando, enquanto você ainda mora comigo, passeia com cães e fica se perguntando quando as coisas vão melhorar.

Era a verdade, mas de alguma forma ela doía muito mais quando não estava saindo do meu próprio cérebro. As lágrimas que eu estava segurando finalmente escaparam. Eu me afastei das duas e comecei a andar no caminho de concreto que levava ao café da manhã.

— Vou pegar uma água.

— Dee, espera — disse Tilley. Finalmente havia calçado os sapatos, mas não conseguia achar a bolsa na pilha de pertences ao lado da porta. Ela me chamou enquanto eu me afastava. — Me desculpa, não foi isso que eu quis dizer.

Desacelerei na bifurcação do caminho, me perguntando se deveria deixar isso de lado.

— Por favor, Dee — disse Misa, que me seguia. — Eu não quis te magoar. Podemos conversar?

Isso foi o que saiu de sua boca, mas eu ouvi a verdade através da nossa conexão telepática vinda do hospital. Que eu era uma bomba-relógio, fácil de explodir. Que as pessoas que eu amava pisavam em ovos ao meu redor desde sempre e não podiam mais lidar com esse tipo de esforço emocional. Virei à esquerda e disparei pelo refeitório, me esquivando de mesas como fazia com contas telefônicas.

DEPOIS DE PASSAR pela mesa de omelete e o bar da piscina, consegui despistar Tilley e Misa. Querendo evitar o movimento do café da manhã, passei pela mesa de Grace no hall de entrada e acabei parando na entrada em rotatória em frente ao resort, minhas lágrimas parando. A brisa parecia mais fraca do que nos últimos dias e o sol atingia meus ombros expostos com força. Eu sabia que deveria ter pegado protetor solar, mas meu orgulho me impediu de voltar ao quarto e possivelmente ter que encarar minha irmã. Eu só queria ficar triste por um tempo sem ela de testemunha.

A Land Rover de Washington estava estacionada em um dos lados da rotatória, destacando-se acima dos vasos de flores enfileirados na entrada do hall. Ele estava apoiado contra uma coluna branca, rindo descontraído com Marco, que balançava uma mão em direção ao céu enquanto falava. Washington me pegou os observando e ajeitou a postura, o que fez com que Marco se virasse.

— Oi, Srta. Dee — disse Marco, me chamando. — Como foi a festa de ontem?

Fui até eles com relutância, ainda me recuperando da última interação que tive.

— Foi boa, obrigada.

— Se achou *aquilo* divertido, tem que ir no Bugaloos na Five Cays — disse Marco, marqueteiro como sempre. — Vai conseguir ouvir música local de verdade. A Rihanna já esteve lá, e você sabe que ela sabe o que presta.

— Marco, você sequer era nascido quando o Bugaloos foi inaugurado? — Washington balançou a cabeça e se virou para mim, gesticulando para a entrada. — Antes de isso tudo ser construído, aqui ficava a igreja da minha família e o Bugaloos era uma cabana em Blue Hills onde meu pai ia comer caramujo. Agora servem vinho no oceano só por causa do Instagram. — Ele limpou uma gota de suor da testa e indicou Marco. — Esse cara fez faculdade de turismo e hotelaria e começou a esquecer como as coisas costumavam ser.

— Qual é, Wash... também morei aqui a vida toda. Sou o tipo de pessoa que também deve opinar sobre o que está acontecendo — provocou Marco, e eu percebi que não havia pensado nenhuma vez sobre o tipo de treinamento que ele deve ter feito para alcançar essa posição no Breeze Bay.

Mudei o peso de perna.

— Tenho certeza de que a Misa está muito agradecida pela sua ajuda nesta semana.

— Ah, o Marco poderia comandar este lugar inteirinho sem problemas — disse Washington com um sorriso. — Só que muitos "talentos internacionais" ficam aparecendo.

Marco riu.

— Você tá com tudo hoje, hein?

Um táxi preto entrou na rotatória e um grupo de loiras incrivelmente altas saiu pela porta de correr, usando faixas rosa horríveis de despedida de solteira.

— Bem, obrigada pelo voto de confiança, Srta. Dee. Fico muito grato. — Marco consultou a prancheta que segurava e respirou fundo. — É melhor irmos. Wash, me ajuda com as malas?

Marco e Washington se viraram para receber o grupo de garotas, que davam gritinhos ao ver o ponche de rum de cortesia que vinha da recepção. Vi as mulheres os cercarem — o sorriso de Marco não cedendo nem por um instante — e me perguntei se Breeze Bay também não o valorizava.

Eu me virei e caminhei pelo hall de entrada, passando pela recepção e pelo refeitório a céu aberto em direção à piscina de borda infinita azul-clara. A massa do café da manhã finalmente estava começando a migrar para o bar da piscina, onde uma bartender segurava uma coqueteleira prateada no ar e sua colega organizava com cuidado rodelas de morango para uma fila de copos de daiquiri. Kei estava sentade na borda oposta com os pés nas águas ondulantes, enquanto Ana nadava preguiçosa de uma ponta da piscina à outra. Olhei para a fila de raspadinhas alcoólicas e de volta para Kei e Ana, e resolvi que poderia tomar pelo menos uma decisão responsável durante a viagem.

— Dee, Ana. Ana, Dee — disse Kei quando me sentei ao seu lado.

— Eu amo nomes que são só uma sílaba — disse Ana, saindo da água para respirar. Ela passou os dedos pelo cabelo castanho, afastando mechas perdidas do rosto redondo. — É uma abreviação?

— Sim. — Encarei o ralo no fundo da piscina.

— Legal, legal — disse Ana. — Mantenha o mistério. Amei. — Ela saiu da piscina e parou na nossa frente, pingando. — Kei, trouxe minha toalha?

Kei abriu o zíper de uma mochila realmente gigante e com bolsos infinitos, tirou uma toalha azul-turquesa do fundo e a entregou junto com um hidratante labial. Ana enrolou a toalha na cintura e passou o hidrante nos lábios com entusiasmo.

Franzi o cenho.

— Então, vocês ainda estão se dando espaço?

— Aham — disse Kei. — Paramos um pouco, mas sim. Conseguimos conversar na festa de ontem.

Ana entregou o hidrante labial para Kei, que aplicou com muito menos força bruta.

— Não precisa dizer mais nada — falei e Kei me encarou.

— Onde está sua gêmea do mal? — perguntou e eu continuei de boca fechada. — E você já falou alguma coisa para o Matt?

— Não exatamente — admiti. — Tipo, ele com certeza está com algum problema. Mas eu preciso de mais tempo... e talvez menos *drinks*.

— Bem, odeio dar essa notícia, mas o casamento já é daqui a dois dias — disse Kei. — E eu já estou sendo babá de metade da minha família, então vou precisar que você resolva essa.

Como deixa, um priminho minúsculo com cabelo curto e espetado atravessou a piscina e puxou a bermuda de tactel de Kei.

— Você disse que ia brincar de pega-pega com a gente — reclamou. — Já faz uma eternidade.

Kei olhou para mim com intenção.

— É exatamente assim que me sinto em relação a você. Ana, por favor, continua a fazer ela se sentir culpada enquanto eu encharco este menino. — Elu pegou o primo no colo, que gritava de felicidade, e o arremessou no fundo da água. Ana sentou-se ao meu lado, balançando os pés em frente aos jatos que saíam da piscina.

— Então, você estava no hospital com a Misa — disse ela. Assenti levemente, e Ana falou a próxima frase com esforço. — Minha melhor amiga de infância já esteve em um lugar desses... um tempo depois, ela descobriu que era o mesmo local onde o avô havia sido internado anos atrás. Não é loucura? Os pais dela nunca haviam contado para ninguém, então ela nunca teve a oportunidade de falar com ele sobre o assunto.

— Como ela está agora? — perguntei, feliz de termos pulado qualquer pretensão de conversa fiada.

Ana puxou o ar.

— Puxa, não planejei bem essa conversa. Ela... bem, ela não aguentou por muito tempo depois da alta. Sinto muita falta dela.

Queria falar para Ana que ela não precisava pisar em ovos com a verdade, que a maioria das conversas do tipo acabava de uma destas duas formas: ou com uma recuperação milagrosa (seguida por um emprego estável) ou com uma perda prematura. Já havia se passado um ano da minha alta e eu ainda não tinha certeza de onde acabaria nesse espectro.

— Por isso acho tão legal você ainda sair com o Matt e a Misa — completou Ana ao perceber meu silêncio. — Pelo que sei, nem todo mundo consegue um epílogo com os amigos de hospital.

Pensei em Liz, a única pessoa do nosso andar que eu sabia com certeza que não tinha aguentado no final. Os outros passavam pela minha memória com tanta frequência que eu não podia imaginar sua inexistência, mesmo que, no fundo, sempre soubesse que era uma possibilidade.

— É, acho que não — falei e então mudei de assunto de repente. — Então, qual é a história com você e Kei? Ainda parecem ter bastante proximidade.

Ana olhou de lado para Kei, que estava ocupade perseguindo um primo rebelde na parte funda da piscina.

— Posso ser sincera? É um pouco constrangedor.

— Conta — falei, lembrando da vez em que terminei com um cara e andei de bicicleta tandem com ele no dia seguinte.

— Certo — disse Ana, preparada para descrever o cenário. — Depois que Kei se formou, elu conseguiu o primeiro trabalho integral e se mudou para uma casa nova em Toronto. Eu nunca havia namorado sério antes, mas até que era legal, sabe, ficar empolgada com luminárias e plantas para a casa.

Meu estômago se contorceu de inveja.

— Parece ser mesmo.

— Mas depois de três meses, Kei conseguiu um plano de saúde. Com farmácia, dentista... tudo. E então elu chegou em casa e me mostrou um formulário burocrático que havia começado a preencher, uma pilha enorme de papel que dizia que eu era sua parceira.

— Aham — falei, esperando o clímax.

— Foi isso! — gritou ela. — Eu surtei completamente e disse que precisava de espaço. E tudo o que elu estava tentando fazer era cuidar dos meus dentes. Elu sabe que meu consumo de bala é extremamente alto.

Do outro lado da piscina, Kei de repente pulou feito uma bomba, fazendo as crianças que estavam reunidas ao seu redor comemorarem. Ana olhou para elu com anseio, então secretamente tirou um caderno novo da bolsa que estava ao nosso lado.

— Estive tentando escrever uma carta para elu esta semana... só para ajudar a entender o motivo de eu ter reagido tão mal. Você já fez algo assim?

— Alguns médicos bem-intencionados já pediram que eu escrevesse um diário — falei. — Mas adoro a ideia de escrever para outra pessoa. — Imaginei que tipo de papel de carta eu usaria para confessar meus sentimentos ao Matt. Bordas grossas, textura elegante... talvez borrifado com um pouco do meu perfume de farmácia?

— Bem, eu te aviso se tudo der certo — disse Ana, tirando as pernas da piscina e pegando a toalha úmida. — Não sei qual é a questão com o casamento de outras pessoas, mas eles realmente fazem eu me envolver bastante com meus sentimentos.

— Qual seria seu resultado dos sonhos?

Ela inclinou a cabeça para o lado.

— Dos sonhos? Nós voltamos. Mas se não for isso que Kei quer, prefiro que haja honestidade quanto a nossos limites em vez de nos ferirmos com uma amizade desequilibrada. Eu já conseguiria encher uma mesa de *brunch* com meus ex que viraram amigos.

Ela falou com tanta leveza que pareceu racional, como se não fosse desistir, mas libertar. Percebendo minha expressão de surpresa, ela deu uma piscadela.

— Acho que vamos saber o que vai acontecer depois do fim de semana.

— Eu respeito seu esforço — falei, sincera.

Ana percebeu o anseio em minha voz e abriu um sorriso largo.

— Acho que talvez eu também respeite o seu.

O LOCAL DO *brunch* de noivado da Misa era um café à beira-mar no lado oeste de Long Bay. Já que pela primeira vez chegaríamos na hora, um dos membros da equipe de Washington nos deu carona em um veículo idêntico ao dele, com muito menos bate-papo do que estávamos acostumadas. A família Nagasaka havia reservado o local inteiro para aquela manhã e organizado uma longa sequência de mesas que iam até a praia, completas com cadeiras brancas de madeira de cada lado. Fora do restaurante, uma residente vestida com jardineira floral alegre revezava entre vender conchas para os turistas que passavam e alugar os caiaques por hora. Concluí que se essa reunião acabasse sendo parecida com a última, Tilley e eu poderíamos pegar um e voltar para o Saint Lawrence River remando.

Quando voltava para nosso quarto no hotel, eu peguei um dos daiquiris de morango para oferecer a Tilley como uma trégua... decidi que ela merecia ser honesta pelo menos na mesma frequência em que me aguentava sendo triste. Em vez de usar palavras, ela me empurrou para um banho frio e então me emperiquitou com um vestido midi de linho que mal impedia meus peitos de pularem para fora. Nós nos maquiamos lado a lado frente ao espelho do banheiro, fazendo as pazes por meio da partilha de um tubinho de brilho labial coral. Saímos do quarto unidas na irmandade e prontas para encarar um café da manhã escocês tradicional.

Misa estava sentada na ponta da mesa com Elinor e Julie de cada lado dela. Seu cabelo escuro brilhava como uma bancada de granito, sem nenhuma mecha fora de lugar, apesar da brisa caribenha insistente. Ninguém pensaria que ela havia acabado de nos sujeitar ao que Tilley passara a chamar de "convulsões no traseiro" ao amanhecer. Minha irmã ainda estava arquejando quando subimos os degraus de madeira do pátio.

— Se este lugar não servir Bloody Caesars, vou embora — sussurrou.

— Se você não pedir o seu sem álcool, vou embora primeiro — sussurrei de volta. — Você está a um *burpee* de chamar o Hugo.

— Exatamente. Preciso de álcool como antídoto para o exercício.

Misa levantou-se para nos receber em um macacão que deveria parecer um pijama, mas era insuportavelmente elegante em vez disso. Senti o corpo de Tilley murchar enquanto ela se aproximava, em um momento raro de insegurança.

— Que bom te ver, Tilley — disse Misa da mesma maneira discreta com a qual me perdoava depois de um surto ou mantinha Matt em ordem durante uma conversa difícil. Eu havia passado muito tempo tentando encontrar o grande defeito de Misa, mas nunca tive dúvidas sobre qual era seu superpoder. Ela estava sempre algumas jogadas à frente no xadrez da vida e não tinha medo de ajudar alguém a chegar a uma posição vitoriosa.

— Minha bunda não está muito feliz de ver você de novo — disse Tilley, recuperando sua descontração. — Você acabou com a gente de manhã.

Misa estremeceu.

— Desculpa…

— Nunca se desculpe — grunhiu Tilley. — Eu amei. Mesmo horário amanhã?

— Claro. — Misa riu. — Mal posso esperar.

Ficamos ali desconfortáveis enquanto os poucos convidados restantes chegavam e escolhiam seus lugares ao longo das folhas de palmeira que dividiam a mesa. Elinor cuidou de cada pessoa que se sentava, acenando para os garçons trazerem bebidas, enquanto Julie mantinha um olhar atento em Obachan, que tentava ir até a água. A algumas cadeiras de distância, Anila conversava radiante com o garçom sobre opções vegetarianas. Elinor se aproximou e sussurrou algo em seu ouvido, e as duas riram feito garotinhas.

Kei chegou por último, vestindo uma camisa xadrez com tons do amanhecer. Ninguém quis se sentar ao lado de Tilley depois de ver ela enfiando um monte de sachês de geleia na bolsa de praia e, com uma piscadela, prometendo que faria um sanduíche de geleia mais tarde, então Kei acabou se sentando ao nosso lado no fim da mesa.

— Acho que os eventos de noivado obrigatórios quase acabaram — disse Kei. Depois de verificar se Julie estava de olho, ela tirou a agulha de crochê e o rolo de lã da bolsa. — A não ser que tenha uma pinhata de casamento e ninguém me contou ainda.

— Vamos torcer — respondi, sorrindo. — Mas entre todos, o *brunch* parece ser o menos ameaçador.

— Eu amo festas em que todos ficam sentados, porque posso falar com apenas duas pessoas e ninguém vai achar estranho — disse Kei e meu coração explodiu com a demonstração de amizade. — Além disso, seria ótimo se conseguíssemos ficar longe da Mala, porque ela começou a perguntar quais são minhas opções de trajes formais.

Tilley piscou de novo, a boca aberta.

— Vamos dar um jeito na tia Julie.

— Assim parece que vamos assassiná-la — falei.

— Eu não trouxe roupas o suficiente na mala para encaixar um assassinato — respondeu Tilley. Ela tirou uma folha do arranjo da mesa e a pressionou contra a bochecha. — Acha que isto aqui ajuda com queimadura de sol igual babosa?

Os garçons começaram a surgir da sala dos fundos com os braços tremendo embaixo de bandejas de prata enormes. Com cuidado, eles as depositaram nas folhas de palmeira, formando um trem prateado grosso ao longo da mesa. O cheiro forte de carne grelhada pairou sobre nós por muito tempo depois que os pratos foram servidos. Havia pilhas de fatias de bacon, tigelas cheias de feijão cozido, linguiças que pareciam ter sido atropeladas por um caminhão e o favorito de Matt: morcela, que parecia um pouco com um disco de hóquei queimado.

— Se ataques cardíacos tivessem uma aparência, seria essa — falou Tilley em um respiro. — Todos os vegetais neste planeta murcharam e morreram?

Kei a cutucou.

— Sei que é difícil pra você, mas pode tentar não ser mal-educada? Isto é tradição da família da Elinor.

— Espera, você não é vegetariane?

— Vou aproveitar os bolinhos de batata — disse Kei com confiança, usando os pegadores para pegar o que parecia ser uma mistura de pão pita com batatinha frita. — E eu estou pulando de alegria com isso.

Enquanto retirava a casca circular da primeira morcela que comeria na vida, me perguntei como a família de Misa teria conseguido comprar um conjunto de carnes tão específico para a festa de Elinor. Mas, pensando bem, aquela era uma ilha em que tudo era importado, então uma pizza congelada já custava 20 dólares. A única limitação era o dinheiro.

Ao final da refeição, Elinor já havia enviado as linguiças de volta para a cozinha duas vezes para que fossem mais tostadas, Kei havia comido o equivalente ao seu peso em batatas, e o resto de nós concordou que morcela não era uma sobremesa, e sim mais carne disfarçada. Misa passou a maior parte do tempo cortando a comida da Obachan em pedacinhos. Dei uma olhada no prato dela e identifiquei os sinais de sua preocupação: ela havia remexido na comida o suficiente para dar o efeito de que comeu. Elinor estava na ponta da mesa, radiante, segurando uma taça borbulhante de Perrier.

Ela ergueu o copo acima da cabeça e todos nós retribuímos o gesto, Tilley derramando uma gota de seu Caesar na toalha de mesa branca.

— Muito obrigada a todos por terem vindo ao nosso pequeno *brunch* — disse Elinor. Ela parecia quase uma jovenzinha sob os holofotes. — Vocês nem imaginam como é importante para mim compartilhar essa tradição escocesa com nossa nova família.

— E com sua família de consideração — complementou Anila, astuta.

Elinor abriu um sorriso largo para ela.

— É claro! É uma novidade ter todos que amamos em um só lugar. Sabe, por tanto tempo fomos só eu e Matt que é uma sorte não termos esquecido como estar com outras pessoas. — Ela deu um risinho e virou-se para Misa. — E agora que você está se juntando à nossa pequena família, mal posso esperar para que ela siga crescendo.

Os cantos da boca de Misa se levantaram, mas eu sabia que seu corpo estava ficando tenso. Elinor abaixou a taça por um momento, então colocou a mão na bolsa e de lá tirou uma pequena bolsinha de tecido amarrada com um laço fino azul.

— Quero te dar isso, como parte da tradição da família — prosseguiu Elinor. Ela abriu a bolsinha e deixou Misa dar uma olhada. — São pinhos de pinheiro-silvestre — falou. — Em Inverness, acreditamos que ao deixar eles na mesinha de cabeceira ou embaixo do travesseiro à noite, as chances de engravidar aumentam.

A expressão inteira de Misa congelou, mas Elinor não pareceu perceber.

— Sei que ainda é um pouco cedo para começar a pensar nisso tudo, mas, bem, agora que estão se casando, espero que um dia possamos ouvir aquele barulhinho de pezinhos.

Caramba sussurrou Tilley. — Ela com certeza devia ter feito uma lista de presentes.

O cérebro de Misa finalmente voltou a acompanhar a situação. Ela abriu um sorriso brilhante para Elinor, os dentes reluzindo na luz do sol.

— Obrigada, Elinor. É muita gentileza da sua parte. Muita gentileza — repetiu.

Vi o aperto dela na bolsinha branca ficar mais forte, até que quase pude ouvir os pinhos sendo triturados em seus dedos.

— Me dê um segundo — falei para Tilley e Kei. — Acho que a Misa vai se machucar.

Eu me aproximei da ponta da mesa com a mesma confiança falsa de cada colega do ensino médio que já tentou me enfiar em um esquema de pirâmide (até agora tinham sido cinco).

— Que tradição fofa — falei com a voz afetada, abrindo caminho entre as cadeiras de amigos próximos e família até chegar ao lado de Misa. Peguei a mão dela, aquela que estava apertando os pinhos como se fosse o Hulk, e abaixei o tom de voz para que apenas ela e Elinor pudessem ouvir. — É uma pena a Misa ser alérgica a pinho. Não podemos arriscar que ela tenha uma reação bem antes do casamento.

Misa enfiou a bolsinha na minha mão como se fosse batata quente e assentiu rapidamente.

— Foi um gesto muito atencioso. Eu realmente adorei. Mas a Dee tem razão, pinhos costumam deixar minha pele irritada.

Elinor parecia estar prestes a sugerir que Misa dormisse com um traje de proteção individual pelo bem da prole futura, então eu decidi evacuar o local.

— É melhor irmos lavar a sua mão antes que comece a ficar irritada — falei, tirando a Misa de sua cadeira e indo na direção do banheiro. — Nos deem um momento, por favor.

Ao perceber que os outros convidados estavam trocando sussurros, Julie entrou em ação para acalmar a situação com Elinor.

— A Misa já volta — falou com gentileza para a mesa de convidados. — E enquanto isso, um brinde à nossa incrível anfitriã!

Todos levantaram as taças novamente enquanto eu e Misa nos apressávamos, percorrendo toda a extensão da mesa, e entrávamos nos fundos do restaurante, a bolsinha de pinho inoportuna ainda na minha mão. A porta do banheiro estava trancada: era só uma pessoa por vez.

— Elinor vai vir atrás de nós para se desculpar — disse Misa, sua voz ficando a cada segundo mais aguda. — Não posso ficar perto dela agora. Não quero que me veja assim.

Dei apenas uma olhada em seus olhos arregalados e procurei uma possível saída ao nosso redor, encontrando a barraquinha de concha e aluguel de caiaque no processo.

— Por aqui — falei, descendo os degraus do pátio com ela e indo em direção à mulher de jardineira floral. Ela estava reorganizando prateleiras de madeira estocadas de conchas de vários tamanhos. As conchas ostentavam espirais detalhadas que acabavam em aberturas rosa polidas.

— Sou só eu ou você também acha que garotos imaginam que vaginas sejam assim?

A vendedora não pareceu achar engraçado. Ela olhou incisiva para o restaurante, os brincos pesados e glamourosos batendo em seu maxilar.

— Gostariam de uma concha?

— Na verdade — falei —, queremos alugar um caiaque.

12

OCEAN AVENUE

— YELLOWCARD (3:18)

— NÃO POSSO SIMPLESMENTE fugir de caiaque do meu próprio *brunch* de noivado — sussurrou Misa, de forma que parecia mais um grito, enquanto eu entrava no oceano no nosso barco de fuga roxo. Quando percebeu que eu não voltaria, ela olhou entre os arbustos atrás de nós para conferir se havia qualquer movimento inesperado vindo da festa.

— Acho que esta é uma daquelas situações em que você pode ser uma noiva insuportável e gritar "Este é meu dia" para a lua e todo mundo vai te deixar em paz — falei, tentando fazer um nó na barra do meu vestido, mas sem sucesso. O linho se soltou e caiu na água, ficando molhado e pesado contra minhas coxas.

— Não posso, não. — disse Misa, ofegante, os olhos se voltando para a beira do mar. — A Elinor fez tudo isso pra mim, e estou destruindo tudo. Eu sou uma pessoa ruim, Dee. Sou ruim e não tenho como consertar isso. Não posso voltar lá. Não posso…

— Você não precisa voltar — respondi com calma. — Você pode descansar. É normal descansar às vezes.

— Eles vão saber que tem algo de errado comigo — disse ela, sem me ouvir. Ficou parada lá, abrindo e fechando as mãos. — Não posso fazer isso, Dee, mas também não posso voltar.

Suspirei e dei alguns passos de volta à costa, então estiquei minha mão gelada e úmida e a coloquei em seu braço.

Ela arrancou o braço do meu toque, outro passo da coreografia que passamos meses ensaiando.

— Não encosta em mim! Não preciso da sua ajuda. Eu simplesmente não quero ir pra lugar nenhum, ok?

Atrás de Misa, além dos arbustos, vi uma movimentação repentina no pátio dos fundos. Alguém estava prestes a descobrir que não estávamos enfurnadas no banheiro.

— Misa, você pode ter uma crise de pânico na frente de todo mundo ou só comigo no meio do oceano — falei, sentando-me no banco de trás desajeitadamente e jogando água nela com o movimento. — Não vamos demorar muito. Você vem?

Encharcada, Misa assentiu.

REMAMOS EM SILÊNCIO por cerca de cinco minutos até Misa estar pronta para falar sobre nossa grande fuga.

— Acho que você acaba de impedir que eu tenha árvores de Natal de verdade em casa para sempre — disse ela, a respiração ficando regular. Tentei acompanhar suas remadas metódicas, mas em vez disso eu continuava arrastando a superfície da água e me encharcando.

— De nada — falei e hesitei. — Fazia tempo que eu não te via assim.

— É o casamento — respondeu automaticamente. — Tem dado muito trabalho.

— Me lembre de nunca me casar — falei. — Por que você fica com tanto medo de eles te verem? Você tem permissão para ter dias ruins de vez em quando.

Misa balançou a cabeça.

— Eu me tornei tão boa em me regular que, quando as coisas saem do controle, parece que eu perdi tudo. Não quero que as pessoas me olhem diferente. Você sabe que é isso que acontece quando realmente te enxergam.

Eu sabia que geralmente era assim, mas não podia deixar de lembrar que ver um vestígio de todo o espectro das experiências de Misa havia me ajudado a entendê-la melhor. A pressão incessante para manter as aparências, sua obsessão pela responsabilidade individual que tinha sobre uma doença que estava fora de seu controle — era fácil se concentrar na dureza desses hábitos, em vez de ver a força e a vulnerabilidade que protegiam.

Na ala psiquiátrica, a sala de recreação sempre ficava trancada quando o terapeuta estava de folga. Não sei que perigo eles achavam que um piano vertical ou equipamentos de exercício decrépitos apresentariam para nós... não é como se pudéssemos fugir na esteira do hospital. Mas, de vez em quando, eles abriam a sala e nós fazíamos artesanato na mesa longa. No dia seguinte à entrada de Misa no hospital, estávamos espalhando aquarela em um papel, ignorando as cores que escapavam pelas laterais das folhas.

Com o rosto todo maquiado e tremendo com uma corrente elétrica que eu conhecia bem, Misa pintou as pétalas de um ranúnculo e me contou por que ela estava ali.

— Minha mãe virou a Medusa — falou ela, sincera. — E eu sabia que mesmo quando algo não é literalmente verdade, pode ser real de outras formas. Meu comportamento estava começando a levantar suspeitas na comunidade, e ela ficou tão brava comigo.

— Você contou que estava passando por problemas?

Ela abriu um sorriso triste.

— As palavras que tenho para me explicar não são as mesmas que teriam algum significado pra ela. Eu nem tentei. Simplesmente fui à estação de trem e fiquei sentada, esperando o sinal. E quando começou a tocar, eu segui andando pelos trilhos.

— Espera aí — falei, colocando meu pincel na mesa —, quando o trem estava indo na sua direção?

— Eu só queria encostar no outro lado dos trilhos e voltar — explicou ela. — Para provar a mim mesma que eu conseguia voltar, que ainda estava sob controle. Depois disso, liguei para o meu tio e pedi para que ele me trouxesse para cá.

Assobiei baixinho.

— Você é bem durona, sabia?

— Já me disseram que sou um pouco intensa — falou ela suavemente. — Na verdade, essa é a única parte de mim que parece ser consistente às vezes. Espero conseguir criar hábitos melhores aqui.

Ela olhou ao redor da sala. Jermaine havia largado os materiais de arte e estava encarando pela janela algo que o resto de nós não conseguia ver. Harsha estava desenhando um retrato sinuoso do próprio cérebro, detalhado com canais, espelhos e rosas com espinhos. Até mesmo Liz, que tinha acabado de sair da unidade de terapia intensiva, estava feliz colando pompons em um palitinho de sorvete. Matt, que gostava mais do lado musical das artes, havia pegado o violão da sala e tocava a abertura de "Give a Little Bit", sua música favorita do Superstramp.

— Ele toca com mais alguém? — perguntou ela, assentindo na direção de Matt.

— Acho que nenhum de nós tem talento musical — falei, de repente desconfortável.

— Acho que eu quero tentar alguma hora — respondeu ela, baixinho. — Faz tempo que eu não encosto em um piano. Minha mãe me ensinou a tocar.

Ela se levantou da mesa e passou os dedos pelas teclas gastas do piano, como se estivesse refazendo passos esquecidos. Matt abaixou o violão e não disse uma palavra, apenas observou Misa se sentar no banco de madeira com um sorriso perplexo. Enquanto os dedos dela se estendiam pelas oitavas para tocar o primeiro acorde, voltei a pensar na sua determinação em "voltar" da escuridão, me perguntando quem ela arrastaria com ela no caminho.

A convite de Misa, não foi difícil envolver Matt em um dueto, mas não havíamos esperado que ele também arrastasse o resto de nós para a brincadeira. Ele organizava todo mundo enquanto Misa sentava-se no piano vertical, seus dedos tocando acordes harmônicos antes mesmo de os outros terem pegado seus instrumentos. Harsha geralmente balançava o pandeiro, enquanto Jermaine mantinha o ritmo com o que quer que estivesse mais perto dele. Liz só gostava de escutar, fechando os olhos e se deixando levar pelo calor da música. Brandindo o violão que estava no chão, Matt dedilhava a cifra do Supertramp que reconheceríamos em qualquer lugar... a intensidade do A7 se tornando um D nítido, várias e várias vezes. Eu me sentava nas laterais, esperando a letra começar.

Quando Matt cantava o refrão de "Give a Little Bit", a rouquidão de sua voz se fundia com os versos e ele fechava os olhos como se estivesse sonhando. E apesar de a minha aptidão musical ser quase inexistente, havia algo de mágico na forma como nossas vozes se juntavam em um belo canto dentro de uma sala de recreação hospitalar caindo aos pedaços. Quase todos conseguiam cantar, sob efeitos de medicação pesada ou não, porque eram poucas as palavras que importavam. A música oferecia uma promessa de que, mesmo ali, tínhamos algo a oferecer, e nós encontraríamos nosso caminho para onde quer que precisássemos estar.

Nos carregando verso a verso, Misa encontrava o olhar de Matt e sorria antes de começarem o interlúdio juntos, acompanhando o progresso drástico um do outro através da música. Até a enfermeira mais ranzinza parava na porta para escutar, os olhos atentos a nós sem a prancheta e a caneta que geralmente a acompanhavam. Quando o refrão recomeçava, era o mais próximo que a maioria de nós se sentia de ter um lar desde muito tempo.

NO BARCO, NOS aproximamos de uma ilha pequena e rochosa coberta por espécies estranhas de cacto e então viramos à esquerda. Misa remava furiosamente enquanto eu mantinha o meu remo na água, contornando as pedras. Era a primeira vez que agíamos como uma equipe desde o hospital, o que fazia sentido, já que envolvia eu estar parada e Misa carregar nós duas.

— Você quer tentar remar? — disse Misa, ofegando depois de alguns minutos.

— Mas você está fazendo um trabalho tão bom sem mim! — respondi e ela me mostrou a língua.

Depois de passarmos pelos bancos de areia e nada mais estar no nosso caminho, Misa parou de remar e se virou.

— Dee, posso fazer uma pergunta pessoal? Você pensa em ter filhos?

Coloquei o remo no colo e deixei que acompanhássemos a corrente, as ondas batendo na lateral do barco.

— Pra ser sincera, meu médico faz essa pergunta sempre que troca minha medicação, e toda vez a questão parece estar distante demais para ter importância. Faz décadas que não vou em um encontro de verdade, de toda forma. — Dei uma risadinha, como se achasse isso engraçado e não triste. Engolindo meu veneno habitual, tentei me conectar com ela. — Mas acho que a pergunta aqui é se *você* quer ter filhos.

Misa torceu a barra do macacão para tirar a água salgada.

— Acho que eliminei por completo essa possibilidade quando fiquei realmente doente — disse ela, baixinho. — Tipo, doente ao ponto de nem conseguir me alimentar sozinha. Agora estou em uma situação diferente, mas não esqueci como foi aquilo, e sei que ter filhos é uma das poucas coisas que poderia me colocar naquele estado novamente. E eu não sei se estou disposta a arriscar. Isso é egoísmo? Ou é ser responsável? Não tenho mais certeza.

Como alguém que passou a última década sendo chamada de irresponsável, eu conhecia bem o dilema. Falei o que nunca havia conseguido articular para ninguém, nem mesmo Tilley.

— Não tem problema ter medo e fazer as coisas no seu próprio tempo. Mas acho que existe uma diferença entre não querer fazer algo e achar que não vale a pena tentar.

Quando as palavras saíram da minha boca, percebi que eu também não conseguia identificar a diferença entre esses dois sentimentos, não somente em relação à maternidade, mas também à minha estratégia de recuperação como um todo. Não sabia se meu mau comportamento havia feito eu ser expulsa do sistema psiquiátrico ou se o sistema psiquiátrico havia me deixado tão exausta que eu não me encaixava mais em prontuários médicos e círculos de terapia em grupo. Eu tentava pensar cinco, dez anos adiante e imaginar como estaria, e tudo o que podia ver era o reboco do teto do meu quarto de infância. Parte de mim queria ajudar Misa, mas uma parte maior e mais feia minha sentia inveja de ela ter evoluído para problemas mais adultos do que sobreviver a si mesma, pelo menos aparentemente.

— Acho que seria mais fácil se eu e Matt não lidássemos com as coisas de forma tão diferente — falou. — Eu quero ver todos os cenários esquematizados de antemão, mas ele realmente acha que ter um filho vai nos levar à direção certa, seja lá o que isso signifique. E Elinor está tão animada para o futuro que fico com vergonha de contar a ela como estou com medo. Eu já me sinto uma mãe ruim e nada nem sequer aconteceu.

— Não sei, não — respondi. — Acho que você seria ótima. Já tem bastante experiência nisso cuidando de mim.

Misa riu.

— Queria que fosse fácil assim. Queria não precisar analisar os prós e contras e escolher me colocar em risco de propósito. Mas, como você sabe, nós não temos essa opção.

Nós. Fazia tempo que não considerava eu e Misa como nada além de "animigas". Havia me convencido de que ela mudara, mas agora que estávamos literalmente no mesmo barco, percebi que fui eu que me afastei, esperando que ela continuasse igual.

Enquanto balançávamos no pequeno caiaque roxo, percebi que não precisava ser assim para sempre.

Ela sorriu, olhando para o fundo do caiaque.

— O Matt não seria o melhor pai do mundo?

Abri um sorriso.

— Ele faria as piores piadas do mundo, disso eu tenho certeza.

— Quando esse assunto me deixa nervosa, tento pensar nas músicas que ele tocaria para nossos filhos — falou. — Eu tenho tanta fé nele e nenhuma em mim mesma.

Era uma frase que parecia ter saído diretamente do meu cérebro. Misa segurou a parte de trás do assento com uma mão e arquejou, sobrecarregada com o potencial de desastre infinito.

— E se eu tiver um filho e ele começar a chorar, mas eu não conseguir sair da cama porque estou deprimida demais e meus cobertores parecem placas de concreto?

Segurei a mão dela.

— Eu apareço com uma marreta. — A promessa ressoou no meu ouvido, uma pontada de esperança pressionando contra a crença de que eu ferraria tudo.

— Mas e se... — Ela hesitou, se aproximando de mim. — E se ele crescer tendo que lidar com esse *inferno*... desejando não estar vivo e então se sentindo vivo demais para habitar a própria pele... e a culpa for minha?

Apertei a mão dela, e sua respiração desacelerou.

— Não me parece ser algo que você possa controlar.

— Sei que tem razão — disse ela, com lágrimas nos olhos. — Quando criança, minha mãe tinha medo de se afogar, então ela me forçou a ir em aulas de natação até que eu ficasse tão boa que poderia ser uma salva-vidas. É isso que você deve fazer pelos filhos, né? Se certificar de que eles não sofrerão da mesma forma que você. Mas como isso é possível quando se trata de algo como bipolaridade? O que eu poderia oferecer a eles?

Tentei olhar para Misa da mesma forma que ela costumava me olhar na terapia em grupo... envolvendo suas inseguranças com meus olhos e a envolvendo com a mesma serenidade de um golden retriever idoso.

— Se tem alguém neste planeta capaz de cuidar de uma criança como nós, essa pessoa é você — falei. — Além disso, você é tipo o Michael Jordan da bipolaridade. Tem mais anéis de campeã do que dedos.

Ela riu e eu senti meu coração se expandir. Não era a mesma explosão vertiginosa que eu buscava em Matt, mas era emocionante da mesma forma.

— Se você não quer ter filhos, sugiro que jogue esses pinhos no oceano. — Soltando seu braço, vasculhei os fundos do caiaque e entreguei a bolsinha branca a ela. — Mas se quer, a melhor parte é que não precisa fazer isso sozinha. Você tem a melhor rede de apoio do mundo — falei, enfiando minha inveja em um buraco tão fundo que nunca mais poderia retornar.

Misa segurou os pinhos na mão e os encarou intensamente.

— Não sei se vou decidir o futuro do meu útero em um caiaque — disse ela por fim. — Mas acho que, quando o momento chegar, gostaria de falar com você a respeito.

Ela colocou os pinhos na minha mão e eu a encarei, realmente comovida.

— Acha que eu dou bons conselhos?

— Bem — disse ela, diplomática como sempre. — Acho que você me dá conselhos levemente perturbados que me ajudam a entender o que realmente quero fazer.

— Ainda vou levar isso como elogio.

Ela riu.

— E deveria.

Nós ficamos sentadas em silêncio por um bom tempo, balançando com as ondas.

— Eu ainda nem tive tempo de assimilar que vou me casar no sábado, e todas essas hipóteses vão se tornar realidade bem rápido — disse Misa por fim.

Quando ela colocou daquela forma, percebi a verdade: que, em menos de 48 horas, Matt e Misa ficando juntos ou não, eu teria que dar algum tipo de passo adiante na minha própria vida ou arriscar me afundar completamente. E, a essa altura, eu ainda não fazia ideia do que "adiante" significava. Guardei os pinhos no canto do caiaque e comecei a nos guiar de volta à costa.

— Acho melhor voltarmos — murmurei. — Você provavelmente tem várias coisas a fazer.

— Obrigada por me trazer aqui, Dee. Eu precisava mesmo de espaço — respondeu ela, já remando. — Sabe o que sempre admirei em você?

— O quê? — perguntei, a apreensão colocando peso em cada movimento pela água.

— Você sempre sabe como fazer a coisa certa, mesmo nos lugares errados — disse Misa. — Faz sentido? Quer dizer, você não se deixa afetar pelas circunstâncias. É uma qualidade que eu preciso ter.

Meu cérebro ignorou o elogio e se concentrou em pensar se eu devia ou não contar a Misa sobre a medicação de Matt enquanto tinha chance. No hospital, compartilhávamos a responsabilidade sobre o bem-estar um do outro, mas recentemente as coisas haviam se tornado eu e Matt ou Misa e Matt, e agora éramos só nós duas, boiando na direção de um futuro incerto com um homem que as duas amavam.

— Não sei se recomendo viver como eu — falei, pensando em todas as pessoas que eu tinha o potencial de magoar.

— Também não recomendaria viver como eu — disse ela, baixinho, e eu sabia que não conseguiria ajudar Matt sem a ajuda dela. Era hora de reunir a turma da ala psiquiátrica.

13

YOU KNOW I'M NO GOOD

— AMY WINEHOUSE (4:16)

QUANDO VOLTAMOS À costa, a maior parte dos convidados do *brunch* de noivado havia se dispersado, exceto Tilley, Kei, Elinor e a Mala. Estavam esperando por nós em espreguiçadeiras à beira-mar enquanto remávamos tranquilas ao redor da margem. Tilley havia pegado um guardanapo de tecido do restaurante e o balançava dramaticamente enquanto colidíamos o caiaque contra o baixio. Kei pulou na água e nos ajudou a levar o barco para a costa, e Julie supervisionava, com lábios franzidos. Claramente nervosa, Elinor abraçou Misa — de colete salva-vidas e tudo — assim que ela pisou em terra firme.

— Ah, querida — disse ela, se afastando e segurando as mãos de Misa. — Eu te deixei chateada? Não foi mesmo minha intenção. Esta semana é toda sua. É só falar que eu pulo agora mesmo no mar.

Normalmente, eu esperaria que Misa dispensasse graciosamente um pedido de desculpas tão dedicado desses, mas em vez disso, ela olhou reflexiva para Elinor.

— Seu presente, na verdade, me ajudou a entender algumas coisas que têm me incomodado… e acho que seria uma boa eu conversar com você a respeito se tiver um tempo mais tarde.

A expressão de Elinor foi de preocupação para pura felicidade.

— Eu adoraria.

— Eu também — disse Misa calorosamente. Ela se virou para Julie e ofereceu um sorriso tímido. — Quase conseguimos passar por todos os eventos de pré-casamento sem nenhum problema, hein? Prometo que o jantar de amanhã vai ser mais tranquilo. E, por sorte, vamos poder tirar um descanso bem-merecido esta noite.

Já havíamos passado por tantos eventos da programação que eu nem sabia de qual jantar Misa estava falando. Julie, por outro lado, parecia estar mapeando mentalmente o resto do casamento como se jogasse uma maratona de *War*.

Passado um momento, ela assentiu lentamente e virou-se para se dirigir a Elinor, o olhar deixando a filha.

— Apesar de como acabou, foi um café da manhã maravilhoso — disse ela com elegância. — É magnífico podermos compartilhar essas tradições uma com a outra. Você vai ter que me contar mais sobre Inverness…

Kei gesticulou para eu pegar a parte de trás do caiaque e nós o carregamos de volta à barraquinha de conchas. Elu levantou um dos lados do barco no ar e deixou que a água escorresse por um buraquinho no plástico.

— Olha, admiro um sequestro de barco tanto quanto qualquer descendente do mar, mas você precisa dar uma moderada — disse Kei, balançando o caiaque para que as últimas gotas de água salgada caíssem. A mulher de jardineira floral estava ocupada vendendo sua mercadoria para uma família chinesa com uma filhinha que cutucava cada concha grande com animação.

— Foi mais noiva em fuga do que um sequestro — falei, assistindo à garotinha levar a concha até a mãe com os braços balançando.

— O que quer que tenha sido — disse Kei —, você não ajudou Misa em nada.

Virei a cabeça, surpresa com a mudança repentina em seu tom de voz.

— Ela não queria que ninguém a visse tendo um ataque de pânico, então a tirei de lá. O que mais eu poderia ter feito?

— Você viu a Mala? — perguntou Kei, colocando o barco no chão com cuidado. — Ela está tão constrangida por Misa ter fugido que mal está olhando pra ela. Não é disso que precisamos dois dias antes do casamento.

— Ela vai esquecer até lá — falei. A menina caminhou cambaleando até a costa, esquecendo totalmente da concha reluzente que os pais tinham acabado de comprar para ela.

— Você fala isso como se nossa família não estivesse até hoje nutrindo um ressentimento profundo por causa do mapa de assentos da nossa última reunião — disse Kei. Elu se sentou em um dos lados do caiaque virado e esperou eu me juntar. — A família Koyanagi é complicada. Temos muitas camadas e regras invisíveis. E você meio que está quebrando todas elas.

Sentei-me ao seu lado.

— Não foi minha intenção dificultar as coisas pra todo mundo.

— Não é culpa sua. É só que tem muita coisa acontecendo — disse Kei. — Por exemplo, a Julie é uma *sansei* de terceira geração. E, para ela, o casamento não se resume a Misa, e sim a todas as coisas pelas quais nossa família passou para chegar onde está hoje. Essa também pode ser uma das últimas vezes que o resto da família inteira estará com a Obachan. Existem muitas expectativas e muito orgulho envolvido. E o orgulho significa que ela não vai simplesmente esquecer as coisas.

Senti o rosto queimar ao pensar nas várias vezes que julguei Misa por todas as expectativas que ela parecia estar alcançando. Eu pensava que era uma forma de atuação, não algo necessário para manter as relações da família intactas. Já deveria ter percebido há muito tempo que havia histórias por trás dessa coreografia meticulosa — histórias das quais nem sempre eu tinha conhecimento.

Tudo havia começado com o caderno. De couro azul e com suas iniciais gravadas. Não tínhamos permissão para ter qualquer eletrônico no hospital, então essa era a forma que Misa tinha de ter um registro de sua vida e progresso. Nunca havia visto ela escrever tão rápido quanto na vez em que o hospital convidou uma mentora para discursar para nós.

— O que está fazendo? — sussurrei.

— Anotações — respondeu Misa, mal levantando o olhar da página.

A mentora tinha esquizofrenia, morava de aluguel no porão da tia e trabalhava meio-período em um centro de saúde mental local, onde comandava um curso de comédia. Ela falou sobre como os loucos são ótimos comediantes, porque ou somos completamente invisíveis, ou dramaticamente protagonistas, e são desses pontos que as melhores observações são feitas. Misa a olhava como se ela soubesse os segredos do universo.

Mais tarde, Obachan apareceu para visitar, e nós nos reunimos na sala de convivência, bebendo garrafas de Calpis que ela havia levado até o hospital. Ela odiava tudo que era vendido nas máquinas do andar inferior.

— Não sei se é reconfortante ou deprimente descobrir que uma carreira na comédia é ainda mais instável do que na música — disse Matt. — Mas com certeza foi um avanço em relação a ioga na cadeira.

— Sinto que aprendi bem mais com ela do que com meus médicos — disse Misa, debruçada sobre o caderno. — Ela tinha tantos conselhos bons. E nenhum tirado de livros.

— Alguém vai tirar nota 10 na terapia em grupo hoje — falei, brincando apenas em parte, mas Obachan percebeu imediatamente.

— A Misa vem de uma longa linhagem de estudiosos — disse ela, sem deixar de ser gentil. Havia colocado o Calpis na mesa, então eu sabia que falaria sério. — Meu irmão mais velho fez

universidade em Vancouver, sabe? Mas ele não conseguiu terminar os estudos depois que fomos enviados aos campos de concentração.

— Isso é horrível — falei, me sentindo culpada pela piadinha imediatamente.

Ela assentiu.

— Depois de muitas décadas, ele recebeu um diploma honorário, mas sempre repetia o que minha mãe costumava dizer: não importava o que acontecesse, nossa educação era uma coisa que nunca poderiam apagar.

Misa colocou uma mão no braço da Obachan e ela se virou para sorrir para a neta.

— Ela tinha razão, sabe? Sempre há algo a aprender, não importa onde estiver. — Ela olhou para o caderno de Misa e para frente novamente. — Às vezes, eu a enxergo em você. Faz com que eu me lembre que temos muito a resistir, mesmo depois de todos esses anos.

Era como se Misa e Obachan fossem as únicas pessoas na sala. Os olhos de Misa se encheram de lágrimas e Obachan colocou a mão na manga da jaqueta para tirar um lencinho que havia trazido escondido. Elas não se abraçaram, mas pensando bem, talvez não fosse necessário.

Apesar de Misa não se voluntariar no centro cultural como Julie queria, apesar de há muito já ter perdido o idioma com o qual a avó havia crescido, eu sabia que a história que compartilhavam havia moldado o caminho que Misa escolhera para si mesma. E às vezes era fácil esquecer como essa história cruzava com nosso tempo no hospital... para ela, que vinha de uma família marcada por gerações de sofrimento, poderia parecer impossível reconhecer outro problema que teriam que enfrentar juntos.

Sob o sol escaldante, levantei do caiaque e sacudi a areia do corpo.

— Acho que devo um pedido de desculpas a Julie e Misa — falei. — E um bem grande.

— Ok, vou perguntar uma coisa e não quero que você leve a mal — disse Kei gentilmente. — Acha que é mesmo disso que elas gostariam? Ou é simplesmente o que faria você se sentir melhor?

— Ai, merda — falei. — Eu sou mesmo péssima nisso.

— Quer meu conselho? — perguntou Kei e nem esperou pela minha resposta, porque obviamente eu precisava dele. — Seja parte da solução. Ajude a tranquilizar as coisas. — Elu abriu um sorriso. — E, ei... sei que esse não é o seu forte, mas quando se trata da minha tia, menos é mais.

Encontramos Tilley quando voltávamos para a beira da praia. Segurando os chinelos em uma mão, ela corria na direção do estacionamento.

— Já servi pessoas em encontros do Tinder menos constrangedores que essa família — bufou. — Espero no carro.

Quando voltamos à praia, Elinor havia se afastado para ligar para Anila e dizer que estava tudo bem, e a Mala estava irradiando desaprovação enquanto Misa tentava explicar por que havíamos ido embora para começo de conversa. Mesmo quando ela descreveu o que sentira no ataque de pânico — sem dar nome aos bois, é claro — Julie assentiu e logo voltou a falar das obrigações de Misa como anfitriã, como se ela pudesse simplesmente guardar as dificuldades em uma caixa para lidar em um momento mais conveniente. Uma vez, Misa me contou de quando Julie passou aspirador, sem falar nada, no meio de uma conversa unilateral sobre ela ir estudar em outro país. Na época pensei que era só uma anedota incomum, não um resumo de toda a dinâmica das duas. Isso, a forma como ela pedia que Misa escondesse os sentimentos, era dolorosamente familiar. Pensei no meu pai e na vez que li todos os efeitos colaterais da medicação que estava tomando, torcendo para ele entender o motivo de eu não poder mais trabalhar em um emprego que começava às 6h30 da manhã. No final — depois de eu gaguejar ao falar palavras de 14 letras e ele bocejar alto — ele disse que talvez fosse melhor eu não me medicar se quisesse sobreviver a este mundo. Eu me tranquei no quarto e chorei de soluçar em um travesseiro, porque tudo o que eu estivera tentando, todos os malditos dias, era sobreviver.

Dei um passo à frente, sem conseguir deixar que Misa carregasse o peso do meu erro.

— É culpa minha termos te abandonado — falei. — Foi ideia minha, e claramente não foi boa.

Misa expirou levemente enquanto Julie virava o olhar na minha direção. Tentei usar minha telepatia de ala psiquiátrica com ela, projetando meus pedidos de desculpas mais sinceros. Para minha surpresa, ela amoleceu o olhar e assentiu.

— Deve ser difícil acompanhar tantos eventos — disse Julie, a voz de repente ficando uns 15 graus mais calorosa.

Olhei para Misa, desconfiada da trégua. Ela não parecia aturdida com a mudança no tom de voz da mãe e, naquele momento, percebi qual era a origem de sua habilidade de se transformar em frente a um público.

— Bem, não sou quem está os planejando — falei. — Acho que é bem tranquilo pra mim em comparação.

— Acho que muitas das melhores coisas na vida são resultado de trabalho duro — respondeu Julie, e mais uma vez senti que eu estava interceptando uma transmissão secreta entre a família Nagasaka. — Uma celebração, um casamento, uma família forte... nada disso é exceção.

Misa assentiu mecanicamente, como se já tivesse escutado essa frase várias vezes. Na minha visão, parecia que Julie queria que a filha fosse feliz, mas quanto mais tentava controlar o desdobramento dessa felicidade, mais Misa se afastava dela.

Enquanto ela e a Mala se olhavam, nem perceberam que Elinor havia terminado a ligação e voltado para o nosso círculo.

— Mas o amor pode ser surpreendentemente fácil — comentou Elinor, aturdindo tanto as Nagasaka que desfez o impasse. — Um dia você conhece uma pessoa e, de repente, não consegue mais imaginar sua vida sem ela.

Ironicamente, não pensei em Matt quando ela disse isso. De certa forma, eu sempre havia imaginado como seria perdê-lo: para a névoa sombria da depressão, para os muros que ele havia aprendido a construir em um segundo e, mais recentemente, para Misa. Porém, pela primeira vez, pensei em como seria perder a amizade de Misa e no buraco gigante que ela deixaria na minha vida. Sim, Matt me entendia melhor do que qualquer pessoa no mundo, mas, de muitas formas, era ela quem fazia com que eu fosse uma pessoa melhor. Meu estômago embrulhou em uma mistura de mimosa e arrependimento.

Julie virou-se gentilmente para a filha, tentando apaziguar o clima.

— Fico feliz que tenha encontrado isso, Misa. Só o que quero é que o resto da semana se desdobre com a mesma facilidade. — Ela olhou para o relógio e gesticulou para Elinor. — É melhor irmos resolver as coisas com o restaurante.

— Sim, é melhor vocês voltarem primeiro — disse Elinor, ainda olhando para Misa com preocupação. — Acho que um descanso faria bem para todo mundo.

Já que havíamos perdido o transporte agendado, Misa empurrou Kei, Tilley e eu para dentro do carro de férias da família Nagasaka. Sentindo o drama familiar, Tilley, dessa vez, ficou quieta, procurando o filtro de Instagram que melhor realçaria seu decote. Assim que Julie e Elinor saíram do estacionamento, Misa colocou a rádio da ilha no máximo.

— Estou surpresa por você ter sobrevivido a essa — disse Kei do banco do passageiro.

— Ela está ganhando tempo até todas as testemunhas estarem longe — respondeu Misa, diminuindo um pouco o volume do rádio e virando-se. — Obrigada de novo, Dee. Foi bom fugir de tudo por um tempo.

— Sinto muito por ter piorado as coisas com sua mãe — falei timidamente.

— As coisas entre nós são sempre complicadas. Faríamos qualquer coisa no mundo uma pela outra, exceto ter uma conversa sincera sobre nossos sentimentos. — Ela voltou a olhar para frente e segurou o volante com força. — Não tem o que fazer.

— Eita — disse Kei. — Tá toda *shikata ga nai* pra cima da gente.

— Quem disse que deixar as coisas de lado é ruim? — disse Misa.

— Não é, a não ser que vá carregar esse fardo de qualquer jeito — respondeu, analisando-a do banco do passageiro. — Não acha que nossa família já faz isso o suficiente?

Misa simplesmente continuou dirigindo pela estrada de terra como se não tivesse nada mais a ser dito. Quando paramos em uma faixa de pedestres no centro da cidade, vimos outro cachorrinho vira-lata marrom guiando seu dono pela rua.

— Qual é a de todos esses cachorros aqui? — perguntou Tilley, aproveitando a oportunidade de mudar de assunto. — Há vários deles simplesmente correndo pelas ruas.

— São potcakes — disse Misa, parando para deixar os turistas atravessarem a via principal. — São bem amigáveis, geralmente uma mistura de pastor-alemão com labrador. Eles vieram para cá em navios europeus há décadas, mas agora são tantos que o governo da ilha criou uma organização para ajudá-los a encontrar um novo lar.

— Eu sempre tento convencer a Misa a levar um pra casa com ela —- adicionou Kei.

— Acho que eu não aguentaria a quantidade de pelos — respondeu. Ela me olhou pelo espelho retrovisor. — Dee, se estiver sentindo falta dos seus cachorros, você pode visitá-los e se voluntariar para passear com um filhotinho.

Eu me perguntei como meus cachorros estavam durante minha ausência, se os donos haviam assumido a responsabilidade ou se meus filhotes estavam deitados sem fazer nada ao lado de cadeiras giratórias e sofás de camurça.

— Talvez amanhã eu vá — falei. — Acho que o balé e o caiaque já foram muito mais exercício do que eu esperava.

Ela sorriu novamente e minha consciência pesada chutou meu estômago.

— Você já tem algum plano para esta noite de descanso? Na verdade, eu pensei em você quando programei um momento de recuperação para todo mundo.

— É noite de ponche pela metade do preço no hotel vizinho — cantarolou Tilley, voltando à sua programação regular. — E eu preciso de companhia para parecer que não estou tomando o jarro sozinha.

— Não marque nada — disse Misa, ignorando-a. — Talvez eu tenha outra coisa para você fazer.

Depois do que passamos naquela manhã, imaginei que ela quisesse oficializar o retorno da nossa amizade e, honestamente, esse não seria o pior jeito de passar uma noite de quinta-feira. Algo havia se encaixado de volta ao lugar para nós naquele caiaque — de repente, deixou de ser tão difícil lembrar o quanto Misa havia sido importante para mim no hospital, mesmo que tenhamos lidado com as consequências de formas diferentes. A parte mais difícil era saber que eu estivera torcendo contra alguém que sempre quis o melhor para mim.

DEPOIS DE VOLTARMOS ao resort e darmos uma cochilada, eu e Tilley decidimos tentar pegar pelo menos um resquício de bronzeado antes de a semana acabar. Matt ainda estava jogando golfe com Vik, o pai de Misa e o Dr. Koyanagi, então eu estava liberada da intervenção medicamentosa por enquanto. Enquanto eu amarrava a parte de cima do biquíni, minha irmã saiu do banheiro vestida com um maiô cujo decote chegava quase em seu umbigo.

— Você nunca se preocupa com as marquinhas que vão ficar? — perguntei, espalhando protetor solar nos ombros.

— Não — disse, jogando o cabelo. — Pra que ficar se preocupando com marquinhas de bronzeado quando poderia estar ocupada me importando com as mudanças climáticas?

— Tenho certeza de que você vai ser a primeira da fila quando eles começarem a lançar Fiats elétricos.

Fomos para Grace Bay. O calçadão de madeira tinha um toalheiro de um lado e um café ao ar livre do outro. Guarda-sóis azul-turquesa salpicavam a areia, presos ao chão por atendentes sorridentes de uniformes azul e branco impecáveis. Quando pisamos na praia, um se aproximou de nós e perguntou se precisávamos de um lugar para sentar. Seu broche, com o nome Jeffrey, brilhava ao sol conforme ele limpava a ponta do *durag* preto.

— Ah, não precisa se preocupar com a gente — falei rapidamente, gesticulando para duas cadeiras vazias ao lado de um catamarã. — A gente joga umas toalhas em cima das cadeiras.

— Trarei capas de cadeira e guarda-sóis — respondeu Jeffrey na mesma velocidade. — O dia está quente. Vocês merecem ficar confortáveis.

Ele pegou duas trouxas brancas e nos levou até as espreguiçadeiras, esticando o tecido sobre o plástico quente com atenção. Percebi que tentar evitar seu serviço não o ajudava em nada, porque ele poderia se meter em problemas por não o realizar. Então me perguntei se isso resumia essa viagem como um todo.

— Obrigada, Jeffrey! — disse Tilley conforme ele fincava guarda-sóis abertos atrás de nós. Ela sempre parecia confortável nessas ocasiões, talvez porque estivesse acostumada a ser o prestador de serviço numa situação dessas.

— É, obrigada — falei, sentando-me em uma espreguiçadeira e me recostando, constrangida. Jeffrey abriu um sorriso largo e voltou para o toalheiro, onde seu colega de trabalho estava lançando *frisbee* com uma criança pequena e sardenta. Olhei para as águas turquesa à minha frente e observei os corpos se bronzeando em fileira na praia, como se essa fosse a forma natural da costa.

Não sei por quanto tempo apaguei, mas acordei assim que Misa colocou a cabeça dentro do meu guarda-sol. Ela usava um robe de renda branca e segurava um livro de história em quadrinhos grosso na lateral do corpo. Eu bocejei e me sentei, vendo Ana empurrar Kei no mar brevemente, os pés dela fincados bem separados na areia.

— Achei que te encontraria aqui — disse Misa, fingindo não me ver limpar um pouco de baba da lateral da boca. — É melhor você virar ou vai se queimar.

— Ninguém vai acreditar que fui viajar se eu não voltar queimada — falei. — E as pessoas já não acreditam muito que eu tenho amigos que querem minha presença em seu casamento.

— Posso confirmar — murmurou Tilley na toalha.

— Bem — disse Misa —, não éramos os únicos que queriam você viesse. — Ela olhou ao redor furtivamente, então sentou-se na ponta da minha espreguiçadeira e abaixou o livro. — Acho que o Matt deve falar bastante de você, porque o Vik passou um tempão perguntando se você tinha confirmado que viria.

— Sério? — Tilley de repente sentou-se ereta na cadeira.

— Sério — disse Misa, me olhando atentamente. — Se estiver interessada, posso arranjar um jantar para vocês dois esta noite.

Minha boca ainda estava seca do cochilo ao sol e eu não conseguia entender por que Vik estaria interessado em mim. Ele era um ser humano totalmente funcional que corria por diversão. Eu havia sido expulsa do hospital psiquiátrico e às vezes tinha problema com bebida (se você contar a pequena interação negativa entre bebida e quetiapina como um problema, o que, para azar do meu médico, eu nunca contava). Nunca fui boa em matemática, mas até eu sabia que essa conta não fechava.

— Estamos falando de um encontro? — perguntei com suspeita. A palavra soou estranha saindo da minha boca. Fazia tempo que eu não tentava compartilhar uma entrada com alguém além de Tilley.

— É você quem sabe — respondeu Misa. — Mas realmente acho que vocês teriam muito a conversar. E é claro que pode pegar alguma coisa do meu armário se quiser um visual novo.

Revirei os olhos.

— Hã, não vou caber nas suas roupas, Misa. Já deu uma olhada nos meus peitos?

— Tenho uma coisa que pode servir — disse ela. — Dá uma passada no meu quarto antes de encontrar o Vik para você experimentar.

— Então, pelo jeito, eu vou — falei com uma risadinha desconfortável.

Misa sorriu e pegou o livro.

— Não acha que você merece uma chance de ser feliz, Dee? Porque eu acho que merece.

Senti minha pele ficar quente, em parte por causa do sol e em parte porque eu não sabia se mais alguém achava isso.

— O jantar vai ser às 19h — disse ela com firmeza. — Nós nos vemos às 18h.

Vimos ela caminhar de volta para o calçadão de madeira até que Tilley quebrou o maior silêncio de que eu me lembrava.

— Não acredito que não falei que ele era meu primeiro. — Suspirou. — Mas quer saber? Acho que você precisa dessa mais do que eu. Considere isso seu presente de Natal.

— Obrigada pela generosidade?

— De nada — disse ela, fazendo uma reverência na cadeira. — Só não estrague tudo.

O sol da tarde estava se pondo rapidamente enquanto caminhávamos até o quarto do hotel. Eu me joguei na cama, mas

Tilley logo abriu minha mala e começou a jogar roupas em cima de mim.

— Por que suas roupas são tão deprimentes? — perguntou ela, segurando um sutiã bege amassado. — Esta mala parece a Sears na época da falência.

— Foi mal, não sabia que haveria "encontros" nesta viagem — retruquei.

— Mas o objetivo da viagem não era arruinar um casamento? Seu plano realmente era seduzir o Matt com calcinhas de vovó?

— Você sabe que logo vou ficar menstruada.

— Só quero dizer que sou muito a favor de você ir se divertir com o Vik em vez de ficar miserável por causa do Matt, que uma vez já vi pedir sorvete de baunilha na Baskin-Robbins. Tipo, eles têm 31 sabores! Vê se cresce!

— Mas e se o Vik me achar insuportável?

— Aí você fofoca com a Misa sobre isso depois e volta para casa com uma amizade verdadeira em vez de ficar sofrendo descontrolada e destrutivamente pelo Papa-Burguer escocês.

— Talvez você esteja certa — falei. — Talvez esse encontro seja uma coisa boa. Assim eu não vou machucar ninguém ou destruir um casamento, e mesmo assim poderei ser feliz.

— Você pode optar por não fazer nada disso tendo ou não um encontro — disse Tilley, fechando minha mala vazia com um baque. Ela se levantou e tirou areia das coxas bronzeadas. — Agora canalize sua Anne Hathaway interior, porque vamos te transformar como se estivéssemos no *Diário da Princesa*.

BATI NA PORTA de Misa como havia feito tantas vezes antes, só que dessa vez, não dividíamos um banheiro.

— Pode entrar — gritou ela. Como previsto, o quarto estava organizado... até mesmo no hospital, Misa era o tipo de psicopata que usava as gavetas da cômoda. Além disso, a suíte dela não tinha nada a ver com a minha. Era praticamente um apartamento inteiro completo com quarto de hóspedes e cozinha abastecida. Kei havia mencionado que os turistas ricos de países frios eram famosos na segurança do aeroporto por tentarem entrar na ilha com bolsas térmicas de carne e queijo francês, no intuito de evitar os preços da comida importada. Acho que mesmo com tudo incluso, só dava para aguentar comida de hotel por um tempo.

Eu me sentei na ponta da cama de Misa e logo me levantei ao lembrar que ela odiava quando roupas da rua encostavam em seu cobertor. Ela me colocou em frente ao espelho de corpo inteiro e avaliou meu visual.

— Tilley fez uma maquiagem linda — disse ela. — Mas não dá pra você usar esse vestido de novo.

— Bem, é este ou o que eu vou usar no seu casamento. Não tem muito espaço para encontros surpresa quando você não despacha a mala.

A porta se abriu novamente e Kei entrou no quarto, ainda vestindo a mesma regata e bermuda que usara na praia.

— Fiquei sabendo que você vai a um encontro — disse, com um sorrisinho malicioso. — Não quis perder a diversão.

— Não sei se vai ter diversão — falei, entrando em pânico. — Faz meses que não vou a um primeiro encontro. Sobre o que eu devo falar? Como vou saber se ele quer me beijar? Kei, o que eu faço com as mãos?

— Por que os héteros têm 99% das histórias de romance, músicas de amor e livros de autoajuda e ainda assim querem que os amigos LGBT ofereçam todos os conselhos sobre relacionamento? — disse Kei.

— Por que vi você e a Ana na praia e vocês pareciam felizes?

Kei começou a dizer algo, mas parou e me analisou com atenção.

— Ei! Você não usou esse vestido ontem?

— Eu falei que as pessoas iam perceber — disse Misa, virando-se para o armário.

— Isso é obviamente uma tática de distração! — gritei e Kei sorriu para mim.

Misa remexeu nos cabides.

— Você usaria algo assim? — Ela tirou um vestido preto, esvoaçante e com pequenas flores rosa costuradas e o girou na minha frente. — A barra é assimétrica, então a altura não faz muita diferença, e o tecido do busto ombro a ombro é elástico para caber, bem, você sabe.

— Meus peitos gigantes.

— É você quem está dizendo — falou. Ela jogou o vestido em mim. — Experimenta.

Fechei a porta do banheiro e me retorci para tirar o vestido transpassado. O frio do azulejo era reconfortante nos meus pés. Coloquei as pernas no vestido de Misa e o passei pelos quadris e barriga, sentindo o elástico se expandir ao acomodar meu peito. Joguei o quadril para o lado e admirei minha aparência no espelho. Por um segundo, desejei ter um ventilador profissional.

Eu sei que me olham diferente quando me arrumo, principalmente quando vou a lugares lotados como o consultório psiquiátrico. Às vezes, a maior felicidade da minha semana é saber que eu não pareço pertencer àquele lugar. Se eu disser que estou bem enquanto uso batom, é quase certeza que meu médico vai acreditar (é claro que isso depende do quanto a cor é neutra). Ele não precisa saber como cheguei ali: passando horas contornando meus lábios com lápis, enfileirando os tons para decidir qual passava maior imagem de estabilidade. O importante era o resultado. Eu parecia bem resolvida, como se pudesse ter um trabalho integral ou escolher vegetais no supermercado. E se tratando de encontros, bem... considerando a enxurrada de problemas que eu tinha na cabeça, era bom causar a melhor primeira impressão possível.

Quando saí do banheiro, Kei soltou um assobio e Misa bateu palmas de empolgação.

— Ficou perfeito — falou. — Você está maravilhosa!

Na verdade, eu achava que estava com cara de saudável, o que era ainda melhor do que maravilhosa.

A porta do hotel se abriu e Matt entrou, coçando a barbicha do maxilar. Ele parou e me encarou.

— Uau. Quem é você e o que fez com Dee Foster?

Eu o encarei de volta, separando um pouco os lábios. Parecia que meu coração estava bombeando suco de laranja em vez de sangue. Eu estava tentando superá-lo, deixar as coisas menos complicadas com Misa, mas uma parte minha sempre, sempre quis que ele me olhasse daquela forma. Matt pigarreou e olhou para a noiva.

— Ela vai a um encontro — anunciou Misa. — Com o Vik.

— Você está… — começou a dizer e procurou o adjetivo certo. — Diferente. De um jeito bom, eu acho.

— Poesia pura — disse Kei com um risinho. — Você devia colocar isso numa música!

— É melhor eu ir — falei, arrastando a ponta da sandália no chão. A partir de agora eu ia aproveitar essa porcaria de viagem. — Obrigada por tudo, Misa.

Ela sorriu.

— Sem problemas. Divirta-se.

Passei por Matt, saí pela porta e entrei no corredor. A última coisa que vi foi ele fechando a porta, ainda me olhando como se não me conhecesse.

14

WHAT'S MY NAME?

— RIHANNA E DRAKE (4:23)

Quando cheguei no final da passarela de madeira, Vik estava esperando por mim, vestindo o que parecia ser a versão praiana de um traje casual: uma camisa de botão de linho e calças chino verde sálvia. A brisa quente bagunçava seu cabelo enquanto ele segurava a alça de uma cesta de piquenique na mão direita e uma lanterna acesa na esquerda.

— Não tem um cachorro — disse ele quando me aproximei.

— Como é?

— Sabe, dentro da cesta. — Vik a levantou um pouco e fez careta por causa do peso. — Sempre penso na Dorothy e no Totó quando vejo cestas de vime e não quero que tenha expectativas. Sei que gosta de cachorros. A não ser que os leve para passear enquanto nutre um profundo desdém por sua existência.

Talvez eu não estivesse decidida sobre namorar, mas ele sem dúvidas era fofo.

— Ok, o que mais sabe sobre mim?

— Isso é só um palpite, mas apesar dos esforços de Misa em organizar um jantar chique para nós, senti que você poderia preferir algo mais discreto… e é aí que entra a cesta.

— Acertou — falei. — Não vejo por que um dia alguém precisaria de mais de um garfo por pessoa.

— Existe uma explicação bem simples e britânica pra isso — respondeu ele. — Um serve para comer e o outro para perfurar.

— Têm quantos garfos nessa cesta?

— Isso — disse ele — vai ser uma surpresa. — Ele gesticulou para as ondas de Grace Bay. — Vamos encontrar um lugar para comer?

Caminhamos até que as espreguiçadeiras ao longo da costa se tornassem escassas... para além do trampolim aquático do hotel vizinho e do deque onde barcos de turismo pegavam passageiros animados. Não havia muitos terrenos subdesenvolvidos ao longo da costa de Grace Bay, mas era fácil identificá-los quando passávamos por algum. Na praia, casas abandonadas eram tomadas por densos arbustos e os vestígios de potcakes exploradores. Passamos por algas e detritos deixados por árvores caídas acumulando-se onde maré e praia se encontravam.

Quando finalmente achamos o local ideal, Vik tirou duas toalhas enroladas da cesta gigante e as estirou, colocando a cesta em uma ponta e os sapatos que havíamos tirado nas outras. Deixando a lanterna no meio, ele abriu a tampa da cesta e tirou uma montanha de caixas de comida para viagem. A primeira tinha arroz cozido no vapor e a segunda tinha quiabo e feijão-verde refogados em temperos aromáticos. Na terceira, havia quadrados brancos que pareciam ser mingau de trigo com *chutney* verde vivo. Roti assado estava guardado perfeitamente nos cantos arredondados do último recipiente.

— O resort não tem muitas opções vegetarianas, então minha mãe embalou algumas coisas básicas da nossa cozinha — disse ele um pouco tímido. — Nós costumávamos cozinhar juntos antes de eu entrar no meu emprego no banco, e achei que você gostaria de experimentar algumas das minhas coisas favoritas.

— É perfeito — falei e apontei para os quadradinhos. — O que é isso?

— O nome é *dhokla*. É feito de arroz no vapor e lentilhas. Fiquei sabendo que você é fã de Fanta — disse ele, tirando da bolsa duas latas ofensivamente laranjas. Nós as abrimos e brindamos com elas, animados. — Mas não sei se você conhece sua história sombria.

— Como assim?

— Bem, a Fanta foi criada por nazistas — disse Vik, arrumando nossa toalha de piquenique improvisada com pratos e talheres. Ele gesticulou para os recipientes fumegantes. — Sirva-se.

— Você acha que vou conseguir comer depois de você ter arruinado minha bebida favorita? Ela nos ajudou a sobreviver ao hospital. A gente fazia a limpa na máquina de bebidas.

— Então acho que você deveria comer um pouco. *Kharkra* é uma comida afetiva — disse ele, tirando um círculo fino do pote e dando uma mordida. O biscoito esfarelou um pouco em sua mão. — Acho que cairia bem agora.

Enquanto eu passava *chutney* no *dhokla* e colocava o arroz com vegetais no prato, Vik me contou sobre as corridas de que participou no ano passado em Brighton, Edimburgo e Yorkshire para se preparar para a Maratona de Londres, que aconteceria em abril. Eu nunca estive no Reino Unido, mas, sentada naquela praia rochosa e encarando o mar sem realmente buscar nada, aquele pareceu ser um lugar de que eu gostaria quando estivesse melhor. Ele me contou que mesmo quando não queria correr, se forçava a fazer pelo menos um percurso de 20 minutos, e depois disso reconsiderava a decisão. Nenhuma vez, falou, parou de correr depois de chegar a esse ponto. Eu queria poder aplicar essa mesma teoria para a vida, mas conhecia bem demais minhas limitações. Eu me perguntei se ele também conseguia sentir a lacuna imensurável entre seu potencial e o meu. O bem-estar fácil em que eu havia mergulhado desapareceu em um instante. Vik percebeu o silêncio desconfortável e colocou uma mão gentil no meu ombro.

— Tá tudo bem? — perguntou, a luz bruxuleante iluminando seu maxilar.

— Aham — falei, olhando na direção da quebra das ondas. — É só, sabe como é... difícil manter o ritmo às vezes. Eu não vou em muitos encontros.

Vik colocou uma mão na toalha de piquenique e apoiou o peso do corpo nos pulsos, as pernas longas esticadas. Seu pós-barba tinha cheiro de cachoeira.

— Isso é uma surpresa pra mim — disse ele. — Te acho uma companhia excelente.

— É, mas é diferente — falei, brincando com a ponta da toalha azul. — Geralmente, quando vou a um encontro, passo metade do tempo me perguntando quando eu deveria contar para o cara sobre minha bipolaridade. Conto de cara para que ele saiba onde está se metendo? Ou deixo que ele me conheça melhor antes? Eu estou mentindo nesse meio-tempo constrangedor?

— Você percebe — disse Vik — que está fazendo parecer que é a assassina da machadinha ou algo assim?

— Acho que você não entende o tipo de coisas que as pessoas falam quando eu conto. — Peguei o último *khakra* e comecei a quebrá-lo em pequenos pedaços. — Uma vez, uma pessoa disse que o número de consultas médicas que eu tinha na agenda era um sinal de alerta. Dá pra acreditar?

Vik expirou.

— Sinto muito, Dee. Isso é horrível.

Não olhei para cima, apenas continuei e ouvi minha voz ficando mais aguda a cada palavra.

— Também teve a vez que eu ia passar a noite na casa de um cara e ele disse "Então, você vai ser a mesma pessoa quando acordar?". A questão é, não dá pra ter certeza de como alguém vai reagir até contar. Então não, não vou a muitos encontros e desculpa por estar meio que gritando, mas minha cabeça está bem quente... Se importa de irmos andar um pouquinho?

— Claro que não — disse Vik, ficando em pé e estendendo uma mão para me levantar. — Podemos voltar depois.

Abraçamos a praia com nossos passos até eu não conseguir mais resistir à força da corrente. Levantei o lindo vestido preto de Misa até as coxas e entrei nas águas caribenhas, usando os dedos dos pés para esmagar a areia e sentindo a tensão do meu corpo ir embora. Virei para encarar Vik, que estava na areia me observando com curiosidade.

— A água te ajuda? — perguntou ele. — Quando sua cabeça fica quente, quero dizer.

— Às vezes — falei por cima das ondas. A água engolia minhas dúvidas, me impulsionava na direção da honestidade. — Quando estou nervosa, gosto de atividades sensoriais: nadar, ficar enrolada em cobertores. Às vezes a Tilley massageia os nervos nas minhas mãos e pulsos. Sei que parece estranho, mas isso faz com que o foco saia da minha cabeça e passe a ser meu corpo.

— Não é nem um pouco estranho... ela parece se importar muito com você. Nem todo mundo tem esse tipo de apoio. — Vik hesitou. Ele dobrou a barra da calça e eu tentei não encarar sua bunda. — Eu também não vou a muitos encontros, se isso te tranquilizar — disse ele enquanto entrava na água.

— Porque todo mundo te reconhece do *reality show?* — presumi.

Vik abriu um sorriso.

— Eu deveria descrever assim pras pessoas, suponho. Fui a um encontro há alguns meses com uma mulher que me encontrou na internet. Não foi muito bem, confesso.

— O que aconteceu? — Andei até ele, as ondas acariciando minhas panturrilhas.

— Ah, o de sempre — disse ele. — Chegamos ao fim do encontro e ela pediu para ir morar comigo, e quando eu recusei com educação, ela disse "Ah, então você pode se casar com uma estranha, mas ir morar com uma, não?"

Dei risada, saímos da água e fomos na direção das luzes brilhantes de um pátio iluminado ao longe. Nossos dedos se encostaram rapidamente e então se retraíram. Exalei em silêncio.

— Você tem que me contar mais sobre essa situação. O que sua mãe disse quando você contou que se casaria com alguém com quem nunca havia se encontrado?

— Bem — respondeu —, minha família é guzerate e meus avós tiveram um casamento arranjado. O problema não era bem eu me casar com alguém que não conhecia, e sim eu me casar com alguém cuja família minha mãe não tinha conhecido. Isso é o mais importante para minha mãe: que nossas famílias sejam compatíveis e compartilhem os mesmos valores. Foi muito difícil para ela confiar na relação.

— O que fez você se inscrever para o programa para começo de conversa? — perguntei. Pensei na minha família, que não era nem compatível entre eles.

— Talvez ria de mim agora, mas eu realmente acreditei na ciência de achar o parceiro ideal — explicou ele, chutando a areia. — Eu confio em números, e a análise comportamental e o questionário minucioso pelo qual passei na época pareceram sensatos. É claro que, pensando agora, eu deveria ter levado em conta a taxa de 100% de divórcios da primeira temporada.

— Eita!

— Pelo menos foi uma cerimônia bonita — comentou, diminuindo o passo. — Dei o máximo de controle possível para minha mãe para compensar a quebra na tradição. E até com as equipes de filmagem e atualizações ao vivo pelo Twitter, aquele realmente pareceu o primeiro dia de uma nova vida. Lembro de olhar para Amira quando o *antarpat* que nos separava foi abaixado e pensar "Ainda bem que fiz isso". — Ele parou de repente e olhou para o brilho fraco do nosso local de piquenique abandonado. — Vamos voltar?

Quando voltamos, vimos que um dos cobertores havia saído voando pela praia e ficado preso em um arbusto baixo. Vik o pegou com cuidado e guardou no fundo da cesta antes de juntar o resto das coisas.

— Acho que eu não te disse isso — falou, amassando as caixas e abrindo espaço para a lanterna fraca. — Mas eu corro pela Mind. Eles são uma instituição de caridade para saúde mental bem importante no Reino Unido.

— Que legal — falei com neutralidade.

— Talvez seja. — Ele me olhou com cuidado. — Mas eu acho que já fui como aquelas pessoas com quem você saiu.

— Acho isso bem difícil de acreditar — falei e fui sincera. Eu ainda não tinha certeza se aquilo era um encontro, mas sabia que havíamos encontrado algo em comum. Nós dois estávamos tentando começar do zero.

— Você diz isso, mas quando o Matt estava no hospital, eu não fui de muita ajuda. Não sabia como falar com ele a respeito… e, às vezes, ainda não tenho certeza se sei. — Seu maxilar se contraiu conforme ele falava. — Quer dizer, estou competindo em todas essas corridas, mas não consigo nem fazer meu melhor amigo se abrir comigo.

— Não é só com você — falei. — Não acho que ele esteja me contando tudo também.

— Mas eu não tenho o mesmo entendimento mútuo que você e Matt parecem compartilhar — disse Vik. — Na minha comunidade ninguém fala sobre transtornos mentais, porque não querem dar uma má imagem à família. É difícil deixar de se preocupar com o que os outros irão pensar. Acho que isso é algo que me afastou quando Matt estava no hospital. Eu fico muito feliz por ele ter tido você.

— Mas você não pensa mais assim — respondi.

— É claro que não. Mas é difícil me perdoar por todas as vezes que o decepcionei. — Vik pegou a cesta pesada mais uma vez. — Como alguém se redime disso?

Pensei em todas as pessoas que perdi desde que fiquei doente, nos silêncios constrangedores que surgiam quando eu via algum amigo antigo no bairro. Na minha cabeça, o mundo era dividido em dois grupos de pessoas: aquelas que entendiam e as que não, que talvez nem conseguissem. Eu havia passado anos tentando fazer com que amigos e parentes ficassem do meu lado, mas, depois de um tempo, fiquei exausta. Tinha que proteger a mim mesma. Deixei as coisas acontecerem. Mas eu estaria me enganando se dissesse que em algumas noites não sonhava acordada com alguém do meu passado entrando em contato com uma simples mensagem: *Sinto sua falta. Tenho pensado em você. Desculpa por não saber o que dizer naquela época, mas estou aqui agora.*

— Acho que a única coisa que pode fazer é deixar claro que dá pra contar com você — falei lentamente, pegando meus sapatos e andando de volta para o resort. — E deixar a pessoa confortável para pedir o que precisa. Especialmente no caso de Matt, você vai ter mais oportunidades para abrir espaço para ele. Não é como se só tivesse uma chance em algo como a bipolaridade. Ela é o Arnold Schwarzenegger dos transtornos mentais.

— Você poderia escrever cartões sobre isso — disse ele, trocando a cesta da mão direita para a esquerda.

— Notas de pêsames para listas de espera. Cestas de comida para mudanças de medicamento — falei, abrindo um sorriso. — Vamos lucrar com os contratempos psiquiátricos!

— Você é incrível — disse ele, com uma risada. — Posso ver por que o Matt sente tanto carinho por você.

— Ele não gosta tanto assim de mim — falei e senti meu corpo inteiro ficar tenso.

Vik me lançou um olhar.

— O que quer dizer com isso?

— Não sei — falei. — Não quer dizer nada. É só isso.

Andamos em silêncio e passamos por pranchas empilhadas em prateleiras de madeira, a população de espreguiçadeiras brancas voltando a crescer.

— Quando o Matt falou de você pela primeira vez — disse Vik depois de um tempo. — Pensei que era com você que ele ia acabar ficando.

Meu coração titubeou.

— Por que acharia isso?

— Porque você parecia entendê-lo de um jeito que ninguém mais conseguia — falou Vik, reflexivo. — Eu ligava para ele no hospital e ele soava tão deprimido, então fiz uma lista de coisas para as quais podíamos ficar animados, e era como falar com uma parede. E então ele me contava sobre seus planos elaborados para descobrir quem estava dando mordidas no estoque de chocolate de um cara e a voz dele mudava. Ele ficava esperançoso com o mistério mais ínfimo e mesquinho.

— Foi o Dennis Rodman — interrompi. — Ou pelo menos era um cara que parecia com o Dennis Rodman. Não o entregamos porque não queríamos que ele fosse enviado para o tratamento intensivo. Mas ele teve que comprar uma barra de chocolate nova da máquina pro Jermaine. Matt foi o detetive principal do caso. Ele pegou o roupão do colega de quarto para canalizar o Sherlock Holmes interior.

Olhei para Vik e ele sorriu.

— Pelo jeito esse encontro não vai acabar como a Misa queria.

Eu parei de andar.

— O que quer dizer?

— Bem — disse ele, me olhando com pesar. — Eu realmente gosto de você, Dee. É difícil não gostar. Mas mesmo não sendo grande entendedor de saúde mental, é óbvio que você ainda sente algo pelo Matt.

Mexi os pés até estar em dois buracos frios na areia. Era como se eu pudesse criar raízes finas dos meus calcanhares e ficar plantada ali para sempre.

Vik gesticulou para mim sem saber o que fazer.

— Não quis te magoar — disse ele. — É só que... não quero fazer parte de mais nenhum divórcio. Eles não são tão divertidos como aparentam ser na TV.

Não falei nada, só finquei os dedos dos pés mais fundo ainda na areia.

— Dee? Você planeja contar para ele antes do casamento? — Vik deu alguns passos na minha direção, colocou a cesta no chão e segurou minha mão. Eu não queria que ele me tocasse. Só queria ir para casa. — Não quero que ninguém se machuque.

Eu me senti quente e irritada novamente, mas desta vez, me deliciei com a sensação. Isso afastava seu rosto bonito, meu orgulho ferido e o vento atingindo as folhas de palmeira penduradas.

— O que você diria para o Matt fazer se ele sentisse algo por mim?

Vik pareceu desconfortável e soltou minha mão.

— É difícil prever sem saber as palavras exatas dele.

— Você acha que não sou confiável. Acha que eu nunca poderia me casar com ninguém, não é?

— Dee — falou ele. — Eu nunca disse isso. Nunca diria algo assim.

— Mas é o que todos pensam de mim, não? — Minha voz estava estridente sobre as ondas. Vi Vik balançar a cabeça, dizer outra coisa para contestar, mas tudo o que eu ouvia era uma batida constante na minha cabeça, dizendo que eu nunca melhoraria, nunca escaparia, nunca seria feliz.

— É isso o que pensa sobre si mesma? — disse ele por fim, e eu não falei nada por um bom tempo, as lágrimas caindo pelo meu rosto e arruinando a maquiagem impecável de Tilley.

— Eu só quero ser boa — solucei e Vik abraçou meu corpo murcho.

— Você é boa — disse ele exalando e pressionando o rosto no meu cabelo emaranhado.

Chorei de soluçar em sua camisa de linho até não sobrar mais nenhum som dentro de mim, e nós caminhamos na direção do resort que era meu último recurso. Apesar de ter arruinado mais um encontro e ter exposto o poço de inseguranças que estive escondendo a semana toda, eu me sentia grata pelo sentimento de libertação que tive ao me apoiar em Vik, sentindo a estabilidade de seu braço abaixo do meu.

15

EVERYWHERE

— MICHELLE BRANCH (3:36)

QUANDO VOLTEI PARA o hotel, Matt estava quase dormindo em uma espreguiçadeira no corredor que dava para o meu quarto. Todas as luzes da piscina estavam apagadas, mas era possível ver o brilho do lustre da área externa refletido na água. Havia seis garrafas de cerveja Turk's Head enfileiradas ao seu lado e ele estava assistindo *Games of Thrones* no celular, obviamente esperando por mim. Meu coração despencou. Principalmente depois de desabar na frente de Vik, eu sabia que precisava falar com Matt antes do casamento — sobre seus remédios, meu coração e toda a loucura entre essas duas coisas —, mas realmente não havia imaginado uma conversa tarde da noite e com ele meio bêbado. Tentei passar por ele e fugir para o meu quarto, mas o zumbido robótico da chave do quarto me entregou.

— Ei! Dee! — gritou Matt, virando-se.

Soltei um *xiu!* e fechei minha porta discretamente.

— O que você está fazendo aqui?

— Eu tinha que te contar uma coisa — disse ele, com o olhar turvo. Abriu um texto enorme no celular e o balançou na minha direção. — Eu avancei com meus votos esta noite, e foi tudo graças a você.

— Ah — falei, observando um lagartinho fugir debaixo dos arbustos bem aparados. — Que bom.

— Lembra quando estávamos no hospital? E a mãe da Liz faleceu? E ela conseguiu um dia de alta para ir ao funeral?

— É claro — falei, tentando não cair no poço de tristeza que sempre se abria quando eu ouvia seu nome.

Liz era uma das minhas pacientes preferidas da ala, uma senhora pequena e de cabelos grisalhos com óculos grandes e boca suja. Ela era como um micro-ondas em curto-circuito, alternando entre um calor reconfortante e uma quentura sufocante sem aviso prévio. Alguma coisa sobre sua imprevisibilidade fazia eu me sentir em casa.

Era estranho pensar que alguém da idade de Liz ainda tivesse mãe, mas quando ela recebeu a notícia, agiu de forma surpreendentemente jovial.

— À minha mãe — disse ela durante o almoço, e todos levantamos nossas caixinhas de suco em sincronia. — Ela fez o melhor que pôde, né? — Liz sugou todo o suco caixinha e bateu a embalagem vazia na mesa.

Jermaine a observou da mesa ao lado.

— Ninguém pode repetir no almoço — chiou.

Misa revirou os olhos para ele e virou-se para Liz.

— Acho que tenho um vestido que ficaria ótimo em você, se ainda não tiver decidido o que vai usar — disse ela baixinho. Todo mundo sabia que o guarda-roupa da Liz era vazio.

Já que tantos de nós não podiam mesmo usar as próprias roupas, era fácil esquecer que algumas das pessoas no hospital não tinham família para levar comida da rua, uma troca de roupas ou um livro para ajudar a passar o tempo. Nem mesmo Matt recebia muitas visitas, já que se recusava a deixar a mãe vê-lo naquela situação.

— O que acha dessa? — disse Misa quando fomos ao seu quarto, tirando um vestido preto de algodão de sua última gaveta e o entregando para Liz.

Liz o olhou com desconfiança.

— Eu teria que usar um sutiã com ele — falou.

Sem titubear, Misa colocou a mão na primeira gaveta e tirou de lá um sutiã preto brilhante, mandando Liz para nosso banheiro com ele e o vestido pendurados em um braço. Pensei na intimidade de tudo aquilo e me senti enojada com meu próprio desconforto. O Matt sempre dizia que éramos diferentes dos outros: que sairíamos e não voltaríamos. Eu sempre rebatia, em parte porque isso não era gentil da parte dele, mas também porque eu conseguia me ver anos adiante, ainda encostada na mesma porta giratória.

Depois de se trocar, Liz abriu a porta do banheiro e parou na nossa frente, os braços soltos do lado do corpo. O vestido tinha ficado um pouco grande nela, mas depois de Misa apertar o cinto e abaixar um pouco o tecido, era possível ver as curvas discretas de seu corpo. Ela parecia pertencer àquele vestido... não, não era bem isso. Ela parecia *sentir* que podia pertencer a qualquer lugar. E eu sabia como esse sentimento podia ser precioso e efêmero.

Liz abriu um sorriso largo.

— O fantasma da minha mãe vai amar ele! — cantarolou, e essa era forma como eu havia escolhido me lembrar dela agora.

Misa riu tanto que Matt — dando batidinhas na soleira — colocou a cabeça para dentro do quarto e foi atingido por seu brilho. Ele ficou de queixo caído, e percebi que eu nunca havia visto ela rir daquela forma antes: a cabeça jogada para trás, guarda baixa e coração aberto.

Acontece que era a primeira vez que Matt vira também.

— Hoje mais cedo, quando vi você no vestido da Misa — disse ele, derrubando uma garrafa vazia de cerveja —, eu me lembrei do hospital e do momento em que me apaixonei por ela.

Meu estômago se contraiu e eu apertei a chave do quarto com tanta força que a ponta machucou minha pele.

— Estive vasculhando o meu cérebro à procura de um grande gesto que resuma o que sentimos um pelo outro — continuou —, mas isso não tem nada a ver com a Misa.

Assenti, torcendo para as palavras certas conseguirem sair da minha garganta.

— Ela sempre tira tempo para ações pequenas e atenciosas. O tipo que você nem percebe a importância até olhar para trás. — Ele estava olhando além de mim, através de mim, na direção do futuro que esteve aguardando esse tempo todo. — É isso que eu amo nela. E acho que é algo que se perdeu neste casamento enorme e luxuoso.

Aguardei, mas Matt não disse mais nada. Ficou olhando para a piscina calma, como se sua água pudesse preencher o silêncio esmagador entre nós.

Eu não sei por que pareceu que isso era o fim de tudo… quer dizer, Matt estar apaixonado pela pessoa com quem ia se casar não era nenhuma reviravolta. Era a realidade que todos estiveram tentando enfiar na minha cabeça. Eu havia pensado que era mais inteligente que eles, que via algo que mais ninguém conseguia ver. Talvez a única coisa que eu não enxergava era que ficar esperando por Matt me fez ficar girando no mesmo lugar por um ano inteiro.

— Isso é ótimo. — finalmente consegui falar. — Você sabe por que a ama.

Ele balançou a cabeça lentamente, ainda assistindo às ondulações suaves da piscina.

— Se eu finalmente entendi tudo, por que ainda me sinto péssimo?

Desabei ao lado dele na espreguiçadeira, querendo usar essa resposta para mim mesma. Tentando afastar os pensamentos ruins, arranquei a pelezinha solta da minha cutícula. Matt saiu do devaneio e arrancou minha mão da minha boca.

— Vai deixar pior.

— Às vezes, não acho que pode ficar pior.

Matt segurou minha mão e me absorveu com seus olhos castanhos.

— Já pensou que eu e você deveríamos simplesmente fugir de tudo isso? — falou, a voz falhando nas últimas palavras.

Há alguns meses, essa seria uma fantasia que me aqueceria à noite, que daria algo em que me apoiar nos momentos em que estivesse dominada pelo ódio que sinto por mim mesma. Mas algo naquela simples frase fez meu coração despedaçar um pouco demais.

— Está oferecendo isso de verdade? — perguntei, sem conseguir disfarçar um vestígio de rancor na voz.

— Quer saber, às vezes acho que sim — disse ele, soltando minha mão sem notar absolutamente nada no meu tom de voz.

Eu queria contar o que sempre senti por ele, mas o tocador de discos no meu cérebro arranhou e tocou lentamente, começando a repetir uma sensação familiar que eu não sabia qual era. Tentei me concentrar na forma como ele olhava para mim — como me via de um jeito que mais ninguém conseguia —, mas tudo o que pude invocar foi a sensação familiar de seus dedos entrelaçando os meus, a voz na minha cabeça que implorava: *Por favor, não me decepcione, de novo, não.*

Na noite anterior à qual eu fui expulsa do hospital, eu não conseguia dormir. Fiquei encarando o teto de ladrilho levemente iluminado pela luz misteriosa que vinha do corredor, então decidi fazer uma caminhada para passar o tempo. Eu quase não o escutei conforme andava pelo corredor calçando os chinelos velhos da Tilley.

— Dee? Pode vir aqui um segundo?

Matt estava na soleira de sua porta e me chamou para dentro, depois fechou a porta discretamente quando entrei. Passamos por seu colega, derrubado pelo calmante noturno, nas pontas dos pés. Eu nunca tinha visto ele sair do quarto, nem mesmo para as refeições. Matt se jogou em sua cama de hospital dura e eu me sentei ao seu lado cuidadosamente, os pés mal encostando no chão. Seu rosto brilhava à luz da lua, e eu conseguia ver marcas de lágrimas na barba. Coloquei minha mão na dele, entrelaçando nossos dedos.

— O que está acontecendo? — sussurrei.

Ele exalou profundamente.

— Nada, o de sempre, eu acho.

— Sei como é.

Ficamos em silêncio quando passos lentos e constantes ecoaram do lado de fora da porta. Jermaine estava fazendo a ronda noturna, dando voltas ao redor da estação das enfermeiras com o ombro pressionado na parede. Logo elas o levariam de volta para o quarto.

— Posso perguntar uma coisa? — disse Matt, quando a barra ficou limpa.

— O que quiser — respondi.

— Qual é a primeira coisa que vai fazer quando sair daqui?

Pensei por um momento.

— Sendo sincera? Quero fazer algo bem comum, sozinha. Tipo, fazer um corte de cabelo básico enquanto aguento a conversa fiada por meia hora, mas recebo uma massagem no couro cabeludo em compensação. Alguma coisa tranquila. — Apertei a mão dele. — E você?

Ele murmurou algo olhando para o peito.

— O quê?

— Não consigo imaginar — disse ele, um pouco mais alto. — Estou assustado porque não consigo me imaginar fora deste lugar e todo mundo consegue. Tenho medo de que todos achem que este é meu fundo do poço, mas que estejam errados. Acho que pode ficar bem pior, Dee... Estou sendo medicado agora, mas a cada dia me sinto mais pesado. Estou afundando e não sei como pedir nada além disso. Não sei como.

Ele se apoiou em mim, respirando pesado. Eu queria poder absorver todo o seu sofrimento, queria lhe dar minhas últimas partes imaculadas. Em vez disso, perguntei se ele havia contado ao médico que se sentia assim.

— Não é algo que dê pra resolver durante um check-up matinal de 15 minutos — disse ele, sem emoção. — E eu estou cansado de ser analisado como se fosse um fenômeno climático extremo. Não

quero tomar mais remédios que me entorpecem. Quero melhorar, mas quero continuar sendo eu, entende?

Ele aninhou a cabeça no meu ombro e um calor familiar me atingiu.

— Talvez eles pudessem engarrafar a forma como me sinto perto de você — disse ele de olhos fechados. — Não seria nada mal.

— Concordo plenamente — sussurrei acima da sua cabeça, sentindo-me segura no meu próprio corpo pela primeira vez em anos.

Quando nos encontraram, estávamos deitados juntos em sua cama hospitalar. Eu estava pressionada contra as grades, meu corpo enrolado ao redor do Matt para preencher qualquer espaço que eu encontrasse. Tinha consciência de que havíamos quebrado as regras, mas não me arrependi nem por um segundo. Eu o abracei pelo máximo de tempo possível, relutante em abandonar o conforto passageiro que encontramos juntos. Os enfermeiros gritaram comigo, dizendo que ali era um hospital, não um lugar para achar um namorado. Matt congelou, pálido e quieto. Eles me arrancaram dos lençóis e me arrastaram de volta para o meu quarto, e então enfiaram um comprimido branco com textura de giz debaixo da minha língua. Eu gritei de volta, falei que talvez as coisas seriam diferentes se eles tentassem conversar em vez de dar calmantes. Minha voz ficou rouca e exausta com o esforço que fiz para ser ouvida. Meu travesseiro ficou molhado com lágrimas fúteis.

— Ele só queria conversar com alguém — falei, várias e várias vezes até as palavras perderem o significado para mim. A última coisa de que me lembro antes de cair na escuridão foi o médico do turno da noite de pé em frente à minha cama e sibilando para mim.

— Não me diga como eu devo fazer meu trabalho.

SENTADA EM FRENTE à piscina, pontadas antigas de ressentimento pinicaram minha pele. Meus joelhos tremiam e meu corpo estava tenso. Como alguém poderia ter testemunhado aquela noite e não perceber que eu o amava mais do que a mim mesma? O Matt nunca contou o motivo de eu ter quebrado o toque de recolher para a equipe do hospital. Não disse nada depois de eu ter sido expulsa sem poder fazer o tratamento diário, nem quando ele melhorou, e eu continuei estagnada esperando por ele. Passei o último ano pensando que minha vida era secundária em relação à de Misa, mas talvez a realidade fosse que ela sempre foi secundária à de Matt.

Ele ainda me olhava com se eu detivesse todas as respostas. Estava tão lindo, bêbado e desesperado que meu coração doía, mesmo agora. Mas o desejo que eu costumava sentir lentamente se transformava em algo mais áspero, mais identificável: raiva pura.

— Por que me trouxe aqui? — perguntei, por fim.

Matt franziu o cenho.

— Como assim?

Eu me concentrei em um fio de pisca-pisca pendurado logo acima de mim.

— Quando me convidou para vir, disse que estava contando comigo. Contando comigo para quê? Para dirigir o carro que usaria para fugir das suas péssimas decisões?

Ele me encarou como se eu viesse de outro planeta.

— Estava contando com você para ser minha melhor amiga, Dee. Do jeito que sempre foi.

— Mas acho que isso é parte do problema — falei. — Estou sempre te apoiando, a ponto de parecer que estou definhando. Até o fim desta semana, não vai sobrar mais nada meu para mim ou qualquer outra pessoa.

Ele passou os dedos pela barba.

— Caramba, não achei que estivesse pedindo tanto...

— Você pediu tudo — falei, minha voz fervendo.

— Como assim? Você não está fazendo sentido.

— Estou dizendo que tudo de bom que já tive, dei a você — falei, mal conseguindo conter as lágrimas. — E não tenho nada a que me agarrar há muito tempo e você nem percebe.

— Eu não sei ler mentes, Dee! — disse ele, balançando a cabeça em indignação. — Como queria que eu soubesse que estava se sentindo assim?

— E também tem isso — falei. Uma monotonia incomum adentrou na minha voz, eliminando qualquer chance de voltar atrás. — A única coisa que eu sempre quis e que você nunca me daria. Estava satisfeito em fingir que ela nunca sequer existiu.

Ele redirecionou o olhar para o corredor, e eu parei em frente a ele com o corpo todo tremendo.

— Realmente consegue dizer que nunca pensou que eu poderia querer mais?

As palavras que estive engolindo por meses ecoaram no ar frio da noite. Nunca imaginei que as diria com um ponto de interrogação no final, como uma exigência pela compaixão que eu merecia.

Matt soltou o ar com força, e nem precisou abrir a boca para que eu soubesse a resposta. Eu não conseguia mais olhar para ele, não conseguia passar mais nenhum segundo me sacrificando pelo seu conforto.

— Dee — disse ele, pegando minha mão. — Por favor, só me deixa explicar.

Mas eu sabia que nada que ele dissesse poderia devolver o último ano da minha vida. Eu havia passado meses achando que Matt precisava de mim porque me amava, mas eu era só uma muleta. Só agora podia perceber que cada milímetro de suporte que eu havia oferecido a ele havia me afundado cada vez mais no chão.

Em um instante, as faíscas que costumavam me conectar a Matt se transformaram em uma carga elétrica hostil. Puxei meu braço com força, e ele rolou para fora da espreguiçadeira e caiu no corredor.

— Puta merda — disse ele, segurando a parte de trás da cabeça. — Precisava mesmo disso?

— Isso — falei, limpando as mãos suadas no lindo vestido de Misa — foi por ter feito eu ser expulsa do hospital. E isto... — Chutei a garrafa de cerveja mais próxima para que o líquido atingisse seu corpo caído — foi por esta semana de merda.

Eu me virei e voltei para o meu quarto com passos fortes, batendo a porta alto o suficiente para fazer Tilley acordar e me fazer companhia enquanto eu chorava. O drama se mostrou desnecessário, pois ela já estava agachada atrás da cortina da janela, esperando que eu voltasse.

— Eu acabei de ver você fazendo o Matt cair da espreguiçadeira feito o Humpty Dumpty? — guinchou ela.

Eu me joguei na cama e me debulhei em lágrimas. Tilley subiu em cima de mim e cobriu o máximo do meu corpo que seus membros pegajosos podiam alcançar.

— Bem-vinda ao meu novo bico como substituta de cobertor ponderado — murmurou contra minha escápula. — Eu tô morrendo de orgulho, Dee.

— Tem alguma coisa de errado comigo? — perguntei entre soluços. — Eu simplesmente fiz ele rolar como se fosse uma roda de queijo gigante e fui embora.

— Com certeza, não — disse Tilley, afastando mechas de cabelo ensopadas do meu rosto. — Você só está cansada de bancar a terapeuta voluntária.

Tilley dobrou o corpo na curva das minhas costas e me abraçou até minha respiração se regularizar e eu cair no sono. Mas quando a manhã chegou, não consegui afastar o sentimento de que havia voltado a ser aquela pessoa impossível de se amar que eu era antes do hospital. Queria cutucar minha irmã até a acordar para conversarmos às 6h da manhã, mas pensei melhor e decidi que não fazia sentido pedir que ela repetisse algo que eu não estava preparada para aceitar. Discretamente, rolei para longe da Tilley, que roncava, entrei no banheiro, para me trocar e tirar a maquiagem do dia anterior do rosto, e saí pela porta da frente.

16

UNFOOLISH

— ASHANTI (3:14)

ESTAVA TÃO CEDO que todas as barracas estavam vazias, e enquanto eu caminhava pela passarela de madeira nas pontas dos pés, me perguntei se um dia conseguiria ser uma pessoa matinal — e não só porque acidentalmente caí no sono sem tomar meus remédios e precisava esperar a dose seguinte. Eu não estava muito confiante em comparecer ao casamento do dia seguinte sem o amortecimento que meu antipsicótico fornecia. Era como se tudo estivesse supersaturado: o sol, o azul do oceano, o azul-turquesa das toalhas impecavelmente dobradas em cima das cadeiras brancas. Fui em direção ao recife de corais, me deleitando com cada marca que meus passos faziam na areia recém-nivelada. Eu estava tão concentrada na sensação que mal ouvi Kei, que estava no fim de uma corrida matinal sem sapatos, chamar meu nome.

— Acordou cedo — disse quando me alcançou. — Eles vão liberar a estação chique de *waffles* hoje?

— Seria uma sorte — respondi.

— Então — disse Kei com malícia —, como foi o resto da sua noite?

Parecia que séculos já haviam se passado desde que eu e Vik entrelaçamos os braços e voltamos ao resort, mas apenas alguns segundos desde que eu empurrara Matt da espreguiçadeira. Meu coração estava tão apertado que eu não conseguia entender se tinha feito algo importante ou completamente autodestrutivo.

— Alguma vez você esperou por algo achando que mudaria sua vida, mas acabou que era só mais uma porcaria de obstáculo?

Kei sorriu de lado.

— Alguma vez você já fez uma pergunta apenas para ouvir sua própria resposta?

— Eu sei, sou a pior.

— Segunda pior, já que a Tilley existe — disse elu, parando para dobrar a barra da calça no topo da panturrilha. — Quer caminhar na água?

As ondas atingiram nossos calcanhares, a barra do meu vestido perigosamente próxima da água.

— Durante umas férias de verão, quando estávamos na faculdade — disse Kei depois de um tempo —, eu e Misa finalmente fomos visitar Popoff.

— Onde fica?

— No interior da Colúmbia Britânica, no Slocan Valley — falou, mas, mesmo assim, não me lembrei. Kei olhou para mim brevemente. — É o campo de concentração onde a Obachan morou durante a guerra.

Eu me senti mal por não reconhecer o nome, mas era como se aquele capítulo da história já tivesse sido fechado há muito tempo. Era estranho imaginar que uma mulher com quem eu havia tomado café da manhã no dia anterior revivia esse tipo de lembrança da mesma forma que eu via registros da minha infância, caracterizada por janta congelada, cachorro-quente no almoço e um sem-fim de *A Princesa Prometida*.

— Ela não gosta de falar a respeito — disse Kei. — E meu pai também nunca mostrou muito interesse. Mas, para mim e Misa, Popoff sempre pareceu guardar a resposta da nossa dinâmica familiar: era o segredo de todos os segredos. Eu achava que se eu vivenciasse aquilo, poderia preencher as lacunas existentes entre meu pai, Obachan e eu.

Encontrei as palavras novamente.

— E preencheu?

— Bem eu havia imaginado um fim digno de filme de romance para uma longa história de trauma intergeracional, então... não?

Uma onda subiu e molhou minha barriga.

— Ah... Certo.

— Quando cheguei lá, percebi que não tinha mais nada — disse Kei, e eu quase não conseguia escutar por cima da água. — Agora Popoff é só um campo abandonado. Caminhamos por onde os trilhos da ferrovia passavam e não chegamos a lugar nenhum, e tudo o que eu senti foi um vazio estranho.

— Uau — falei, feliz por nossa conversa ter desviado dos meus sentimentos insignificantes. Eu havia passado tanto tempo obcecada com o que tinha perdido que nunca havia parado para considerar o fardo emocional que as pessoas que me erguiam carregavam. — Você se arrepende de ter ido?

— Quando voltamos para casa, fiquei me punindo por não ter sentido uma conexão maior. Como se aquela viagem tivesse sido minha única chance de encontrar o sentido por trás de tudo que minha família havia passado, e eu tivesse falhado mais uma vez — disse Kei, então parou de andar para olhar para mim. — Mas, então, percebi que isso era parte da experiência que compartilhávamos... finalmente entendi que, de certa forma, quando minha família se comunica, ainda lamenta as lacunas entre nós. Acho que, às vezes, quando você não encontra o que procura, tem que investigar um pouco mais dentro de si.

Pensei em Matt segurando minha mão ao lado da piscina do hotel e a onda de decepção que me atingiu. Pensei em como andar de caiaque com Misa fez com que eu me sentisse mais eu mesma do me sentia em séculos. Meus relacionamentos com os dois haviam sido profundamente moldados nas trincheiras do hospital — de certas formas, eu ainda estava aprendendo como lidar com eles no mundo real. O trauma e a recuperação estavam tão entrelaçados com a história da nossa amizade que talvez eu tenha confundido limites com abandono, dependência com amor e progresso com distância. Esse padrão de pensamento havia se tornado comum com o tempo. Mas, a certa altura, eu havia parado de perceber como esses padrões me prendiam no lugar, principalmente quando se tratava daqueles que eu amava.

— Entendo — falei. — Quer dizer, não é a mesma coisa, mas desde que saí do hospital, parece que estou buscando um tipo de grande epifania que faria tudo valer a pena. Eu não posso desfazer o que aconteceu com a gente, mesmo que conte a história mais incrível que já se imaginou.

— Algumas coisas são simplesmente difíceis — disse Kei. — Não faz sentido fingir que elas não aconteceram ou que não deixaram cicatrizes. A única coisa que você pode fazer é aceitar e deixar que isso influencie o tipo de futuro do qual você quer fazer parte.

Um cardume de garoupas passou por seus calcanhares e eu fugi de volta para a areia. Kei riu de mim, baixinho.

— Quer dizer, você é meio descompromissada, mas acho que já deu alguns passos na direção certa. Não acha?

— Não sei — respondi. — Acho que o hospital me fez ter medo do progresso de outras pessoas, como se eu fosse ser deixada para trás ou algo do tipo. E eu agi assim, sabe, de modo extremamente egoísta, principalmente com a Misa.

— Há um ano, você jamais conseguiria chegar a essa conclusão — disse Kei. — Já é um passo enorme. Acho que quando você passa por poucas e boas com alguém, a relação assume um ritmo capaz de neutralizar mudanças. Você acaba se acostumando com o papel que cada um tem. Quer dizer, desde que comecei a passar um tempo longe de Ana, vi lados dela de que não sou totalmente a favor. E agora tenho que pensar se isso mudaria se voltarmos. Não quero impedi-la de progredir também.

— Acho que é assim que você percebe que realmente ama alguém — falei, pensando se eu conseguiria encontrar a capacidade de oferecer esse cuidado altruísta.

Os olhos de Kei encontraram os meus.

— Acho que sim — falou.

Passamos em silêncio por um balde de areia virado e eu decidi que se fosse começar de algum lugar, poderia muito bem ser dali.

— Você devia escrever uma carta para a Ana — falei. — Fiquei sabendo que é isso que se faz hoje em dia.

— Talvez — disse Kei —, se eu pudesse colocar umas ilustrações bem fodas.

Voltamos para o resort, cambaleando pelas partes mais rasas da água. Retomei o equilíbrio na areia, dando passos cuidadosos atrás de Kei. Quando passamos por um catamarã antigo, Kei se virou e esperou que eu alcançasse.

— Acho que você deveria conversar com a Misa — falou. — Mesmo que não sinta, você está mudando tanto quanto ela. Se apoiar nessa amizade não significa que as duas não possam seguir em frente.

— Eu não quero ser a única que não melhora — falei, evitando fazer contato visual enquanto tirava um pedaço de alga do calcanhar.

— Qual é. A vida é sua. Com quem está competindo?

— Não sei. — Sem o espectro de Matt pairando na minha frente, eu conseguia enxergar minha vida como mais do que era: como tudo que podia vir a ser. Finalmente estava livre para andar no meu próprio ritmo. — Ninguém, eu acho — falei e franzi o cenho. — Merda, queria não ter gastado dois mil em um casamento na praia só pra perceber isso.

— Bem — disse Kei —, é melhor a gente fazer valer a pena se acabando em *waffles*.

QUANDO VOLTAMOS AO Breeze Bay, vimos Elinor conduzindo pessoas para dentro de um carro com destino ao centro turístico. A programação implacável seguia firme, quer eu tenha tido uma boa noite de sono ou não. Ela avistou a mim e Kei quando passamos pela mesa de recepção, seguindo os cheiros flutuantes do bufê de café da manhã.

— Ora, bom dia — disse ela, radiante. — Para onde vão com tanta pressa?

— *Waffles* — disse Kei, sorrindo para Elinor enquanto ia na direção da estação de café da manhã do outro lado da sala.

Elinor observou Kei jogar mistura para *waffle* em uma chapa quente.

— Alguns dos convidados estão indo às compras — disse ela, virando-se para mim. — Mas eu estava querendo levar um dos cachorrinhos do Potcake Place para passear. Quer me fazer companhia?

Ana surgiu de trás de uma coluna grossa, jogando um punhado de gotas de chocolate na máquina de *waffle* de Kei de surpresa. Riram juntes, e pude sentir o carinho do outro lado do pátio. Eu estava prestes a inventar uma desculpa esfarrapada e me juntar a elus, mas então vi Matt ao lado, pegando um *croissant* fresquinho da cesta de pão.

— Claro — respondi rápido e entrei no banco de trás do Land Rover. Washington estava prestes a fechar a porta quando ouvi um par de chinelos batendo contra a calçada.

— Esperem por mim! — berrou Tilley. Ela se jogou no meu colo teatralmente e Elinor riu no banco do carona.

Estacionamos em frente a um pequeno café no centro e saímos da van. De repente, Washington encostou-se na lateral do carro com todo o charme de um modelo da revista GQ e acenou com um excesso de informalidade para uma garçonete que parecia estar limpando a mesa várias vezes apenas para continuar em seu campo de visão.

— É sua namorada? — provocou Tilley enquanto Elinor guiava o resto dos passageiros para a área comercial.

— Te conto assim que eu souber — disse ele com uma piscadela e então foi até a área aberta do café.

Atravessamos a rua para irmos ao abrigo para cães e lá já havia uma fila de turistas apertados embaixo da sombra escassa do toldo vermelho. As crianças cobriam os olhos do sol com as mãos para espiar pela janela, enquanto os pais afastavam o suor da testa. Vários filhotes com manchas marrons, da mesma ninhada, subiam um em cima do outro em uma cesta rosa, enquanto dois cachorros maiores dormiam tranquilos no canto da área cercada. Todos na fila se olharam desconfiados e tentaram calcular a proporção de cachorrinho para humano. Um suspiro de alívio se instaurou quando uma mulher animada saiu pela porta da frente com uma pilha de pranchetas em mãos.

— Vocês vão ficar com a Goose — disse ela quando chegou a nossa vez. — Ela é mais novinha, então só pode ficar fora durante três horas. Vamos dar petiscos e água pra vocês, mas tentem ficar fora do sol quando possível. Essa aqui ama o mar.

Seguimos ela loja adentro enquanto Elinor anotava nossos contatos de emergência e eu e Tilley olhávamos nossa cachorrinha com amor. A Goose tinha pelo curto e caramelo, com orelhas pequenas e um rabinho cor de chocolate entre as pernas. Seu focinho também era escuro, como se ela tivesse acabado de farejar o jardim. Eu me curvei e deixei que ela cheirasse minha mão enquanto a coordenadora a prendia no peitoral gentilmente e dava uma *ecobag* e a guia para Tilley.

— Talvez seja necessário levar ela no colo — adicionou. — É um pouquinho tímida.

Depois de 15 minutos tentando convencê-la a sair debaixo de um banco do parque, acabei colocando Goose no meu ombro e carregando-a até a praia, onde ela logo pulou dos meus braços e correu até a água.

— É uma cadela durona — sussurrou Tilley. — Podemos levar ela pra casa? — Ela saiu correndo pela praia atrás de Goose.

Eu e Elinor estendemos as toalhas de praia e observamos Tilley levantar Goose acima da cabeça como o Simba na Pedra do Reino. Ela girou na água rasa e então foi mais para o fundo para que Goose tivesse liberdade de nadar cachorrinho. Ela riu animada na brisa, sem se importar com qualquer outra pessoa na praia.

— Sua irmã — disse Elinor, arrumando o enorme chapéu de praia —, lembra um pouco eu mesma quando era mais nova. É sempre a que chama mais atenção em um ambiente, não é?

— Sem exceções — respondi, esticando as pernas no sol. — Mas acaba sendo útil… meus médicos morrem de medo dela. Ela é a melhor protetora do planeta, a não ser que esteja com fome. Nesse caso, vira um pesadelo.

— Ela cuida bem de você — disse ela, gentilmente. — E tenho certeza de que você faria o mesmo por ela.

Dei uma risadinha.

— A única ajuda que Tilley já precisou foi para afastar seu cabelo depois de tomar *espresso martinis* demais. Mas, de qualquer forma, ela nunca sai de casa sem um elástico de cabelo no pulso. — Percebi que não estava sendo muito gentil um pouco tarde demais e logo retrocedi. — Enfim, a Tilley é incrível. Tenho sorte por ter ela.

Remexendo na bolsa que o abrigo nos deu, tirei duas garrafas de água e dei uma para Elinor.

— Sabe, estou feliz de ter um tempo só com você. Estava me perguntando se poderia pedir seu conselho sobre uma coisa.

Elinor empertigou-se em um instante.

— É claro, querida. O que você quiser.

— Acho que estou em um tipo de momento decisivo. — comecei, abrindo a tampinha da água e dando um longo gole. — Tipo, eu passei a maior parte do ano passado sendo um desastre ambulante. Machuquei as pessoas ao meu redor e fiz mal a mim mesma. Mas sinto que finalmente estou preparada para as coisas serem diferentes, sabe?

Ela assentiu com os lábios franzidos.

— Mas acha que tem algo te atrapalhando?

— Acho que, no fundo, sempre desconfio das minhas próprias grandes epifanias — admiti. — E por um bom motivo. Da última vez que achei que finalmente havia entendido tudo, acabei indo parar onde não queria.

Foi em setembro do ano passado que Misa mandou a foto do pedido de casamento no nosso grupo de ex-pacientes. Eu estava no meu quarto resolvendo minhas coisas — terminando um teste para descobrir qual dos Muppets tinha minha personalidade — quando, de repente, o mundo desabou. Eu me enrolei em um burrito de cobertores para me proteger do impacto e dei zoom na foto. Matt vestia terno e estava apoiado em um joelho, como se estivesse seguindo um manual do Nicholas Sparks. Misa estava segurando o rosto em uma incredulidade feliz. Eles tinham toda a promessa de um futuro brilhante enquanto eu mal podia imaginar o dia de amanhã. Meu celular apitou, várias e várias vezes, conforme Kei respondia com uma série de emojis cada vez mais animados. Olhinhos de coração. Aplausos. Confete. Meu celular escorregou das minhas mãos, caiu no chão e eu mal percebi. Era como se eu tivesse saído do meu próprio corpo, vendo a conversa se desenrolar.

Uma batida na porta me trouxe de volta, mesmo que brevemente.

— Não entre — falei automaticamente. Tilley entrou mesmo assim, carregando uma pilha enorme de lingerie.

— Acho que minha gaveta de calcinha é amaldiçoada — falou, jogando corpetes, sutiãs alongados e maiôs com buracos estratégicos no espaço vazio da minha cama onde meu edredom provavelmente deveria estar. — Talvez todo esse tecido elástico esteja impregnado da energia ruim dos caras com quem os usei.

Assenti sem falar nada e Tilley semicerrou os olhos ao ver o volume de cobertores que me cercava.

— Certo, o que aconteceu?

— Nada.

Ela não acreditou nem por um segundo. Vasculhou o quarto com o olhar e viu meu celular jogado no chão. Em um instante, ele estava em suas mãos e ela estava lendo meu pior pesadelo.

— Ai, merda — disse, quando terminou. — Sinto muito mesmo, Dee.

Dei risada, uma aspereza surgindo no fundo da minha garganta.

— Que diferença faz? O hospital não deu certo e os remédios também não... por que isso seria diferente?

— Você precisa de sorvete, agora — disse Tilley. — Espera aí um segundo.

Assim que ela saiu do quarto, eu juntei toda a orquestra de medicamentos que mantinha na mesinha de cabeceira e joguei tudo na privada, esvaziando um recipiente por vez. De repente, fui atingida por uma clareza inesperada: se esse pedido de casamento não fosse sinal de que minha vida não estava indo para frente, não sabia o que era. Observei os comprimidos girarem e desaparecem. Não senti nada.

Vesti uma jaqueta leve, coloquei o celular no bolso esquerdo e passei pela minha irmã escondida conforme ela raspava o fundo de um pote de sorvete de menta com gotinhas de chocolate. Caminhei pelas ruas suburbanas vazias sem nenhum propósito real e subi no viaduto que atravessa a via principal de Scarborough. Hordas de carros — acompanhados de algum caminhão eventual — avançavam abaixo de mim e eu os observei com o olhar distante.

Pensando logisticamente, não era difícil se aproximar do barulho apaziguante do trânsito. As sinalizações de saída do viaduto eram presas por uma fina placa de metal apenas alguns metros abaixo de mim. Eu não queria realmente pular. Não me deixaria chegar tão longe. Mas eu queria mergulhar no centro daquele barulho, deixar que dominasse o zumbido insistente dentro da minha cabeça. Coloquei as mãos na grade, me preparando para subir na borda. Os carros começaram a desacelerar, mas eu não me importava. Ninguém podia me impedir de chegar aonde eu deveria estar, nem mesmo o barulho dos pneus na rua atrás de mim. Meu tênis raspou o concreto, e aquele foi o barulho mais satisfatório que já ouvi. Mais um passo na direção do inevitável, *pensei. E foi aí que a música começou.*

A abertura de "I Want It That Way" ressoou pelo viaduto vazio, me arrancando do nevoeiro.

— É a primeira música — gritou Tilley do banco do motorista de seu Fiat vermelho, estacionado na lateral da ponte. — Caso tenha esquecido de que preciso de você por perto. Dois mundos separados é meu cu.

Eu me afastei da grade em um passo vacilante.

— O que você está fazendo?

— Rastreando sua localização, como sempre — cantarolou. — Além disso, estou montando uma playlist *ótima para te ajudar a superar isso. Acho que vou chamar de* Hoje Não, Cacete... *o que acha?*

Era muito mais do que eu merecia. O torpor que estivera aproveitando de repente desapareceu.

— Eu não consigo, Tilley — falei, soluçando. — Não posso recomeçar sozinha.

— É claro que não — disse ela, deixando as chaves na ignição e saltando do carro. — É por isso que estou aqui.

Tilley correu até mim e me abraçou com seus braços esguios até eu mal conseguir respirar. Ela me apertou com tanta força que conseguiu abafar todos os pensamentos ruins do meu cérebro, os olhares vindos dos carros que passavam e até a sirene de uma viatura que se aproximava. Enquanto eu me apoiava nela e os policiais se aproximavam, não pude deixar de pensar em como tinha sorte de ter alguém como ela para me apoiar.

ELINOR COLOCOU A mão em cima da minha e eu me perguntei como poderia explicar que meu cérebro não era sempre confiável, que eu havia aprendido a duvidar de cada instinto.

— É difícil aprender a voltar a confiar em si mesma — disse ela, e percebi que talvez ela também compartilhasse do talento de telepatia entre loucos. — Sério, já passei por isso.

— Eu sei — falei e ficamos em um silêncio confortável. Quando Elinor voltou a falar, pude perceber que estava escolhendo as palavras com cuidado.

— Não dá para esperar que sempre terá a resposta certa ou tomará a melhor decisão — disse ela, parecendo refletir. — Mas eu diria que é muito mais fácil fazer escolhas melhores quando você deixa de se odiar.

— Mas e as pessoas que magoei?

— Nem todo mundo vai te perdoar e não tem problema — disse ela, uma pontada de dor surgindo em sua expressão. — Você tem que amá-los por saberem seus próprios limites e focar no que pode controlar. É a única coisa que pode fazer.

Eu mordi as bochechas.

— Às vezes parece que não importa o quanto eu mude, nunca vou conseguir compensar a bagunça que causei.

— Acha que isso também é verdade no meu caso? — perguntou Elinor ironicamente.

— Claro que não! — falei, meu rosto corando sob o sol. — Espero conseguir ficar como você.

— Acredite, você vem de uma longa linhagem de mulheres que tiveram que aprender a se perdoar — respondeu. — E se quer saber minha opinião, o mundo melhorou para nós. Você está se saindo bem, Dee.

Ela hesitou um momento, afastando uma mecha de cabelo do rosto.

— Apesar de eu ter feito minha futura nora fugir de barco ontem.

— Acho que Misa adoraria ter essa conversa — falei. — Com ou sem pinhos.

Elinor abriu um sorriso.

— Então ainda existe esperança para nós.

No mesmo momento, Goose voltou correndo na nossa direção, puxando Tilley.

— Esta cachorra acha que está no *SOS Malibu* e eu adorei isso — bufou. — Sua vez, Dee.

Tilley me entregou a guia molhada e eu segurei firme, me deixando ser levada até o barulho do oceano. Desta vez, não estava entrando na água à procura de uma fuga. Segui Goose mar adentro e deixei as ondas me atingirem, procurando o passo seguinte em direção ao meu novo normal. Queria me imaginar 10 anos no futuro, falando para uma garota que havia acabado de sair do hospital psiquiátrico as palavras certas que a fariam aguentar só mais um pouquinho. Se eu conseguisse chegar lá, não importaria se estivesse casada, divorciada ou cercada por um bando de cachorros selvagens. Eu saberia que, na próxima vez em que estivesse afundando, conseguiria me manter na superfície. Mas o primeiro passo para esse tipo de futuro era me certificar de que as coisas estavam nos eixos no presente... o que significava que eu tinha menos de 24 horas para acertar tudo com Matt e Misa.

17

FAMILY AFFAIR

— MARY J. BLIGE (4:25)

TILLEY DECIDIU COMEMORAR minha nova decisão de ser uma Pessoa Boa™ com uma garrafa de rosé na beira da piscina, algo que Marco organizou generosamente, apesar de ter ficado confuso.

— Me explica de novo… o que vocês estão comemorando exatamente? — perguntou, enquanto tirava a rolha da garrafa e servia duas taças.

— O fim de uma era — cantarolou Tilley. — Uma era horrível em que Dee tomou decisões cada vez piores por causa de um homem.

Cobri meu rosto com uma toalha de praia.

— Nem me lembre.

Ele deu uma taça para cada uma.

— Então isso não tem nenhuma relação com o casamento?

— Não mais — respondeu Tilley alegremente.

Marco riu enquanto colocava a garrafa meio cheia em um balde de prata reluzente.

— Talvez seja melhor não me contarem o resto da história. Aproveitem a bebida, senhoritas.

Enquanto ele voltava para o hall de entrada, Tilley levantou a taça na direção do céu.

— Por fazer seu antigo *crush* cair de uma espreguiçadeira. — Ela deu um longo gole sem parar de fazer contato visual comigo. — E agora é hora de se desligar de toda essa situação e aproveitar o casamento como deveria ter feito desde o começo: um tanto entediada, mais do que embriagada e em um vestido que deixa seus peitos incríveis.

— Eu me desliguei no aspecto romântico — falei e parei para experimentar o *rosé*. Como sempre, o gosto de Marco era impecável. — Mas eu deveria ter feito o Matt abrir o jogo sobre a medicação para Misa há dias.

Tilley revirou os olhos com tanta força que achei que cairiam da cavidade ocular.

— Então, no começo, você tinha a obrigação moral de separá-los, e agora tem a obrigação moral de fazer eles subirem felizes no altar? Essa viagem está me deixando tonta.

— Sei o que parece...

— Parece ser apenas mais uma desculpa pra ficar sozinha com o Matt. — Ela virou a taça e se esticou para se servir de mais.

— Prometo que não estou cometendo o mesmo erro — falei, em tom suave, e Tilley imediatamente olhou na direção do bar da piscina.

— Tá bom. Então sele o acordo com um *shot* — respondeu. — Não vou deixar você estragar nosso tempo juntas e, além disso, entra no espírito de trocar votos para a vida toda.

— Tá bom — falei, imitando seu tom de voz. — Mas só um.

— Você que manda.

Um tempinho depois, vestidas em camisetas grandes e a parte debaixo do biquíni ainda úmido da piscina, fizemos um voto de irmandade prometendo que invadiríamos o trampolim aquático infantil do hotel vizinho. Demos goles desapressados no *rosé* que restou enquanto passávamos pela piscina vazia, atravessávamos a passarela e pisávamos na areia. Ao longe, era possível ver o trampolim aquático balançando com as ondas, aguardando nossos corpos rebeldes. De olho no prêmio, Tilley me entregou a garrafa aberta de vinho para que pudesse passar rolando pelo chão, evitando ser notada. Eu a inclinei como se fosse uma metralhadora, disparando tiros invisíveis para dar cobertura. Estávamos tão concentradas nos efeitos sonoros e na coreografia que nem reparamos que um ensaio de casamento à luz de velas acontecia a alguns passos, à nossa esquerda.

— Hã, Dee?

A voz de Kei permeou nossa névoa de *rosé* e eu olhei por cima do ombro e encontrei as famílias de Matt e Misa nos observando de boca aberta. Vik balançou a cabeça levemente com os olhos arregalados, enquanto Ana apertava o braço de Kei em um contentamento dramático. Elinor estava tentando não rir enquanto Julie dava um gole elegante no vinho. A *obachan* de Misa, geralmente inabalável, abaixou o garfo por dois segundos para nos encarar e depois voltou a comer. Aquilo resumia nossa intromissão.

Havíamos invadido uma cena de revista: havia uma mesa de madeira longa e minimalista na praia, completa com bancos de couro branco e cercada por velas cilíndricas e um clima geral de extravagância. Os corpos estavam cobertos por linho e renda e o cheiro pesado de desaprovação pairava no ar. Tentei esconder a garrafa de vinho aberta atrás das costas, mas só o que consegui foi bater na coxa com ela, derramando o líquido nas minhas pernas despidas. Tilley nem tentou sair do chão. Ela simplesmente se estirou em posição de estrela-do-mar e ficou parada, como se tentasse impedir que a detectassem.

Enquanto Matt olhava para qualquer lugar que não fosse na nossa direção, Misa levantou-se de seu lugar na ponta da mesa e foi nos cumprimentar.

— Oi, Dee — disse, serena, como se todo mundo tivesse amigos que às vezes se transformavam em ninjas bêbados. — Quer um copo d'água?

— Estão dando uma festa sem nós? — perguntei, talvez mais indignada do que o necessário.

— É só para família e padrinhos — explicou Misa. Ela usava um vestido longo, branco, de crochê e transparente do joelho para baixo. Estiquei a barra da minha camiseta em desespero. — Não tem por que você ficar ouvindo vários discursos além de todo o resto.

Matt manteve o olhar em uma taça cheia de vinho tinto enquanto eu torcia para que ela explodisse em sua cara. Ele vestia uma camisa branco gelo com estampa de tubarão que poderia ter ficado boa se ele tivesse 12 anos. Como tinha esquecido de tomar a medicação de ontem, ainda sentia os espinhos residuais na minha coluna. Era o mais próximo que eu chegaria do meu dinossauro favorito — o estegossauro —, tirando aquela vez que fiquei chapada e pulei as barreiras de corda do museu.

— Quem vai fazer um discurso? — gritou Tilley do chão, de repente ansiosa para se envolver. — Posso fazer um discurso?

— Não acho que isso vai ser necessário — interveio Vik, tentando manter a paz.

Elinor se levantou e foi até Misa e eu com os braços esticados.

— Trouxeram um presente para nós — disse ela sorrindo, e por um segundo, não entendi que ela se referia ao vinho pela metade em minhas mãos. — Que gentileza! Que tal elas se juntarem a nós para a sobremesa, Misa?

— É claro — disse Misa, olhando para os pais. Julie me encarou desconfiada, o que acho que faz sentido depois da situação com o caiaque, e assentiu levemente.

— Não precisa *mesmo* — falei entredentes, mas Elinor já estava gesticulando para Matt.

— Que tipo de anfitrião você é? — repreendeu ela. — Vai buscar umas cadeiras para as meninas.

Matt suspirou e se levantou.

— Vou pegar umas do bar — disse ele, jogando o guardanapo na mesa e olhando para o calçadão. — Dee, pode me ajudar?

— Ela não precisa mais — disse Tilley, finalmente se levantando para poder encarar Matt melhor. — Essa parte da vida dela acabou como... sinceramente, tantos *reality shows* foram cancelados que nem consigo escolher um exemplo agora.

Enquanto minha irmã perdia o rumo do pensamento, Matt assentiu na direção do bar e nós nos afastamos lentamente.

— E lá vai ela de novo — disse Tilley, como se estivesse fazendo uma narração no canal ESPN. — Pronta para destruir mais um breve momento de crescimento pessoal.

Vik andou até a minha irmã e a conduziu gentilmente até seu lugar no banco.

— Gosta de palitinhos de pão, Tilley? Tenho uma cesta cheia deles que posso dividir com você — disse ele gentilmente e então me lançou um olhar curioso por cima do ombro enquanto eu seguia Matt para longe da festa.

Tá tudo bem, gesticulei com a boca e Vik sorriu como se quase acreditasse.

Os barulhos da festa se dissiparam conforme andávamos pelo calçadão em direção ao pátio. Nós nos sentamos desconfortavelmente em dois bancos altos em frente ao bar vazio, a parte de baixo úmida do meu biquíni enganchando no banco em protesto enquanto Matt pegava uma garrafa pela metade de Johnnie Walker Black do bar.

Balancei a cabeça, mesmo que o anestésico familiar pudesse ser útil.

— Não vamos fazer isso assim — falei, feliz por não ter acompanhado o ritmo de Tilley na piscina.

Ele suspirou e guardou a bebida.

— Dee, eu nem sei como começar.

— Você não está tomando seus remédios — falei. — Podemos começar com isso.

Ele deu uma risadinha.

— Eu deveria saber que não conseguiria esconder isso de você.

Cruzei as pernas na cadeira alta enquanto Matt me contava que descobriu que o pai morreu há dois meses. Ele falou sem emoção nenhuma, mas a contração em sua testa o entregou. Eu não esperava que o pai de Matt fosse ao casamento porque sabia que não eram muito próximos, mas nunca pensei que poderia ser porque ele havia partido. Eu mal podia imaginar como era nutrir um ressentimento por tanto tempo e de repente perder qualquer chance de um dia resolver as coisas. Fazia sentido o Matt estar com problemas. E fiquei tão ocupada evitando-o antes do casamento — e depois obcecada por ele e Misa a semana inteira — que acho que ele nunca teve a oportunidade de me contar.

— Eu costumava pensar que quando ele falecesse, eu deixaria de me sentir tão sobrecarregado. Mas quando eu não senti absolutamente nada, comecei a me perguntar se os remédios haviam tirado o sentimento de mim. — Ele colocou a testa nas mãos. — Eu havia passado tanto tempo tentando não ser como ele que, quando ele saiu de cena, acho que acabei esquecendo quem eu queria ser.

— Isso é tão complicado, Matt — falei.

— Desde o acontecido, estive fazendo tudo errado — disse ele. — Escondendo as coisas da minha família, rendendo pouco no trabalho, não encontrando as palavras nas minhas músicas. Sabe como é, né?

— Acho que já ouvi falar de algo assim. — Sorri, mas ele não retribuiu.

— É diferente desta vez — disse ele em voz baixa. — A Misa está contando comigo para ser o cara com quem ela noivou há seis meses. E aquele cara me parece um completo estranho agora. Parei de tomar os remédios para tentar achar o caminho de volta.

— Sei bem como é — falei e hesitei. — Mas você sabe que parar de tomar a medicação não muda quem você é. O que mudou é o fato de você não ter contado essa decisão a Misa.

— Como eu poderia? Ela já estava lidando com tanta coisa entre a família e o casamento. O mínimo que eu poderia fazer era tentar cuidar de mim mesmo pelo menos uma vez. — Ele parou, os olhos brilhando sob as luzes do bar. — E olha até onde isso me levou. Eu causei uma confusão com tudo, Dee. Sinto muito pela noite passada e tudo que culminou nela. Eu não fui justo com você.

Balancei a cabeça.

— Você coloca tanta pressão em si mesmo que isso sempre acaba em um tipo de explosão pessoal que magoa todos ao seu redor. — Percebendo a semelhança óbvia com a minha própria vida, suavizei um pouco o tom de voz. — E não precisa ser assim. Principalmente agora, você construiu uma rede de apoio de verdade. Pode lidar com as coisas de forma diferente.

— Esse problema é meu — repetiu ele. — Posso resolver sozinho.

— Tá na cara que não consegue! — falei, meses de frustração superando minha empatia. — Você ficou tão ocupado protegendo a Misa dos seus sentimentos que nem percebeu que estava colocando esse fardo em mim. E foi bem fácil ignorar meus sentimentos quando você precisava do apoio.

Matt olhou ao redor, constrangido com o volume da minha voz.

— Eu nunca notei...

Balancei a cabeça veementemente.

— Você enxergou o que quis, ofereceu o que lhe era conveniente e não parou para pensar em como isso me afetaria.

Ele exalou com força.

— Mesmo que as coisas fossem difíceis às vezes, eu realmente achei que estávamos ajudando um ao outro a superar — disse ele, arregalando os olhos. — Ou talvez eu simplesmente precisasse acreditar nisso. Mas o hospital, o viaduto... eu deveria ter percebido que me apoiar literalmente quase te matou.

Não falei nada, porque se aquilo era um resumo do último ano, estava bem preciso. Ele me olhou com uma mistura de admiração e arrependimento sinceros.

— Você é minha melhor amiga, Dee — disse, por fim. — De verdade.

Era uma frase que eu já tinha ouvido ele falar muitas vezes antes, mas, desta vez, pareceu um buraco negro absorvendo toda a gravidade ao nosso redor. Matt sentou-se imóvel, encarando a bagunça de garrafas à nossa frente. E eu finalmente fiquei exausta demais para fingir que aquilo era o suficiente.

— Então, deixa eu te falar mais uma coisa — comecei, percebendo que se eu não tinha mais nada a perder, podia muito bem ser honesta sobre a única forma em que nossa amizade poderia continuar. — Se você realmente se importasse comigo ou com a Misa, teria ido atrás de ajuda de verdade, mesmo que isso significasse ter que pedir, em vez de levantar barreiras e se apoiar totalmente em duas mulheres que te amam tanto que estão dispostas a entrar em um buraco para te reerguer.

Quando eu finalmente parei para respirar, Matt colocou o rosto nas mãos e suspirou nas palmas. Vi seus ombros se levantarem e abaixarem e quis abraçá-lo mais uma vez, dizer que minha dor tinha valido a pena esse tempo todo. Mas o impulso foi fraco.

Ele segurou minha mão com tanta força que achei que meus ossos quebrariam.

— Você e a Misa eram as últimas pessoas que eu queria machucar — disse, com a voz rouca, e pela primeira vez desde que saímos do hospital, vi ele chorar.

Ele soluçou com o rosto na manga da camisa social e eu fiquei lá observando. Lutei contra o instinto de dizer para ele que tudo ficaria bem, porque com certeza não ficaria e nós dois precisávamos aceitar isso. Não sei se ele estava chorando pela forma com que me tratou, ou pela Misa, ou se ainda pensava no pai, mas senti que era assim que sempre deveria ter sido...

ele desabafando sem me sobrecarregar, eu segura com o fato de que não precisava ficar lá, mas era o que eu escolhera.

Naquele momento, percebi que qualquer tipo de amor que estivera me atraindo até o Matt não era mais convincente. Não era nem por ele que eu estivera apaixonada. Era pela promessa de uma recuperação fácil e rápida, um atalho no formato de um ursinho de pelúcia humano que vinha com uma enciclopédia dos meus traumas. Uma pessoa que havia me conhecido e cuidado de mim no meu pior momento, fazendo com que eu nunca sentisse pressão para progredir. Mas ao me agarrar desesperadamente ao que era confortável e garantido, quase acabei não enxergando a pessoa que eu poderia ser se continuasse crescendo, se desse uma chance a mim mesma, pedisse pelo que realmente precisava. E acho que, de algumas formas, ele cometeu exatamente o mesmo erro.

Quando a respiração do Matt desacelerou, dei a ele uma pilha de guardanapos do bar.

— Obrigado — disse ele, assoando o nariz no tecido fino. — Não sei como vou conseguir te compensar.

Lembrei do conselho de Elinor.

— Não acho que eu deveria ser a primeira pessoa na sua lista — falei. — Acho que você precisa contar a Misa sobre os remédios.

— Ela vai ficar tão brava comigo.

— Acho que ela vai entender o motivo de você querer tentar. É difícil não tentar achar as partes de si mesmo que se perdem entre vários remédios.

Ele deu uma risada seca.

— Parei de tomar porque queria acreditar que não precisava me reequilibrar para viver neste mundo. Não é a coisa mais insana que você já ouviu?

Eu conhecia pessoas do hospital que sentiam que estavam murchando por causa da medicação, outras tomavam sete comprimidos por dia e ficavam gratos até pelo sol fraco da manhã. Tinha amigos que controlavam os transtornos apenas correndo e fazendo meditação (e eu os odiava um pouquinho). Pessoas de almas lindas que eu conhecia haviam passado por eletroconvulsoterapia e se reestabeleceram, e outras haviam perdido mais do que eu poderia entender. Liz, Harsha, Jermaine, o coro do décimo andar de um hospital de concreto. Meus amigos.

— Sabe, Misa vai te ajudar a passar por isso, sem nenhum julgamento — falei suavemente. — Planos de recuperação são feitos para serem reorganizados de vez em quando.

— E quanto a você? — perguntou, deixando apenas o ar da noite pairar entre nós.

Eu e meus amigos havíamos tentado cortar o açúcar da dieta e simplesmente nos cortarmos, estimulação magnética, falar com cadeiras vazias, fitoterapia, arrancar os cabelos no chão do banheiro, toda terapia existente e ainda não sentíamos que merecíamos viver. Já tive amigos, como Liz, que acreditaram nisso tão piamente que agora não posso mais os abraçar. Todos estamos simplesmente tentando tomar as melhores decisões possíveis, tentando abafar o grito interno que é mais alto do que alguém poderia imaginar. O maior absurdo que já ouvi é quando dizem que não estamos tentando o bastante.

— As coisas não podem voltar a ser como eram. Algo tem que mudar. Para nós dois — falei e finalmente senti que estava saindo pela porta giratória do hospital. Coloquei o cotovelo na bancada do bar para dar uma batidinha suave no dele. — Mas se você conseguir achar um jeito de seguir em frente, por você e pela Misa, pode ter certeza de que vou continuar torcendo por vocês.

Ele abriu um sorriso hesitante e bateu no meu cotovelo com tanta força que meu banquinho cambaleou contra o deque de madeira. Dei risada e segurei a bancada com ambas as mãos.

— Dee — disse ele, limpando os olhos uma última vez. — Não conseguiria imaginar minha vida sem você.

Ouvimos o som de metal arrastando contra o deque atrás de nós e, quando nos viramos, vimos Kei levantando duas cadeiras de jardim acima dos ombros.

— Oi, gente — falou, fingindo não ter percebido os últimos vestígios das lágrimas de Matt. — Achei bom avisar que, apesar dos esforços de Vik, Tilley parece ter alcançado um nível inédito de babaquice causada pelo álcool. Acho que é melhor você voltar para ajudar a dar um jeito nela antes que a Julie cometa um crime.

Dei uma olhada em Matt e então saí correndo do bar e pela passarela, com medo de que, mesmo que eu tivesse conseguido não arruinar o casamento de Matt e Misa, Tilley faria isso por mim.

18

WHAT'S MY AGE AGAIN?

— BLINK-182 (2:26)

Quando voltei ao jantar à beira-mar, Tilley estava embriagada e andando de um lado ao outro da mesa, murmurando palavrões. Vik cruzou o olhar com o meu e deu de ombros, impotente, porque havia um limite neste mundo do que palitinhos de pão eram capazes de resolver. Quando minha irmã me viu com Matt em meu encalço, pareceu perder o último vestígio de civilidade que ainda tinha.

— Terminaram? — esbravejou. Sem esperar por uma resposta, ela marchou até Vik e roubou sua taça de champanhe, levantando-a. Bateu educadamente no cristal duas vezes com a faca de manteiga, e quando ninguém deu atenção a ela, bateu com tanta força que o vidro se quebrou em sua mão.

— Com licença, pessoal — disse Tilley, segurando pedaços de vidro na palma da mão. — Quero propor um brinde.

— Como lidamos com isso? — murmurou Matt atrás de mim. Kei deu de ombros e colocou as cadeiras extras em uma das pontas da mesa, ansiose para desfazer qualquer envolvimento conosco.

— Você se senta e finge que isso é completamente normal — falei baixinho. — E eu vou dar um jeito no Furacão Tilley.

Matt me lançou um olhar agradecido antes de contornar a mesa e voltar ao seu lugar do lado da noiva horrorizada, colocando uma mão apaziguadora em cima da dela. O sorriso de anfitriã de Misa havia congelado em seu rosto, e Vik entregou um guardanapo de tecido para Tilley conter o sangue.

— Você sabe que é apenas um ensaio, né? — murmurou.

— Ah, sei bem — disse Tilley, sorrindo e sangrando ao mesmo tempo. — Estou só ensaiando para me sair bem amanhã.

— Por algum motivo, não acho que ainda estejamos convidadas — falei, ainda olhando para Misa. Todos os outros estavam focados em Tilley, que limpou a mão sangrando na coxa nua.

— Desde o início dos tempos — começou, me ignorando totalmente —, casamentos têm sido uma palhaçada. Pensem neste, por exemplo: o casal de pombinhos fez todo mundo usar o período de férias para se queimar de sol em um evento de seis dias. Além disso, tivemos que comprar os presentes na Williams-Sonoma. Nunca ouviram falar do Walmart?

Julie olhou ao redor à procura de ajuda — talvez buscando algum tipo de segurança —, mas só havia nós e oceano para testemunhar o brinde dos infernos. Enquanto isso, Tilley parou para dar um gole no champanhe, mas percebeu que sua taça era praticamente uma arma de briga de bar. Vik ofereceu um copo de água e ela o dispensou como se fosse a Maria Antonieta.

— Quando Matt e Misa pediram que eu fizesse este discurso...

— Ninguém pediu por isso — comentou Vik para a avó de Misa. — Nem por um segundo. — Ela sorriu educada e engoliu outro pedaço do bolo de chocolate.

— Falei: como eu poderia resumir a história de amor de vocês em apenas uma hora? — Tilley levantou uma mão acima da cabeça dramaticamente, como se estivesse apresentando um monólogo de *Hamlet*.

Os olhos de Kei quase saltaram da órbita.

— Essa garota com sorte vai viver só mais uma hora depois que Julie apanhá-la.

Como deixa, a Mala se levantou... e Misa também.

— Não se preocupa — falou ela, baixinho, e Julie se sentou novamente, observando Tilley como um pavio aceso.

Misa deu alguns passos na direção de Tilley, ainda com seu sorriso educado, mas carregando um jarro inteiro de água. Eu não sabia se ela planejava fazer Tilley beber ou jogar tudo em sua cabeça.

— Tilley, posso falar com você por um segundo? — perguntou.

— É claro — disse Tilley, e logo voltou a fazer seu discurso indesejado. Ela caminhou tranquila para o outro lado, indo na minha direção. — Refleti bastante e entendi por que tantos relacionamentos falham...

Comecei a andar até ela, na intenção de alcançá-la antes de Misa. Seu olhar encontrou o meu e ela continuou, recusando-se a ceder.

— O amor — começou, lançando-me um olhar fulminante — pode deixar as pessoas egoístas.

Parei onde estava, nervosa com seu tom de voz. Pensei nas palavras dela, procurando aquele sarcasmo característico — o vestígio ínfimo de que, como sempre, ficaríamos bem —, mas não encontrei nada. Tirando vantagem da minha breve hesitação, Tilley deu um tapa na minha cabeça como se estivéssemos brincando de corre cotia.

— O amor revela suas prioridades verdadeiras, mesmo que sejam uma merda.

Do outro lado da mesa, Misa se aproximou dela, pronta para interrompê-la.

Tilley avançou em direção a Matt.

— O amor pode nos enlouquecer — disse ela, dando um peteleco na testa dele e depois parecendo levemente envergonhada. — Ops. Acho que não foram as melhores palavras para este grupo.

Vi o corpo inteiro de Misa congelar, mesmo que mais ninguém tenha entendido o comentário.

— Vem. Já. Pra. Cá — sibilei para minha irmã.

Fingindo não me ouvir, Tilley andou até Vik e passou as mãos em suas costas antes de segurar o topo de sua cabeça com as garras. Ele recuou.

— Não é possível escolher por quem você se apaixona — falou, gemendo, soltando-o e se virando para Misa. — Mas é possível escolher por quem você se esforça. E se estiver disposto a fazer essa escolha várias e várias vezes e construir algo que faça você querer sair da cama todos os dias, acho que vale a pena repetir a escolha.

Misa mal reagiu. Ela estava segurando o jarro com tanta força quanto o Hulk, deixando gotas de condensação escorrerem por seu vestido branco. Olhei para Matt à procura de ajuda, mas ele estava olhando para Misa como se estivesse despertando pela primeira vez na semana. Ela não olhou de volta, apenas assistiu a Tilley bater a mão ensanguentada na mesa para causar um efeito dramático.

— Eu sou contra este casamento — disse ela, fazendo uma pequena careta com o impacto —, não só porque é um exagero do caralho, mas porque acho que nada disto é a cara de vocês. Você e Matt construíram sua relação inteira com base em algo que a maioria das pessoas aqui nunca vai entender. Vocês não precisam recriar esse sentimento na frente de uma plateia para que seja real. Sabemos que é! Por que mais acha que Dee não consegue superar o Matt?

O jarro escorregou da mão de Misa, batendo no braço de madeira de uma cadeira e quebrando-se em pedaços no chão. Meu queixo caiu e logo fechei a boca, mas não antes de Misa ter virado a cabeça para olhar para mim. Seus olhos perfuraram o que restou da repressão dos meus sentimentos, deixando-me vulnerável aos sussurros, encaradas e risadas que meu cérebro começou a invocar. Enfiei as unhas com força nas palmas da mão e comecei a contar a respiração lentamente.

Tilley cambaleou e Vik saltou de onde estava para levá-la para longe.

— Misa — gritou ela, resistindo. — Acha mesmo que esta vai ser a melhor semana da sua vida? Ou estamos baixando tanto as expectativas que vocês vão encontrar a felicidade todos os dias depois que isto acabar?

— Começou a filosofar? — murmurou Vik, afastando-a da mesa. Meus pés continuaram presos na areia, carregando o peso do que eu tinha feito com o casamento dos meus melhores amigos.

— Casamentos são buracos sem fundo de dinheiro e as renovações de votos são só um jeito de vender mais parafernália de casamento pra quem já está casado! — Ela ainda não tinha acabado. — Ninguém vai lembrar se a porra das argolas de guardanapo eram folheadas a ouro, e sabe por quê? Porque o amor verdadeiro não tem preço. — Ela finalmente se desvencilhou de Vik e gritou pela praia com os braços abertos. — O AMOR VERDADEIRO VEM COM TUDO INCLUSO!

Houve apenas um pequeno momento de silêncio atônito antes que Ana juntasse as mãos e conduzisse o resto da mesa em um aplauso lento que nunca acelerou da forma que acontece nos filmes. Misa pareceu ficar incomodada com o barulho, os olhos procurando uma saída, mas o corpo congelado.

— Acho que já chega por hoje — disse Julie, ríspida, e até mesmo Tilley ficou quieta. Ela andou até onde a filha continuava parada. — Vou te acompanhar até seu quarto — disse, com uma expressão preocupada no rosto, e Misa assentiu, grata.

Matt se levantou, parecendo um pouco abalado. Ele segurou a mão de Misa quando ela estava prestes a ir embora.

— Vou pegar um chá e um pacotinho de Doritos para você, ok? — disse ele, tentando invocar sua animação de sempre. — Ainda podemos fazer esta noite dar certo. Sei que foi longa, mas sempre tenho colheres o suficiente para te animar.

— Acho que só quero falar com a minha mãe — respondeu ela.

Do nada, Marco surgiu vestindo uma camisa azul-bebê e seu sorriso de sempre.

— Como estão esta noite? Aproveitando o jantar especial?

Ele parou e notou as mãos ensanguentadas de Tilley, o vestido ensopado de Misa e meu olhar de completa vergonha.

— Acho que todos merecem uma bebida por conta da casa — disse por fim, a perplexidade tomando conta de seu rosto.

ENQUANTO MARCO CONDUZIA todos para o bar da piscina, eu e Vik colocamos Tilley debaixo da ducha para (a) fazer ela ficar sóbria, (b) evitar espalhar sangue no hotel e (c) ganhar tempo para pensar em como eu resolveria as coisas com a Misa, que agora sabia o motivo verdadeiro de eu ter vindo a este casamento. Vik segurou Tilley enquanto eu a enxaguava com água fria e ela tremia no ar frio da noite.

— Você tá parecendo um episódio especial de assassinato do *Art Attack* — falei, girando a torneira e tentando evitar me molhar.

— Você também — disse ela, os olhos retomando o foco debaixo da água. Olhei para minha camisa. Havia uma enorme marca de sangue em formato de mão por cima do meu peito esquerdo e manchas aleatórias nos meus braços. — Entra aqui comigo.

— Não quero me molhar — falei, mais grossa do que nunca. — Só quero que esta noite acabe. Eu finalmente estava me resolvendo e você jogou tudo pelos ares, como se não fosse nada, porque, como de costume, precisava ser o centro das atenções.

— Fala sério, Dee — falou, saindo debaixo do jato d'água e usando uma mão para torcer o cabelo. — Sinto muito. Nós duas estamos muito cansadas. E super bêbadas. E nem conseguimos pular no trampolim.

Ela estendeu a mão mutilada para Vik, que a secou com uma toalha de praia. Ele tirou um rolinho de gaze do bolso de trás da calça, um presente útil, cortesia de Marco.

— Pode enfaixar, soldado — disse ela com uma piscadela.

Vik olhou desesperado para o céu.

— A Misa nunca mais vai falar comigo — falei. — E você nem liga.

— Tudo que me importa é que você consiga um pouco de maldito espaço desse trisal tóxico em que está — disse ela. — E, além disso, não vamos esquecer que até ontem você estava tentando roubar o noivo dela! Estava mesmo tão preocupada assim se continuariam boas amigas?

— Não é tão simples! — gritei.

Vik enrolou a gaze na mão dela com paciência.

— Sei que ninguém queria que as coisas acabassem assim, Dee — falou ele —, mas, de certa forma, não é melhor deixar tudo às claras para que vocês possam seguir em frente?

— Exatamente — disse Tilley, voltando o olhar para mim. — Olha, você não pode só tomar uma ducha para irmos para cama? Vai levar cinco segundos. Vou organizar seus remédios e tudo. Minha versão bêbada também conhece a rotina.

— Não — falei, seca, uma raiva conhecida adentrando os ligamentos dos meus dedos. Abri e fechei eles várias vezes, procurando um alívio. — Não preciso tomar banho. Não preciso que você me dê meus remédios. Para de fazer tudo para mim como se eu fosse a porra de uma criança, tá bom? Eu não preciso de você.

Tilley afastou a mão de Vik e a gaze saiu rolando na passarela de madeira. Ele foi atrás, provavelmente aliviado de poder se afastar de nós.

— Dee — falou Tilley —, eu literalmente passei a semana toda bancando a babá. E sinto muito se te envergonhei esta noite. Mas passei os últimos anos da minha vida sendo seu extintor de incêndio humano. Isso não quer dizer nada? Realmente não precisa de mim?

— Se preciso de você? Você acabou de puxar meu tapete!

— Eu estava tentando te ajudar a seguir em frente. Talvez não tenha sido a forma mais elegante de fazer isso, mas às vezes é preciso incendiar as coisas. Como cigarros e multas de estacionamento.

— Eu preciso do Matt e da Misa — falei, baixinho. — Eles são os únicos que entendem.

— Você pode contar comigo — disse ela, segurando minha mão. — Vai sempre poder contar comigo.

— Você não entende — gritei, me afastando. — Nunca vai entender como é se sentir assim.

— Como você consegue dizer que eu não entendo? — berrou Tilley, enquanto Vik andava cauteloso até nós, torcendo para que não sobrasse para ele. — Eu estive em toda consulta médica que você teve desde sua crise. Tiro sua bunda entorpecida da cama, te levo ao hospital, converso com o médico depois de você surtar com ele, e então volto para casa e passo todo meu tempo livre garantindo que você não vai se matar. Todos. Os. Dias.

— Talvez eu devesse abrir um tempinho na sua agenda e me matar, então — gritei e Tilley virou a cabeça tão rápido que achei que poderia cair.

— Não *ouse* usar seu transtorno pra me manipular — disse ela. — Entendo que esteja doente e entendo que esteja sofrendo, mas você precisa se responsabilizar um pouco por si mesma, Dee. Eu tô exausta. — Sua voz falhou um pouco e eu encarei o chão. — Como vou conseguir viver minha vida se estou sempre ocupada com a sua?

No fundo, eu sabia que ela estava certa. Tilley era a única coisa me mantendo firme desde que saí do hospital, e se tinha alguém que merecia receber um desconto, era ela. Mas essa é a questão com transtornos mentais. Aquilo no que você mais se apoia é o que tem maior perigo de se desintegrar aos seus pés. Depois de uma semana de rotinas não cumpridas, péssimas noites de sono, estresse nas alturas e um grande coração partido, aquela parte de mim que a amava acima de tudo não era forte o suficiente para dominar a parte que dizia que eu era inútil e não merecia ninguém, nem mesmo minha irmã. Os espinhos haviam atravessado minha pele e ferido a única pessoa que ainda acreditava em mim.

— Não existe bipolaridade passiva — falei irritada, e Tilley recuou. Fechei as mãos em punhos. — Talvez eu não seja a única que precisa de terapia.

— Quer saber? — perguntou Tilley, baixinho. — Faz meses que eu estou indo à terapia. Sabe por quê?

Relaxei as mãos e olhei para ela.

— Por minha causa?

Tilley balançou a cabeça lentamente.

— Não, Dee. Foi por mim. Mas você nunca consideraria isso, não é?

Ela passou por Vik e seguiu pela passarela, na direção das ondas harmônicas do Oceano Atlântico. Eu a observei caminhar pela noite e toda a energia destrutiva que estivera pulsando em meu corpo se dissipou. Eu estava cansada e sentia que era só uma carcaça, como se pudesse ser levada pela próxima rajada de vento que fazia as árvores balançarem.

— Achei que eu estivesse fazendo a coisa certa — falei mecanicamente. — Desisti dele. Parei de carregar todo esse arrependimento e ciúmes. Mas, de alguma forma, ainda consegui ferrar tudo.

— Eu jamais diria que o ensaio de casamento foi um sucesso — disse Vik, gentilmente —, mas nem tudo está perdido para você. Tilley vai continuar sendo sua irmã amanhã. Você vai ter uma chance de tratá-la melhor, e não tenho dúvidas de que vai conseguir.

— Mas o casamento...

— Sinto que já disseram isso para você antes — interrompeu ele —, mas o casamento não é seu. Se o Matt e a Misa precisarem resolver algumas coisas, vão fazer isso. Tudo o que o resto de nós pode fazer é ajudá-los quando pedirem. Acho que você me disse algo semelhante em relação ao hospital.

Não conseguia definir o que odiava mais: ele ter usado minhas próprias palavras contra mim para provar um ótimo ponto, ou ele estar sendo tão sexy e racional ao mesmo tempo.

Vik assentiu na direção da ducha.

— Eu vou atrás da Tilley. Você provavelmente deveria entrar aí e talvez tirar um tempo para pensar.

Ele seguiu os passos dela pela passarela, desaparecendo na escuridão que cercava a costa.

Antes de secar o cabelo com a toalha e cair no sono no quarto de hotel vazio, contei quatro comprimidos na minha mão, sozinha. Peguei a banana do nosso estoque e dei mordidinhas tristes até ter certeza de que a medicação ficaria no estômago. Um segundo antes de os comprimidos ásperos descerem pela minha garganta, pensei em todas as vezes em que Tilley havia preparado esse ritual noturno para mim, massageando minhas mãos quando eu estava enjoada e afastando meu cabelo quando a banana não tinha sido suficiente.

Mas quando meu estômago se contraiu e eu me vi segurando a porcelana branca 15 minutos depois, sabia que não era só por causa dos remédios. Era pela consciência de que eu havia falado para a única pessoa que sempre esteve ao meu lado que ela não era o bastante. Eu havia repetido isso tantas vezes que, por fim, ela passou a acreditar.

19

YOU GET WHAT YOU GIVE

— NEW RADICALS (5:00)

No dia do casamento, acordei às 7h da manhã com as unhas que pareciam garras de Tilley fincadas no meu braço. Foi uma distração bem-vinda para minha dor de cabeça latejante, culpa do *rosé* da noite anterior.

— Dee — disse ela, encolhida no chão com um braço esticado. Era possível sentir o cheiro de bebida saindo de seus poros. — Fiz uma coisa ruim.

Lembrei da nossa discussão e soube que nada poderia ser pior do que a forma como eu a tratei na noite anterior. Eu me perguntei se deveria pedir logo desculpas ou se era melhor navegar pela nossa trégua desconfortável da única forma que conhecia.

— Na última vez que disse isso, deixou um cozinheiro cortar seu cabelo seguindo as instruções de uma Bola 8 Mágica.

Ela fungou.

— Fiquei parecendo o Robert Downey Jr.

Levantei da cama e me sentei ao seu lado no chão.

— Certo, desembucha.

Tilley se aproximou e respirou no meu ouvido feito um peixe-boi.

— Dee, ontem nós perdemos a aliança da Misa.

— *Nós* quem? — perguntei, levemente enciumada por Tilley ter feito coisas ruins sem mim.

— Depois que você foi uma filha da mãe completa, Vik foi atrás de mim para ver se eu estava bem e nós tomamos uns *drinks* no bar de um resort próximo, e então encontramos uns gatos de rua fofinhos quando estávamos voltando para casa e levamos eles para o spa do hotel vizinho…

— Que ótimo, agora vocês pegaram raiva — falei, como sempre admirada com a capacidade que Tilley tinha de deixar até os homens mais sensatos bêbados o suficiente para tomarem más decisões.

Tilley deu um tapa na bochecha.

— Não importa se peguei alguma coisa, porque a Misa vai me matar!

Meu coração despencou. Além das notícias da minha traição, Misa agora ia dar um chute na Tilley capaz de lançá-la na Lua quando descobrisse sobre a aliança perdida. Não era como se pudéssemos tentar substituí-la. Do jeito que a Misa era, a joia provavelmente era feita de metais sustentáveis e gravada com as digitais deles.

— Certo — falei, respirando fundo. — Onde você perdeu a aliança?

— Eu espero que tenha sido no bar do hotel ou no spa — falou. — Ou, no pior dos casos, foi sugado pala faixa de areia entre esses dois lugares. Não acho que fomos nadar, então provavelmente não é uma situação igual à do colar do *Titanic*. Mas, pensando bem, eu vou acabar no fundo do oceano se a Misa descobrir. Me ajuda na busca, por favor? O Vik tem que fingir que está tudo normal e cumprir os deveres de padrinho com o Matt, então meio que a responsabilidade é minha.

— Seria uma honra — falei, me levantando e estendendo as mãos para Tilley. Ela as segurou e eu a ajudei a ficar em pé. — Sobre ontem à noite…

Ela suspirou.

— Não tem problema, você não estava se sentindo bem...

— Sabe, você é muito, muito boa em criar desculpas para mim.

— Nunca sei como conseguir ficar brava com você, porque já tem que lidar com tanta coisa — respondeu e, novamente, não havia ironia por trás de suas palavras. Apenas preocupação e um pouco de cansaço. — Só quero que fique bem.

— Eu entendo completamente — falei. — E sou muito grata por ter podido me apoiar quando fiquei doente pela primeira vez. Mas isso já faz anos e acho que está na hora de encarar que o meu "bem" talvez nunca seja igual ao que era antes. Isso também significa que preciso aprender a enfrentar as consequências das merdas que faço... sinto muito por ter levado tanto tempo até perceber isso.

Tilley me abraçou.

— Você não é a única culpada — murmurou ela no meu ombro. — Por mais que eu gostasse de ser um escudo humano para seus erros, acho que parte do motivo de eu ter começado a fazer terapia é porque era mais fácil me concentrar em cuidar de você do que reconhecer que eu não estava cuidando de mim mesma.

— Eu me preocupo com você também, sabia? — falei, abraçando-a de volta.

— E deveria — respondeu. Ela me soltou e se jogou na cama macia. — Só foi preciso três sessões para perceber que meu mecanismo de defesa é horrível. Tipo, no nível das ex-estrelas mirins. Basicamente, cheguei à conclusão de que o único momento em que realmente gosto de mim mesma é quando estou com você.

— Que bom que passamos tanto tempo juntas, então — falei, colocando minha mão na dela.

Tilley balançou a cabeça.

— Na verdade, acho que também estive te atrapalhando. Se eu sempre estiver por perto para resolver seus problemas, e você sempre estiver disposta a justificar os meus, como vamos chegar a qualquer lugar?

Ficamos sentadas ali por um momento, deixando as palavras penetrarem.

— Caramba — falei. — Somos péssimas influências.

— As piores — disse ela, sorrindo.

Eu mordi o lábio.

— Então, o que fazemos agora?

Tilley deu uma olhada no relógio da mesinha de cabeceira.

— Primeiro encontramos a aliança perdida e pensamos nisso no voo de volta para casa?

— Combinado.

— Ótimo — disse Tilley. Ela se levantou abruptamente, de repente toda séria. — Agora vai se arrumar. Pode dar uma olhada no spa enquanto eu procuro no bar. Acho que tentamos dar banho nos gatos na última cabine à esquerda, tente entrar lá.

— Quero que repita essa última frase para si mesma.

— Não faça merda — disse ela, espiando a porta da frente em caso de algum sinal de Misa. — Só uma de nós pode entrar em crise por vez. E você me deve umas vinte.

Ela bateu a porta quando saiu e eu não pude deixar de sorrir.

O SOL JÁ tinha dado as caras, mas a maioria dos turistas, não. Para entrar no spa vizinho, passei por cercas bem-aparadas e uma mesa de recepção vazia, decorada com cristais que ofereciam as mesmas promessas vazias que os meus antigos terapeutas. Depois de vasculhar a área à procura de possíveis testemunhas, entrei no vestiário feminino e usurpei um robe de um armário aberto. Perfeitamente camuflada, saí pela porta dos fundos e parei, semicerrando os olhos ao sol.

Este resort estava em outro patamar de relaxamento. Na minha frente, a água de duas cascatas caía em uma piscina em formato de T cercada por cabines privativas e palmeiras. Embaixo de uma pérgula branca enorme, havia um casal queimado de sol deitado em uma espreguiçadeira, de tempos em tempos levantando o tronco para tomar um gole de água saborizada. Eles estavam demonstrando um nível de tranquilidade que eu só achei ser possível com sedativos ou um pote tamanho industrial de sorvete de menta com chocolate. Na verdade, considerando os frequentadores desta praia, eu não descartava o uso de sedativos. Passei nas pontas dos pés pelas cabines denominadas SOL, TERRA, VENTO e FOGO, dando uma olhada para trás antes de abrir o último par de cortinas à esquerda.

Tudo cheirava a óleo de lavanda. De um lado do aposento, havia uma enorme banheira vitoriana com pedaços de algas marinhas flutuando e, no outro, uma mesa de massagem com lençóis limpos. Eu me ajoelhei e levantei os lençóis da mesa na esperança de achar o anel e me redimir pela noite anterior. Mas passos impacientes se aproximaram da cabine, e eu me escondi debaixo da mesa, tentando evitar ser vista.

— Dee? Sei que está aí.

Em um movimento furioso, as cortinas brancas foram afastadas e Misa invadiu meu refúgio roubado. Tive um sobressalto e bati a cabeça na parte inferior da mesa.

— Dee — disse ela baixinho, o que, de alguma forma, era dez vezes pior do que se tivesse gritado. — Pode me contar se tiver pegado a aliança.

— Como é? — Massageei minha cabeça e xinguei baixinho, e então saí do meu esconderijo.

— Sei que a aliança desapareceu e acho que a Tilley está te encobrindo. Você está prestes a surtar completamente — disse ela, tentando colocar panos quentes. Sentou-se na ponta da mesa de massagem e me ofereceu um sorriso fino. — Mas você não precisa passar por isso sozinha. Não está bem no momento. Se tiver pegado meu anel, vou te perdoar.

— Não é possível que esteja querendo atribuir isso ao meu transtorno e não ao meu amor não correspondido pelo seu noivo — falei, me levantando e tentando parecer uma pessoa pelo menos um pouco sensata. — Por que não pode simplesmente respeitar minhas segundas intenções?

— Você está doente, Dee — repetiu ela, com gentileza, e eu quis socá-la.

— Tá, mas eu também estava apaixonada pelo Matt! Sou uma amiga horrível que queria que seu casamento não acontecesse! — Andei até a banheira de algas, coloquei meus dedos na água e espirrei o líquido na Misa. — Por que continua tentando cuidar de mim? Deveria me afogar nesta banheira agora mesmo... sério, aproveita esta chance e nós duas vamos nos sentir bem melhor.

Misa limpou uma gota da bochecha.

— Acho que *você* vai.

Nós nos encaramos por um momento até eu ceder e abrir a janela para arejar.

— Não estou com a aliança — falei na brisa. — Não me orgulho de muita coisa desta semana, mas não mentiria sobre isso.

— Você usou o pretérito — respondeu. — Disse que *estava* apaixonada por ele. Não está mais?

Eu me mexi, desconfortável.

— Não sei como falar com você sobre isso.

— Mas não é isso o que sempre quis? — Seus olhos brilharam e ela cuspiu as palavras como se fossem sementes de girassol. — Que eu parasse de fingir que está tudo bem? Como se atreve a me julgar por querer manter partes da minha vida em privado e depois esconder algo assim por tanto tempo? — Ela olhou diretamente nos meus olhos e eu quis derreter no chão. — Então, aí está sua chance. Vamos conversar, Dee. Me conta como fingiu se importar comigo só para se aproximar do Matt.

— Não foi assim — falei, mas sabia que não era suficiente.

Minhas palavras ecoaram estupidamente pela cabine de madeira e os ombros de Misa encolheram.

— Talvez você estivesse fingindo esse tempo todo — disse ela —, mas eu não estava. Achei que, no fundo, também tivéssemos algo especial.

Depois da minha alta vergonhosa do hospital, fiquei oscilando sem tratamento no hospital-dia e remédios que fizessem sentido. Minha rotina matinal incluía uma medicação para narcolepsia que combatia os efeitos da medicação noturna, o que, segundo a Tilley, era como contratar um assassino de aluguel para neutralizar outro assassino de aluguel (de preferência, os dois personagens seriam interpretados pelo Gerard Butler). Quando Misa recebeu alta duas semanas antes do Matt e duas semanas depois de mim, ela me ligou e perguntou se eu queria visitá-la na casa da Obachan. Eu fiquei muito animada por ter algum lugar para ir.

A Obachan morava em um pequeno bangalô na Kennedy Road, com uma entrada tão comprida que dava até para ficar sem fôlego ao caminhar até a porta lateral. A Misa me contou que as visitas usavam a porta da frente e a família usava a lateral, e eu me senti honrada por estar tão bem acompanhada no segundo grupo. Depois de Misa me deixar entrar, Obachan apareceu no topo das escadas vestindo pantufas rosa e entregou um par para mim. Tirei meus sapatos e pisei no quentinho acolchoado. Misa pegou meu par de Converse surrado e o colocou na escada, a biqueira apontando para a porta.

Misa estava hospedada lá para evitar contar aos pais sobre o hospital-dia e para se certificar de que a avó havia parado de dirigir (ela não tinha, mesmo sem carteira). Ela me apresentou a casa rapidamente: a sala de estar, onde toda superfície possível estava protegida por um plástico transparente, o porão, onde a Obachan guardava papel higiênico suficiente para durar todo o Armagedom, e a sala de TV do avô, que foi mantida exatamente como ele a deixou, com a adição de porta-retratos, seu relógio de ouro e uma urna de mármore com suas cinzas.

Nós nos sentamos com Obachan na cozinha branca reluzente. Suas pantufas deslizavam no chão conforme ela fazia um bule de chá verde e colocava pequenas tigelas de senbei *— um dos aperitivos aprovados por ela de que mais gostávamos — na mesa. Ela dispensou a ajuda de Misa quando tirou o bule pesado da bancada da cozinha. A geladeira estava coberta com ímãs de lugares para onde os netos haviam viajado: Paris, Marrocos, México, Costa Rica e Japão. Perguntei à Obachan se ela já havia ido ao Japão.*

Ela torceu o nariz.

— Japão? Quem quer ir para lá?

A Misa disse que faríamos onigiri *e eu concordei animada antes de fugir para o banheiro para pesquisar o que era isso — bolinhos de arroz japonês, pelo jeito. Bebemos chá enquanto esperávamos a panela de arroz cozido de Obachan esfriar um pouco.*

— Misa — disse ela, em uma voz cuidadosa —, sabe o Toronto Star*? Cortei um pedaço do jornal pra você. Acho que devia ler.*

Ela pegou um recorte do topo de uma pilha infinita de cupons de mercado e edições da Nikkei Voice *e entregou para Misa. Estiquei o pescoço para ler a manchete: "Surto de contaminação de E. Coli em alface-romana causa primeira morte nos EUA".*

— É melhor não comer salada esta semana — continuou, e eu e Misa contemos nossos sorrisos. — Só wakame.

— Claro, Obachan — disse Misa, mas ela já estava empurrando outro artigo na mesa.

— Esse também — disse solenemente e eu observei a expressão de Misa mudar conforme ela absorvia a manchete: "Como falar de saúde mental no ambiente de trabalho".

— Obrigada, Obachan — disse ela, esticando o braço para apertar a mão artrítica da avó, que abriu um sorriso largo e apertou de volta. Meus próprios dedos se contraíram em inveja fantasma.

Quando o arroz esfriou o bastante. Obachan cortou folhas de nori *em três partes com a tesoura culinária enquanto eu e Misa umedecíamos a mão na pia. Enfiamos os dedos em uma tigela com sal e esfregamos os pequenos grãos nas palmas. Obachan ficou em pé atrás de nós e tirou arroz de uma cumbuca de madeira. Imitei Misa, que apertava o arroz morno com firmeza nas mãos, formando um pequeno triângulo, mas deixando um espaço para adicionar uma fruta seca roxa no centro.*

— *É* umeboshi — *disse Obachan como explicação.*

Depois de esconder a ameixa salgada, Misa pegou uma folha fina de alga, a enrolou no bolinho de arroz feito uma capa e entregou para que a avó avaliasse. Ela assentiu e gesticulou para que Misa fosse para a pia fazer o próximo. Quando ela se levantou, a atenção de Obachan se voltou para o meu bolinho de arroz, que parecia mais uma bola de neve deprimente.

Dei mais uma apertada corajosa e virei para a minha amiga.

— *Acho que eu deveria ter entrado pela porta da frente.*

Obachan saiu rindo disso enquanto descia as escadas para pegar mais um pacote de semente de gergelim no depósito. Enquanto ela não voltava, Misa alinhou os bolinhos de arroz em uma fileira perfeita dentro do Tupperware limpinho de Obachan.

— *Estou feliz que tenha decidido vir* — *disse ela.*

— *Eu também* — *respondi, adicionando meu bolinho de arroz à fileira.* — *Minha vida social não está exatamente movimentada no momento. Apesar de um cara com quem fiquei uma vez em um estacionamento ter ouvido falar do incidente na piscina e ter mandado uma mensagem perguntando se eu "precisava de um abraço", junto com um emoji de piscadela, é claro.*

— *Ele parece problemático.*

— *Bem... eu também sou, né?* — *Dei uma risadinha e Misa inclinou a cabeça para o lado.*

— *Acha mesmo?* — *perguntou, de repente séria.*

Peguei outra colherada de arroz enquanto pensava sobre a pergunta. Esse era o tipo de coisa que Tilley me perguntava quando estávamos bêbadas e caindo do sofá da sala, e de alguma forma, isso sempre parecia diminuir a pressão das coisas. Mas na luz do dia, na cozinha de Obachan, no meio de uma produção de boli-

nho de arroz que parecia levemente cerimonial, decidi ser honesta. Afinal, o que eu tinha a perder?

— Acho que faz tempo que não sinto que mereço ser feliz — falei, ignorando a contração do meu estômago. — E mesmo quando sinto uma faísca de felicidade, fico esperando acabar. Sabe, como punição pela forma com que lidei com tudo.

Misa assentiu.

— Sei como é. Fico esperando o momento em que tudo vai entrar nos eixos antes de me abrir para outras pessoas, como se nós não merecêssemos ser amadas enquanto estivermos doentes.

Nunca havia escutado Misa falar da doença dessa forma, como se fosse um fardo que nunca conseguíamos largar. De repente, senti um instinto protetor em relação a ela, talvez porque soubesse que esse tipo de conversa não era tão comum para ela quanto era para mim, talvez porque eu quisesse que ela se sentisse confortável com quem era para que eu pudesse aprender a fazer o mesmo.

Ela enrolou o nori *crocante em uma bolinha de arroz morna.*

— Tenho pensado que estou pronta para dar um passo adiante, mas tenho medo de perder todo o progresso que fiz. Estou começando a voltar a me acostumar a cuidar de mim mesma... e se eu acabar sendo engolida pela pressão que é cuidar de outra pessoa também?

— Não sei, não — falei lentamente. — Hipoteticamente, acho que estar em um bom relacionamento quer dizer que você não se anula pela outra pessoa. Simplesmente aprende as melhores maneiras de cuidar um do outro.

— O que gosto nessa pessoa é que me sinto ao mesmo tempo independente e apoiada quando estou com ele. Ele faz com que eu me sinta confortável em qualquer lugar onde estamos juntos. — Ela riu de leve. — Pode parecer bobagem, mas para uma pessoa ansiosa, isso é bem especial. E dá para perceber que ele se importa com quem está ao seu redor, mesmo que nem sempre encontre as palavras certas para expressar isso. É algo com que, sem dúvidas, me acostumei na minha família.

É claro que eu sabia que ela estava falando do Matt. Mas, de alguma forma, a descrição dela não tinha nenhuma semelhança com a que eu faria. Era como se ela já conseguisse enxergá-lo separado do diagnóstico, para além do sentimentalismo da sala de convivência deteriorada onde nos conhecemos. Ela via Matt por quem ele era, e por tudo que poderia vir a ser.

— Acho que não dá para esperar nos tornarmos versões perfeitas de nós mesmas para abrir um espacinho para a felicidade — disse ela, enquanto colocava a mão de volta no Tupperware da Obachan. Seus olhos encontraram os meus quando ela me ofereceu um triângulo de onigiri *grosso, e nós duas sorrimos. — Fico feliz por ter amizades que me lembrem disso.*

É curioso como nunca pensei naquela tarde como o momento em que tive certeza absoluta de que Misa era minha rival no amor. Talvez seja porque apesar de nós duas nos importarmos tanto com Matt, não estávamos realmente apaixonadas pela mesma pessoa. Senti mais identificação ao descobrir que ela também tinha dificuldade em imaginar um futuro em que era amada mesmo depois do hospital. Eu me senti tão próxima dela, e aquela era uma conversa que eu nunca poderia ter tido com Matt. Porém, quando o tempo passou e Matt recebeu alta, parei de procurá-la e me concentrei na presença dele. Conversas como essa se tornaram apenas uma nota de rodapé em meio à minha obsessão. Eu precisava do tipo de amor explícito que recebia de Matt e Tilley, e não sabia como reagir ao cuidado discreto de Misa. Falhei em ver esses pequenos momentos tranquilos como avanços na trajetória de nossa amizade.

OBSERVEI MISA MURCHAR e desejei saber como consertar as coisas sem depender de palavras vazias. Apesar de todas as grandes promessas que eu e Matt fizemos um ao outro, foi Misa quem continuou me procurando para impedir que eu me afastasse. Eu havia negado seu apoio várias e várias vezes, porque sentia que era impulsionado por um senso de dever e não amor. Mas quem era eu para dizer que o dever não era uma forma de amor? Como aprendi no hospital, muitas vezes estar por perto era o melhor presente que se poderia dar a alguém — e estava na hora de eu cumprir meu dever.

Meus olhos vasculharam o aposento e pararam na enorme banheira de porcelana do canto, que parecia ter saído diretamente de uma edição da *Casa Vogue*. Ela era cercada por uma prateleira esculpida contendo toalhas macias dobradas e fileiras de vasos de planta. Pareceu um bom lugar para resolvermos nossos problemas.

— Quer entrar na banheira? — perguntei.

Misa me olhou como se eu tivesse acabado de pedir para repetir a empada do hospital.

— É isso que faz para ignorar todos os seus problemas?

— Talvez. — Descartei meu robe na mesa de massagem, mas continuei vestida, testando a temperatura da água com a mão. — Está quentinha. Vem se sentar comigo.

Abri a torneira para adicionar mais calor e então entrei com um pé de cada vez. Misa balançou a cabeça enquanto eu me sentava no fundo da porcelana e me encostava com um suspiro.

— Você é maluca mesmo — falou ela. — E sabe como odeio essa palavra.

— Você também é — respondi, balançando os dedos quentes. — Afinal, nos conhecemos em um hospital psiquiátrico.

— Minha internação foi voluntária!

— Ah, foi mal — falei —, quer um prêmio por isso?

Misa franziu o cenho, retirou os sapatos e entrou na banheira comigo, fazendo careta quando a alga envolveu sua panturrilha. Ela se sentou fazendo a água espirrar e me encarou desafiadoramente, a camiseta grudada à pele.

— Tá, e agora?

Respirei fundo.

— Não valorizar a sua amizade é um dos maiores arrependimentos da minha vida adulta, junto com aquela vez em que deixei a Tilley me arrastar para um show do Train. Toda vez que escuto "Hey, Soul Sister" tenho que passar mais meia hora na terapia.

Ela abriu um sorrisinho.

— Fico feliz de estar numa posição tão alta.

— Sempre esteve — falei. — Mas eu me convenci de que você tinha vergonha de se parecer comigo nem que fosse minimamente. Era mais fácil ser dura com você do que admitir que, na verdade, isso era o que eu pensava de mim mesma.

Nós nos sentamos de pernas cruzadas na banheira, sentindo a água atingir nossos peitos. Minha respiração desacelerou e eu apoiei os ombros na borda.

— Eu achava que estava apaixonada pelo Matt — falei. — E desculpa por ter escondido isso de você. Mas, na verdade, eu só queria ter o que você tem. Amor. Melhora. Utensílios de cozinha. Eu não sabia como admitir que tinha medo de ser deixada para trás. Que sua felicidade parecia uma ameaça, mesmo que não devesse parecer.

— Eu nunca senti que era melhor do que você — falou Misa, o braço fazendo barulho na porcelana quando ela se aproximou de mim. — Simplesmente temos habilidades diferentes. Eu costumo não saber lidar com emoções que não me parecem produtivas, mas sempre admirei a forma com que você consegue conversar sobre as coisas difíceis. Isso me ajuda a ver meus próprios sentimentos ruins pelo que são.

— Essa é só uma forma gentil de dizer que eu falo demais.

Os olhos de Misa brilharam.

— E fala mesmo, mas eu gosto. Acaba abafando o que quer que esteja passando pela minha cabeça.

— Ai, meu Deus, eu sou sua Tilley?

— Você é minha amiga, Dee — disse ela. — Mesmo quando tenta não ser.

Observei ela juntar as mãos e deixar a água escorrer por suas palmas.

— Na verdade, você e sua irmã me fizeram um favor ontem à noite. Depois de todo o caos, eu finalmente contei sobre o hospital para minha mãe.

— Uau — falei. — Qual foi a reação dela?

— Bem, no começo, ficou bem assustada. Acho que é o padrão para famílias como a minha: não existem muitas oportunidades para se falar sobre transtornos mentais, e a maioria dos recursos existentes não faz muito sentido — disse ela. — Mas, não sei, passamos um bom tempo conversando e percebi que aquilo que ela valoriza e o que eu valorizo têm mais a ver do que eu imaginava. Tem muita gente na nossa comunidade com problemas de saúde mental, mesmo que ainda não tenham um diagnóstico exato, e é difícil separar isso da história com que minha mãe trabalha.

— Caramba! — falei, sem conseguir deixar o orgulho de fora do tom de voz — Se você e sua mãe começarem a organizar eventos em prol da saúde mental juntas, o mundo nunca mais vai ser o mesmo.

Ela riu.

— Vamos ver o que acontece. Mas, já que estamos sendo honestas, acho que eu deveria te contar que, mesmo antes do casamento, tive mais momentos ruins do que você imagina. Ou talvez mais do que eu gostaria de admitir.

Mesmo depois de toda inveja, ódio por mim mesma e esperanças vãs, saber que Misa estava sofrendo tanto quanto eu não veio com nenhum sentimento de satisfação. Só me aproximou dela.

— Então, onde está agora? Em uma escala de um até péssima?

Seu sorriso não atingiu os olhos.

— Bem, estou escondida em uma banheira e talvez tenha que cancelar o casamento.

— Quando você fala dessa forma, dá pra ver que não é algo que você tipicamente faria — falei. Pensei em como gostaria de arruinar um casamento, com fogos de artifício e uma tarântula à solta. Então percebi que quem tem formas favoritas de arruinar um casamento provavelmente não deveria comparecer a nenhum, muito menos se casar. — Espera, é por minha causa?

Misa colocou uma mão em meu braço.

— Não, não é mesmo. Quer dizer, a sua situação não ajudou, mas é porque Matt mentiu sobre ter parado com a medicação. Ele finalmente confessou ontem à noite.

Em meio a toda a confusão, foi bom pensar que minha conversa dura havia provocado pelo menos uma boa decisão nesta viagem. Mas acho que eu não poderia comemorar muito, porque eu também tinha motivado um discurso de oposição, uma aliança perdida e um escândalo pré-nupcial em menos de 24 horas.

— Você já sabia — disse ela, observando minha expressão neutra.

— Ele precisava te contar — falei suavemente.

Ela assentiu.

— Mas isso deveria ter acontecido há meses.

Não falei nada, porque ela obviamente tinha razão.

— Desde que comecei a planejar o casamento, pareceu que ele estava se fechando. E eu tenho total noção de que vamos ter complicações às vezes. Faz parte de quem somos — falou, com a voz firme —, mas é nesses momentos que precisamos ser honestos. Parte meu coração saber que ele escolheu não confiar em mim depois de tudo pelo que passamos. Tudo o que eu sempre quis é que fossemos uma equipe. — Ela olhou para mim com os olhos marejados.

— Eu sei — falei, segurando sua mão.

Ela apertou com força.

— Se eu soubesse que este casamento arriscaria o que temos, nunca teria desejado nada disso. Talvez tenha sido mais pressão do que podemos aguentar.

Balancei a cabeça.

— Parece que essa era uma conversa que precisavam ter, não importa qual tenha sido o motivo. É totalmente válido querer resolver isso antes de dar o próximo passo com Matt.

— Vou decepcionar todo mundo — sussurrou.

— Não é um problema exigir o que precisa. Especialmente de alguém que te ama tanto quanto o Matt. — Misa ainda parecia incerta, então dei um empurrãozinho. — Esta é sua chance de fazer a coisa certa no lugar errado. Quem liga pra um casamento na praia luxuoso? Não vamos nos prender às circunstâncias.

Misa riu apesar das lágrimas que caíam por seu rosto... aquela mesma risada melódica que havia conquistado Matt no hospital, aquela que agora eu sabia que havia sido conquistada com dificuldade e fazia valer a pena cada centímetro de esforço colocado em nossa amizade complicada. Ela secou os olhos e olhou para mim de coração aberto.

— Com ou sem casamento, depois de tudo que aconteceu, acha que podemos superar isso?

Eu me perguntei se todos nós sobreviveríamos várias vezes. Minhas chances de sobrevivência neste mundo estavam atreladas à força gravitacional da nossa amizade improvável, e eu era grata por isso. Não era apenas nossa aliança desafiadora dentro do sistema médico que me mantinha firme — era a forma como Matt e Misa demonstravam que pessoas como nós poderiam amar e ser amadas de volta, por mais imperfeitos que fôssemos. Se tinha uma coisa em que eu acreditava, era no fato de que os dois mereciam tudo de melhor no mundo e que haviam encontrado exatamente isso, com a trilha sonora de uma sala de recreação da psiquiatria no centro de Scarborough tocando ao fundo.

Deslizei pela porcelana branca e encaixei meu corpo no de Misa, na esperança de absorver toda a dor que eu e Matt causamos a ela.

— Se tem alguém que vai sobreviver, essa pessoa é você — murmurei em seu ombro. A água da banheira esfriou ao nosso redor e eu senti a respiração de Misa se sincronizar à minha, pude escutá-la lenta e estável por cima do barulho da fonte lá fora. Queria oferecer conselhos a ela dignos de revista, e talvez outra fuga de caiaque, mas sabia que não era disso que ela precisava. Em um momento raro de restrição, dei o que ela pediu. Amizade e um silêncio um pouco mais longo do que eu estava acostumada.

De repente, Matt abriu as cortinas. Ele parou em frente à banheira com o rosto limpo e a barba bem-feita, olhando para nós como se estivéssemos tomando um banho juntas de roupa, o que era exatamente o que estávamos fazendo.

— Vocês são malucas? — falou.

— Na verdade, somos — disse Misa, finalmente levantando a cabeça. Ela encontrou meu olhar e sorriu antes de se levantar, a saia pingando em mim.

Matt a ajudou a sair da banheira e esticou uma mão para me ajudar. Eu decidi ser independente e saí pela lateral, quase tropeçando no processo. Peguei uma toalha da pilha e joguei para Misa, que a pegou e começou a se secar.

— Que bom que te encontrei aqui — disse ele, a luz que vinha da janela aberta iluminando os tons vermelhos de seu cabelo. — Porque quero dizer algo que acho que não posso citar nos nossos votos... sabe, se fizermos as coisas do jeito tradicional.

— Não se preocupem comigo — falei, correndo para secar as pernas. — Vou dar o fora daqui em dois segundos.

— Se estiver tudo bem, na verdade, gostaria que ficasse — disse Matt. — Primeiro, porque sei que vai fazer com que eu seja honesto, mas, também, se formos fazer promessas que precisamos cumprir, você seria a testemunha perfeita.

Misa assentiu.

— Você deveria ficar, Dee.

O gesto me comoveu, mas também morri de preocupação por achar que poderia encontrar um jeito novo de estragar as coisas. Respirando fundo, sentei-me na beirada da banheira e canalizei minha Kei interior.

— Ok.

— Misa, me desculpa por não ter sido honesto com você em relação à minha medicação — começou ele, sincero. — Descobrir dessa forma deve ter te magoado muito, principalmente considerando o quanto você se abriu comigo no último ano. Sei que não é sempre fácil para você também.

A Misa não falou nada. Simplesmente dobrou a toalha e depois mais outra, usando aquela mesma expressão teimosa que passei a identificar na Mala. Ele teria que fazer bem melhor que isso.

— Mesmo depois de tudo pelo que passamos, meu cérebro me convenceu de que você me abandonaria se eu não ficasse firme — disse Matt, o arrependimento claro em sua voz. — Era a pior coisa que eu poderia imaginar. Então tomei uma decisão precipitada e comecei a me autossabotar, e pior, arrastei Dee junto comigo. — Ele gesticulou para mim, tímido. — De novo, sinto muito por isso também.

— Ah, é. Eu prefiro participar de confissões sinceras apenas como espectadora — falei, fazendo uma continência constrangedora. — Mas tudo bem. Não perca o ritmo.

— Certo — disse ele, virando-se para Misa, que tinha cruzado os braços na frente do peito. Ele deu passos cautelosos na direção dela. — É difícil explicar, mas eu achava que o único amor que importava era o incondicional. Estava esperando que você me amasse de maneiras que eu não conseguia, em parte para nunca precisar lidar com meus próprios problemas.

— E o que você acha agora? — perguntou Misa, um pouco de gentileza retornando à sua voz.

— Bem — disse ele —, isso pode não parecer muito romântico, mas acho que o tipo de amor de que precisamos vem com condições. Deve ser construído com base em honestidade e respeito mútuos, gentileza e empatia... e se essas necessidades não forem atingidas e cada um não começar a crescer sozinho *e* junto, então isso não será realmente amor. Vai ser dependência.

Ao sair do hospital, todos nos agarramos aos próprios conceitos deturpados do que o amor precisava ser para fazer com que nos sentíssemos completos. Essa ideia havia distorcido nossos relacionamentos verdadeiros. Mas talvez ainda houvesse uma chance de aprendermos com os erros uns dos outros, de aguentar um pouquinho mais.

— O que estou dizendo é que você merece se casar com um cara que esteja tão disposto a se esforçar por si mesmo quanto pelo casamento — concluiu. — E desta vez, sei que posso ser esse cara para você.

Misa olhou para mim e eu tentei enviar coragem por telepatia. Era o momento de ser brutalmente sincera.

— Temos muito o que conversar e muito o que mudar entre nós — disse para Matt, uma pontada de melancolia em sua voz. — Mas se for para ser honesta, não acho que podemos nos casar hoje.

— Você tem razão — respondeu ele, imediatamente. — Não podemos nos distrair com o que todos querem de nós agora. Nossas colheres são limitadas e eu prefiro usá-las para consertar as coisas entre nós e garantir que teremos outra chance no futuro. Mas, tipo, não em um futuro tão distante, porque eu estou bem animado para a parte em que você se muda da casa da Obachan e nós passamos as manhãs de domingo jogando Jenga com *waffles*.

Um sorriso surgiu no rosto de Misa.

— Acho que não tem como argumentar contra isso — disse ela e Matt segurou suas mãos.

— No hospital, nós criamos nosso próprio sistema de apoio porque não podíamos contar com ninguém — disse ele, rispidamente. — Mas estou começando a perceber que fazer parte do que temos também vem com a responsabilidade de resolver meus próprios problemas antes que eles fiquem insuportáveis e te atinjam.

— Toda vez que você me afasta, eu sinto que estou falhando com você — disse Misa baixinho. — E não é justo. Mesmo que tudo ao nosso redor esteja desmoronando, temos que superar isso um pelo outro. Se não, no que mais poderemos nos apoiar para seguir em frente?

Neste mundo, só podíamos contar com a maluquice do nosso amor. A maluquice da nossa amizade. A maluquice da nossa felicidade. Essa era a música que nos impulsionava, mesmo que mais ninguém pudesse ouvi-la.

— Prometo que finalmente estou pronto para fazer as mudanças que deveria ter feito há séculos — disse Matt com sinceridade. — Especialmente se eu considerar continuar sem os remédios, acho que ajudaria se eu tivesse uma rede de apoio maior. Um tipo de plano de tratamento mais equilibrado. Então, hoje mais cedo, Vik me ajudou a mandar um e-mail para alguns grupos de apoio para homens lá do Canadá... para, você sabe, compensar por ter perdido sua aliança. Pequenos passos, né?

— Acho que é um bom começo — disse Misa rindo, e o rosto de Matt se abriu em um sorriso jovial.

Ele colocou uma mecha do cabelo de Misa atrás da orelha dela e passou a falar em um tom de voz mais sério. Ela não desviou o olhar dele nem por um segundo.

— E já que provavelmente vou ficar em uma lista de espera, estava pensando que poderia me voluntariar no hospital com você enquanto isso.

Os olhos dela brilharam e ele continuou, encorajado.

— Eu poderia até ensinar música lá, sabe, para honrar tudo o que nos uniu. Eu nunca quero esquecer como tivemos sorte.

— É perfeito — disse ela, olhando-o de cima a baixo como se ele tivesse acabado de pedi-la em casamento novamente. — Sabe que um plano bom é o meu ponto fraco.

Matt roçou as mãos de Misa levemente nos lábios.

— Quero que as coisas sejam diferentes para o futuro que teremos juntos. Quero estar com você em todos os meus melhores dias, mesmo que não seja possível prever quando eles acontecerão.

— Todos os meus melhores dias são aqueles em que estou com você — disse ela. — É pra isso que estou aqui. E se você estiver pronto para firmar um compromisso não só comigo, mas consigo mesmo, estarei aqui por você.

Incentivado, ele se apoiou em um joelho e os cantos da boca dela se ergueram. Não foi o ajoelhar mais elegante do mundo, mas pela forma com que olhou para Misa, eu soube que ele ficaria naquela posição para sempre se necessário.

— Misa, prometo me sentar com você debaixo da sua luminária triste nas manhãs de inverno. Prometo prestar atenção nos meus próprios sentimentos com tanta intensidade quanto presto atenção nas suas receitas médicas. Você nunca vai precisar usar a medicação de emergência que guarda na jarra de chá — disse ele, e os olhos dela brilharam sob a luz do teto.

— E eu prometo escutar você tocar a mesma dúzia de músicas no violão várias e várias vezes — brincou ela. — Mas saiba que nunca vou me cansar de "Give a Little Bit". Nem agora, nem nunca.

Matt riu profundamente.

— Você diz isso agora, mas quero só ver quando estivermos de volta no hospital. Você sabe que essa é minha favorita. — Seus olhos castanhos ficaram sérios e ele a olhou com amor. — Se ainda me quiser, quero passar o resto da minha vida com você — disse ele. — Mas não espero que me aceite como sou hoje.

— É o que eu quero também — disse ela. Eu os observei com um sorriso largo no rosto, feliz por ter testemunhado a única cerimônia que realmente importava esta semana.

— Misa Nagasaka — disse Matt —, você consideraria se casar comigo daqui a um ano?

Misa o beijou com tanta vontade que ele quase caiu na prateleira de toalhas perfeitamente dobradas ao lado deles. Rindo, ela o ajudou a se levantar e depois voltou a abraçá-lo, algumas lágrimas molhando o tecido passado de sua camisa. Ele sorriu junto ao seu ombro, a abraçando firme.

— Para o bem de vocês, espero que se casem sem festa da próxima vez — falei, secando algumas lágrimas do meu rosto. Pode me julgar, mas não é todo dia que alguém testemunha os dois melhores amigos se apaixonando uma segunda vez.

— Posso prometer isso sem problemas — respondeu Misa, enquanto Matt se afastava e se curvava em frente a ela.

— Com licença, senhorita — disse ele, sedutor. — Você tem cara de quem fez patinação artística por pelo menos 10 anos. Me daria a honra desta dança?

— Hora de dar o fora — falei com um sorriso, me levantando da borda da banheira com um leve resmungo e indo até a saída.

A última coisa que vi antes de fechar a porta foi os braços de Matt circulando a cintura de Misa, a bochecha dele encostada na dela. Não se ouvia barulho nenhum além do gotejo da fonte do lado de fora da janela. Os dedos deles encontraram espaços familiares conforme refaziam os passos, indo na direção de um futuro que ambos podiam enfrentar. Era como se nada mais importasse, e eu me senti grata por isso.

20

ALWAYS BE MY BABY

— MARIAH CAREY (4:18)

COM OU SEM casamento, a festa foi espetacular.

Quando Matt e Misa contaram a notícia, Marco reagiu muito bem para alguém cujo evento grandioso havia se transformado em uma semana de leves traições e confissões do coração. Ele vasculhou o depósito de festividades do hotel e adicionou detalhes coloridos para desfazer a decoração branca. Também sugeriu jogos na praia, canalizando o entusiasmo de uma mãe de classe média ao fim de uma temporada de futebol sem nenhuma vitória. Além disso, doou o bolo de casamento para a igreja da ilha e organizou uma estação de biscoitos de marshmallow para a sobremesa.

— Sinto muito por todo o seu planejamento — sussurrei quando Marco parou para tomar um copo de água no bar externo. — Você vai ficar bem?

Ele sorriu para mim.

— Srta. Dee, sempre haverá outra festa, mas nossa vida é única. Fico feliz que seus amigos estejam fazendo o que é melhor para eles. — Ele começou a empurrar um carrinho cheio de arranjos de flores elaborados na direção da tenda e então olhou por cima do ombro. — E eu vou tentar fazer o mesmo.

— Mais tarde, Washington me contou que Marco foi promovido naquela mesma noite.

Ken e Julie receberam a notícia da mudança de planos na cerimônia com uma calma surpreendente, em parte porque a Obachan insistiu em dar gorjetas altas para toda a equipe do resort para compensar a inconveniência. Ela havia enfiado a mão no fundo da pochete e tirado várias notas de cem, as balançando como se fossem bandeiras de corrida. Como sempre, ela era a maior apoiadora de Misa.

Apesar de as alianças não serem mais necessárias para essa ocasião em particular, Tilley conseguiu se redimir ao encontrar o anel perdido de Misa enquanto nos trocávamos para o evento — no final, ele estava guardado em segurança dentro do bojo do biquíni dela o tempo todo.

— Honestamente, considerando o meu histórico, esse era o primeiro lugar em que eu deveria ter procurado — resmungou. — Uma vez perdi uma câmera digital neste decote.

Por mais que Vik estivesse feliz por ter se safado, ele pareceu um pouco traumatizado pela noite de farra com Tilley. Passou a noite toda fazendo brindes a Matt e Misa com a mesma taça de champanhe morno, mesmo que tenha me desafiado para uma partida amigável de feijão ao alvo depois do jantar.

— Obrigada por ter ajudado Matt a colocar a cabeça no lugar — falei, pegando os saquinhos de feijão espalhados. — Não acredito que pensou que seria ruim nessa coisa de saúde mental. Você foi nosso curinga.

— Depois da conversa que tivemos na praia, eu estava bem-preparado — disse ele com graciosidade. — O fato de Matt finalmente estar pronto para falar comigo também ajudou.

Ele jogou um saco azul por cima da plataforma de madeira ao meu lado, e ele caiu na areia.

— Então, vai vir me visitar em Londres na próxima vez que estiver por perto? — perguntou. — Sabe, agora que não está mais ocupada.

Fiquei corada, mas estava tão queimada do sol que ele provavelmente nem notou.

— Eu adoraria, mas acho que estas férias acabaram com meus fundos para viagens pelo futuro próximo.

Vik pareceu decepcionado enquanto eu jogava um saquinho vermelho direto no buraco do lado dele.

— Por causa do meu trabalho, mal tiro férias também — disse ele, baixinho. — Seria ótimo poder usar minhas milhas para você ir até lá.

— Por que todas as pessoas com estabilidade financeira têm tantas milhas dando sopa? — falei, tentando não revirar os olhos.

Vik abriu um sorriso largo.

— Acho que pra impressionar as pessoas com quem queremos ter um segundo encontro.

— Mas nosso primeiro encontro foi horrível!

— Eu sei — disse ele, gentilmente. — Por isso acho que precisamos de mais um.

A PEDIDO DE Elinor, o casamento foi substituído por uma *céilí*. Em duas fileiras na praia, assistimos a Matt e Misa juntarem os braços e rodopiarem até ficarem tontos, e então revezarem com cada um de nós — Vik e Misa com alturas conflitantes, Tilley tentando arrastar Matt pela areia e eu só querendo abraçar todos eles. Bebemos saquê até só sobrarmos nós na praia, Ken me ensinando como servir com duas mãos e então prendendo um raminho de jasmim branca atrás da orelha de Julie. Enquanto Matt sentou-se com Elinor para lhe contar tudo, Misa e eu vimos Ana colocar uma carta amassada na mochila mais elegante de Kei antes de dançarem lento e se pegarem ao som de "Time After Time".

— Pelo menos o casamento serviu pra alguma coisa — berrou Misa, brindando comigo. — *Kanpai!*

— *Kanpai* — respondi, aproveitando um momento para absorver a cena antes de virar minha bebida. — Não acredito que sobrevivemos a esta semana.

— Esse com certeza é o verbo certo pra situação — disse Misa.

Dei uma olhada na fogueira, onde Julie estava tostando um espetinho de marshmallows para as bolachas de Obachan.

— Por algum motivo, acho que você vai ficar bem — falei. — Mas vamos embora amanhã e eu nem te dei um presente de não casamento.

Misa pensou por um segundo e me deu um empurrãozinho de brincadeira.

— Se quer mesmo me presentear, pode comprar o maçarico da lista. Acho que faz sentido.

— Combinado.

Dando o espetinho de marshmallow para a Obachan, Julie encontrou o olhar de Misa e veio até nós.

— Você tem sorte, sabia? — disse ela, gentilmente. — Minha mãe teria tido uma reação bem diferente se eu tivesse adiado meu casamento. Ela te ama muito.

Misa assentiu, sem saber como responder.

— Às vezes, vejo vocês duas e me pergunto o que estou perdendo. — Ela colocou a mão na boca por um momento, e em seguida a enfiou na bolsa de cetim e tirou de dentro o colar de pérolas da Obachan. — Mas ainda posso descobrir.

— Não precisa… — começou Misa, procurando as palavras certas. — Podemos esperar até a próxima vez.

— Acho que já esperei tempo demais — disse Julie simplesmente. Ela colocou o colar no pescoço de Misa com um sorriso carinhoso. — Mesmo que não tenha se casado hoje, acho que começou sua nova família e estou orgulhosa.

Julie prendeu o pequeno fecho no pescoço da filha e a puxou para um abraço, dando tapinhas fortes em suas costas. Emocionada, Misa caiu em lágrimas pela terceira vez naquele dia, o que era impressionante para alguém que não havia chorado nenhuma vez durante a primeira parte de *Up – Altas Aventuras*.

— Você é muito importante para nós — murmurou Julie no topo da cabeça dela. Eu pedi licença baixinho e me afastei da conversa, feliz em ver Misa finalmente aproveitando férias de família.

MAIS TARDE, MATT e Misa cantaram Supertramp em frente à lareira animada e nós jogamos M&Ms no ar para celebrar a nova vida em conjunto dos dois. Julie balançou ao ritmo da música com os olhos semicerrados e eu me perguntei se ela estava imaginando a origem da música assim como eu, se um dia Misa a levaria para conhecer o lugar onde tudo começou. Depois que Matt deixou os acordes finais da música ressoarem, Kei foi até mim com um prato cheio de *wagashi* coloridos.

— Pode escolher.

Peguei um espetinho de *dango* e dei uma mordida no primeiro.

— Obrigada.

— Então, vai desaparecer de novo assim que voltarmos a Toronto? — perguntou.

— Não — falei com a boca cheia. — Não ficou sabendo? Estou virando a página.

Ao ver a pilha imensa de doces, Obachan andou até nós e sentou-se ao meu lado em um tronco desgastado pelo mar. Ela pegou um *manjú* do prato de Kei e tirou um guardanapo da manga, pronta para não deixar nenhum farelo escapar.

Kei levantou uma sobrancelha.

— Está dizendo isso só porque eu estou com toda a sobremesa? Ou vai mesmo me apresentar a todos os cachorros que leva para passear?

— Eu prometo — falei e desta vez acreditei. Talvez estivesse alguns meses atrasada para o ano novo, mas o meu novo desejo era recuperar o tempo perdido com todas as pessoas que haviam me apoiado durante um ano de completo caos e não me abandonaram.

— Que bom — disse Kei —, porque meio que somos o time da Misa. Quer dizer, é ótimo não precisarmos mais falar em código perto da Mala, mas acho que mesmo assim ela vai precisar de nós.

Abri um grande sorriso.

— Pode contar comigo.

Kei bateu na minha mão e na de Obachan, que até colocou a sobremesa no chão para isso. Era bom sentir que pertencia a um time novamente.

A alguns troncos de distância, Elinor abraçava Misa como se ela tivesse passado 7 anos perdida no mar.

— Não é só você e Matt que ganharam uma segunda chance — disse ela por cima do barulho da festa. — Você nos deu mais tempo também.

— Acho que temos muito a conversar — disse Misa calorosamente e a abraçou com a mesma intensidade. — Só o que precisamos é de tempo.

Enquanto observava o rosto extasiado de Elinor amassado contra o ombro de Misa, percebi que nunca havia visto alguém tão feliz por um casamento ser adiado.

— Agora, você *tem* que me contar — disse Elinor sem fôlego. — Estão pensando mesmo em se casar escondidos? Juro que não vou ficar chateada... acho extremamente romântico. Já pensou na Escócia? O que acha de castelos?

Misa conteve o riso e deu o seu melhor para transitar pela enxurrada de perguntas sobre o futuro casamento, enquanto tentava sobreviver ao que acontecia no momento. Era como Matt havia dito, precisavam dar pequenos passos. Eu não tinha dúvidas de que ela e Elinor também iam se entender.

Quando a noite foi chegando ao fim, eu, Matt e Misa tiramos *selfies* na cabine de fotos antiga que estava na praia, nossos rostos brilhando com uma alegria verdadeira que, há um ano, nenhum de nós pensou que sentiria novamente. Minha cabeça encostada no ombro de Misa. A mão dela segurando a minha. Os braços de Matt ao redor de nós duas, nos unindo. Nosso sorriso era tão largo quanto a orla. Queria que tivéssemos uma foto da noite em que nos conhecemos. Mas a forma como escolhi me lembrar daquele lugar e de quem eu era não podia ser capturada pelos *flashes* de uma câmera. Eu só precisava fechar os olhos por tempo suficiente, e estaria lá.

NÃO TIVE CHANCE de falar com Matt novamente até que nossas malas estivessem prontas e esperando a carona de Washington no hall de entrada. Eu o vi se despedindo de Elinor, que havia decidido adotar Goose depois de descobrir que teria que esperar pelo menos mais um ano pela chance de ter netos. Quando o carro dela foi embora, dei um tapinha no ombro de Matt, que vestia uma camiseta florida.

— Tem um minuto? — perguntei.

— Claro — respondeu enquanto íamos para o estacionamento meio vazio. — Só o que tenho na agenda é um lembrete de que fazer uma festa de casamento de uma semana reduz muito as chances de realmente subir ao altar. Mas quer saber? Acho que no final tudo aconteceu como deveria.

— Estou muito feliz por você — falei, tentando olhar para ele, mas cerrando os olhos por causa do sol. — E não é mais fingimento. Acho que está fazendo a coisa certa para você e para a Misa.

— Espero que sim — falou ele, e hesitou. — Já se perguntou como saberemos quando realmente melhorarmos?

Sentei-me no meio-fio e pensei a respeito.

— Eu costumava pensar que nunca chegaria a esse ponto porque sou uma pessoa ruim, mas agora acho que nunca chegarei a esse ponto porque ele não existe. Só o que existe é um sentimento de que há mais passos a serem percorridos do que você já deu. Eu só tenho tempo para pensar nisso na maioria dos dias.

— Caramba, Dee. Que soco no estômago. — Matt sentou-se ao meu lado no meio-fio e me deu um tapinha nas costas. — Então, vai deixar eu te compensar? Os sorvetes deste ano são por minha conta.

Deixei as vibrações do toque dele me atingirem uma última vez e então me firmei.

— Acho que preciso de mais tempo — falei, olhando para ele.

Matt suspirou.

— Fiquei com medo de que fosse falar isso. Eu só não quero te perder.

— E eu não quero perder você também. É por isso que preciso estabelecer alguns limites. — Parei, franzindo a sobrancelha. — Uau, pelo jeito aprendi pelo menos uma coisa útil na terapia.

Matt abriu um sorriso.

— Posso aceitar isso.

— Tudo pelos sorvetes futuros — falei, sendo sincera.

— Posso te deixar com uma música para lembrar na viagem? — perguntou ele, com um brilho brincalhão no olhar.

Estendi o braço. Ele o segurou e logo começou a batucar um ritmo que eu não conseguia reconhecer.

Franzi o cenho e ele continuou a batucar.

— Espera o canto responsorial — prometeu. — É o orgulho da Escócia.

Meus olhos brilharam.

— Está dizendo que nosso novo hino de pós-internação é *500 Miles*?

— Pelo jeito eu tenho muitos passos a dar no futuro — disse ele, sério. — Não seria ruim ter uma música-tema para acompanhar.

Sorrimos o suficiente para percebermos que ficaríamos bem, talvez não imediatamente, mas provavelmente quando Misa convencesse o hospital a organizar uma reunião para nós ou algo assim. E vai saber que sabores de empada serviriam a essa altura: talvez de espadarte ou de picanha wagyu? Talvez eu pudesse fazer uma e levar, como em uma festa americana. Tudo era possível para uma garota com transtornos mentais, grandes sonhos e uma caixa de massa de torta congelada estocada no fundo do freezer.

Quase perdemos o voo porque Tilley estava experimentando óculos de marca em uma loja do aeroporto.

— Estou parecendo a Jackie Kennedy ou a Nicole Richie nos anos 2000? Quer saber, quem liga... as duas são maravilhosas — falou enquanto eu a arrastava até os portões. Mal havíamos sentado no avião quando minha irmã começou uma picuinha com a mulher sentada ao meu lado, que estava tricotando com os cotovelos extremamente para fora. Tilley fez nós três nos levantarmos para que pudesse trocar de lugar comigo, então abaixou o braço da cadeira entre ela e a tricoteira ofensiva com um olhar direto.

— Valeu, Til — falei, dando um empurrãozinho.

— Aposto que ela trouxe umas quatro malas de mão — murmurou Tilley —, vou atropelá-la com minha mala quando estivermos na esteira.

— Você sabia que eu te amo? Você é minha melhor amiga da vida.

— Não vem dar uma de sentimental comigo, Dee — respondeu. — Lembra aquela vez que você chorou enquanto assistia um comercial de carro? Fez eu perder um pouco do meu respeito por você.

— Você me respeita?

— É exatamente desse tipo de coisa que eu estou falando.

Quando me levantei para ir ao banheiro mais tarde, encontrei uma aeromoça e acabei com o restinho de limite que eu ainda tinha no cartão de crédito para pedir uma taça de champanhe gelada para Tilley. Infelizmente, eles não tinham Fanta para acompanhar.

— Pelo que é isso? — perguntou ela, segurando a taça com cuidado enquanto eu me sentava.

— Por tudo — falei e hesitei. — Bem, talvez para comemorarmos um pouco também.

Ela deu um gole na bebida.

— Tô dentro. Vamos comemorar o quê? Você ter parado de usar rabo de cavalo baixo?

— Acho que finalmente vou me inscrever para alguns cursos quando voltarmos para casa — falei, ignorando a implicância de sempre. — Talvez realmente aprender a adestrar cachorros, transformar meu bico em um emprego de verdade, mandar imprimir alguns cartões de visita bonitinhos...

— Espera aí — interrompeu Tilley. Ela colocou a taça de champanhe na mesa dobrável. — Por que do nada está querendo dar uma de *girlboss* no seu bico? Você passou por muita coisa esta semana... Não quer tirar um tempo para se recuperar?

— Mas eu preciso seguir em frente para não te atrapalhar — falei.

— Verdade, mas não precisa fazer tudo de uma vez — respondeu ela, levantando uma sobrancelha para mim. — E também não precisa ter todas as suas ideias importantes depois de crises emocionais. O que acha de fazermos uma única mudança razoável quando voltarmos para casa?

Engoli um nó na garganta.

— Você quer que eu vá morar sozinha?

— Eu disse *razoável*! — berrou ela e então deu uma batidinha nos lábios com a unha bem-pintada. — Mas acho que pode começar a pagar parte do aluguel. E talvez começar a fazer um curso para ver se ir às aulas ainda te faz queimar feito um vampiro ao sol.

— Combinado.

Tilley olhou para a taça de champanhe pela metade, colocou a língua para fora, e a empurrou na minha direção.

— Além disso, preciso de você por perto para garantir que não vou abandonar a minha mudança também. E, falando nisso, bebe o resto pra mim?

— Claro — falei, pronta para o que quer que fosse seu novo normal.

Tilley recostou-se e fechou os olhos, como se estivesse meditando.

— Uma coisa boa é que agora que você escapou do vórtice do hospital e tem outras pessoas além de mim para te apoiar, sinto que também posso ser mais honesta sobre o que estou passando.

— Eu sempre vou te apoiar — falei, terminando a bebida e entregando a taça para uma aeromoça —, menos quando envelhecermos e eu morrer primeiro.

— Talvez não morra — falou ela, rindo. — Você tirou pelo menos uns dez anos da minha expectativa de vida só esta semana. Mas não se preocupe, vou deixar você se redimir.

Sorrimos uma para outra e eu me deitei no banco, sonhando com o meu último dos últimos recursos. Desta vez, eu não precisava de chefes com estrela da Michelin ou esportes de gente rica para me convencer a permanecer fixada à terra. O "bem-estar" não me servia de nada quando longe da bela bagunça que era minha própria vida. Eu sabia que conseguiria encontrar exatamente o que precisava em casa, cercada pelas pessoas que eu amava. Existiam possibilidades para uma garota maluca com uma rede de apoio estável. Eu poderia ir atrás de um médico diferente, que talvez me escutasse com um pouco mais de atenção. Poderia dar uma olhada no centro médico que ficava entre a casa de crédito e o melhor restaurante de frango marinado da zona leste. Eu podia me imaginar indo lá entre os passeios com os cachorros com Kei, entre maratonas de filmes com a Tilley, a caminho de casa depois de visitar a Obachan com a Misa. Eu até podia imaginar uma ida ao Wendy's ou uma visita a

Londres quando estivesse com coragem. O local não importava tanto quanto o sentimento de que eu era sortuda por ter recebido o amor que recebi, e não esqueceria disso novamente.

Enquanto Tilley colocava uma reprise de *Real Housewives* para assistir, eu olhei pela janelinha do avião, observando o mar de nuvens brancas abaixo de nós. Tive um vislumbre do meu próprio reflexo... o cabelo ainda levemente ondulado por causa da festa da noite passada. O hidratante labial com cor favorito de Tilley tingia meus lábios e bochechas, o vestígio de um sorriso surgindo no meu rosto queimado pelo sol, mesmo que eu estivesse voltando para uma vida que um dia pensei que não daria em lugar algum. Quando estava no hospital, eu ficava tão concentrada em simplesmente chegar ao dia seguinte que esquecia de imaginar como os futuros anos se desdobrariam. É claro que ainda havia uma longa estrada pela frente, mas, pela primeira vez, isso pareceu quase um presente: mais tempo para rir, chorar, cometer erros (sem dúvidas), mas também para finalmente colocar as coisas nos eixos. Eu me perguntei se, daqui a um ano, as pessoas e lugares em que eu me apoiava seriam os mesmos. Pensando bem, talvez seria eu a mudar, me transformando em um ombro amigo melhor para quem passou tanto tempo me ajudando — para Tilley, principalmente, e para mim mesma. Isso, sim, era algo pelo qual valia a pena crescer.

AGRADECIMENTOS

Através de sua jornada de um quarto solitário de hospital, para uma tese de mestrado caótica em belas-artes, até se tornar o tipo de história que eu gostaria de ter tido a oportunidade de ler há 10 anos, este romance foi tratado com muito carinho por várias pessoas.

O primeiro manuscrito desta obra surgiu com o apoio dos meus incríveis colegas do programa de mestrado em belas-artes da Universidade de Guelph e a mentoria dedicada de Kyo Maclear, que é tudo o que almejo ser um dia como escritora e professora. Também devo minha gratidão infinita a Catherine Bush, Michael Winter, Mona Awad, Blake Morrison, Carrianne Leung, Amy Jones, Farzana Doctor e Greg Rhyno, por terem sido tão gentis e encorajadores enquanto eu me preparava para colocar meu livro devagar e sempre no mundo editorial.

Antes de me sentir preparada para escrever sobre minha própria internação, tive sorte de encontrar um espaço seguro onde pude compartilhar meus segredos mais profundos (e minhas piores piadas): o programa de escrita criativa da Universidade de Toronto em Scarborough, instruído pelos incríveis Daniel Scott Tysdal e Andrew Westoll. A toda a minha rede de apoio em Scarborough — especialmente Chelsea La Vecchia, Oubah

Osman, Téa Mutonji e Natasha Ramoutar, que leram a crônica original no nosso grupo de escrita há anos —, muito obrigada por sempre me darem um lugar para chamar de lar. A Sheryl Stevenson, que disse que eu escreveria uma comédia romântica bem antes de isso passar pela minha cabeça: obrigada por reacender meu amor pela literatura e me acompanhar nesse caminho por tantos anos.

Não há dúvidas de que este livro não existiria sem minha equipe da Bell Canada, que não só apoiou minha decisão de trabalhar em meio período e correr atrás do meu maior sonho, mas também me ajudou a abrir um caminho para outras histórias como a minha, com a campanha em prol da saúde mental Bell Let's Talk. A Mary Deacon, Clara Hughes, Michael Landsberg e as equipes de investimento ético e comunicação corporativa, atual e passada, obrigada por me oferecerem o espaço necessário para que eu crescesse. E um obrigada especial a minha eterna dupla de trabalho, Miri Makin, cujos comentários realmente levaram minha experiência editando um manuscrito a outro patamar.

E, é claro, *Nunca Estive Melhor* não teria chegado tão longe sem as pessoas maravilhosas que deram uma chance para esta história estranha e incrível. Minha agente, Jackie Kaiser, que manteve contato comigo por anos depois que minha tentativa de suicídio atrasou meu primeiro manuscrito — mal posso acreditar na minha sorte em ter você, Meg Wheeler e o Westwood Creative Artists ao meu lado. Sou igualmente grata ao meu incrível time na HarperCollins Canadá: Iris Tupholme, Julia McDowell e Mikaela Roasa, que trabalham junto (e pacientemente) comigo para transformar esses personagens em suas melhores versões, e também a Zeena Baybayan pela ilustração da capa. Um enorme obrigada também às minhas editoras Kate Dresser e Tarini Sipahimalani, ao designer de capa Christopher Lin e a toda a equipe da Putnam Books, cuja energia positiva e olhar editorial aguçado fizeram com que eu me apaixonasse por este livro novamente. Às minhas incríveis equipes de marketing e publicidade na HarperCollins (Cindy, Neil e Kristina) e na Putnam (Emily, Kristen e Jess), lançar um livro não teria sido tão divertido sem o apoio de vocês.

Também devo um imenso obrigada a meus colegas e estudantes na Universidade de Toronto, que fazem com que a vida de escritora seja bem mais divertida do que um dia imaginei. A meus estudantes do Grupo de Escrita para Pessoas Racializadas da Faculdade de Trinity: os próximos são vocês! Obrigada especialmente a Sidrah Rana por compartilhar seu imenso conhecimento sobre o universo editorial e apoiar *Nunca Estive Melhor* em um momento tão crucial. E também a Abbie, minha supervisora de doutorado na OISE, por me ajudar a equilibrar docência, pesquisa e um romance, ainda tentando ser uma pessoa levemente racional.

É importante dizer que eu não estaria aqui (literalmente) sem a equipe médica que me ajuda desde minha internação em 2013: Dr. Sinyor, Dr. Hershkop, Natalie e Karen, e minha primeira equipe diagnóstica da Clínica Shoniker em Scarborough. Tenho sorte de estar vivendo uma vida que nunca pensei estar ao meu alcance.

Indo para um lado mais pessoal, obrigada a Rob, por ter sido meu melhor amigo no pior lugar do mundo. A Brad, por compartilhar todas as suas melhores histórias de Scarborough. A Bing, pelos desabafos, e Rianne, pelas noites que passamos assistindo ao *The Bachelor*. A Sen, Nico, Joy, Michael e os escritores do grupo Mata Ashita, por me ajudarem a encontrar a comunidade nipo-canadense de que sempre quis fazer parte. A Adam, por ser um ótimo parceiro de corrida e especialista em *reality shows*. A Meg e Rohan, por organizarem o melhor piquenique de todos e darem ao Vik o abdômen que eu nunca vou ter. A James, por sempre perguntar como estou. E a Oubah novamente, por sempre me fazer rir. A Gabs e Hails, por serem as melhores meias-irmãs do mundo.

A Dra. Lauren Dwyer (!!!), que leu esta história mais vezes do que qualquer outra pessoa — acho que nunca vou conseguir agradecer o suficiente pelas ligações em pânico, capturas de tela borradas do Word e escolhas de *playlist* que moldaram os últimos anos da nossa amizade. Estando perto ou longe, sei que sempre encontraremos o caminho de volta uma para a outra. Você é sempre a voz mais alta na minha mente e serei eternamente grata por isso.

E um enorme obrigada a minha família por me apoiar durante meus anos mais difíceis. A meus avós e minha tia Marianne, que costumam aparecer no meu trabalho quando preciso de algo para me firmar. A Kelly e Maclin, por terem autocontrole e não roubarem minha cachorra enquanto eu terminava este livro. A Tom e Catherine, por sempre fazerem de tudo para que eu atinja meus objetivos e fornecerem os espaços de escrita mais bonitos de todos. A minha mãe e meu pai, por discutirem sobre quem leria os novos capítulos primeiro, sempre terem Fanta na geladeira e serem meu ponto de apoio por tantos anos. Espero que sintam orgulho deste livro.

E por último, mas não menos importante, a meu marido, Graeme, que deu espaço para a possibilidade de uma linda vida que eu nunca teria imaginado quando comecei a escrever este livro. Acordo todos os dias me sentindo sortuda por ter o tipo de amor que persevera nos dias bons e ruins e por viver em uma casa com uma cachorrinha fofa chamada Gracie, que sempre faz com que eu me sinta apoiada, e, agora, por estar tão animada pela nossa próxima aventura com o bebê Niko. Eu te amo e mal posso esperar para continuar esta jornada — com ou sem trânsito. Quando estamos juntos, sempre estamos onde deveríamos estar.

SOBRE A AUTORA

Fotografia da autora © 2023 Nick Wong

LEANNE TOSHIKO SIMPSON é uma autora *yonsei* que convive com o transtorno de bipolaridade. Nomeada como Autora Emergente de Scarborough em 2016 e indicada ao Journey Prize em 2019, ela é cofundadora de um programa de escrita reflexiva no maior hospital para saúde mental do Canadá e é professora na Universidade de Toronto. Desde que foi internada, Simpson se conectou com alunos, centros culturais, empresas e meios de comunicação sobre o poder que contar histórias tem na recuperação. *Nunca Estive Melhor* é seu primeiro romance.

VOCÊ PODE ENCONTRÁ-LA NA INTERNET:
Website: LeanneToshikoSimpson.com [em inglês]
Instagram: LeanneToshiko

Este livro foi impresso nas oficinas gráficas da Editora Vozes Ltda.,
Rua Frei Luís, 100 – Petrópolis, RJ.